陳墨
藝術金庸

上

陳墨——著

藝術金庸（上）

陳墨

目錄

引言
遊戲與藝術

要說金庸是二十世紀中國文學史上最傑出的小說家之一，是中國第一流的小說藝術大師，恐不免有些驚世駭俗。

然而事實上恐怕就是如此。金庸的小說固然是娛樂性的遊戲之作，同時也是精妙的文學藝術。

我曾經說過，金、梁、古雖然並稱為海外新武俠小說創作的三大家，然而金庸這一家比梁羽生、古龍兩家卻又超出很多，幾不可同日而語。梁、古雖好，總不過是將武俠小說寫到了較高的水準，而金庸的小說則是大大地突破了武俠小說的成就的極限。金庸小說的藝術成就，是不能在武俠小說的世界中得到完滿的解釋的。正如古人所說，青，取之於藍而青於藍；冰，水為之而寒於水。這就是世上只有「金學」而沒什麼「梁學」或「古學」的原因吧。

至於說金庸是中國二十世紀文學史上最優秀

的長篇小說藝術大師，我知道不那麼容易使人接受。弄不好就成了說者有心而聽者無意。以為我在危言聳聽，或因看多了武俠小說而學會了誇張傳奇，甚而已經走火入魔，近乎胡說八道。

我並沒有走火入魔，也不是危言聳聽。若要說危言聳聽，早在二十年前，旅美華人文學批評家陳世驤先生就說過類似的話：

「……當夜只略及弟為同學竟夕講論金庸小說事，弟嘗以為其精英之出，可與元劇之異軍突起相比。既表天才，亦關世運。所不同者今世猶只見此一人而已。」

又說：

「藝術天才，在不斷克服文類與材料之困難，金庸小說之大成，此予所以折服也。意境有而復能深且高大，則惟須讀者自身才學修養，終能隨而見之。細至博弈醫術，上而惻隱佛理，破孽化癡，俱納入性格描寫與故事結構，必亦宜於此處見其技巧之玲瓏，及景界之深，胸懷之大，而不可以輕易看過。」[1]

無獨有偶，國內著名學者馮其庸教授更明確地指出：「金庸小說的情節結

1.陳世驤：《致金庸函》（一九七〇年十一月二十日），見金庸《天龍八部》附錄。

構，是非常具有創造性的，我敢說，在古往今來的小說結構上，金庸達到了登峰造極的境界。」

又說：

「我可以說，金庸是當代第一流的大小說家，他的出現，是中國小說史上的奇峰突起，他的作品，將永遠是我們民族的一份精神財富！」[2]

陳世驤先生和馮其庸先生都是國內外馳名的大學者；成就卓著的文學評論家，陳先生的詩學批評和馮先生的「紅學」研究都已取得舉世公認的成果，我們沒有理由懷疑他們也誇張傳奇，危言聳聽。他們內力深厚，更不會走火入魔。

至於其他「金學」文章與專著，對金庸的好評如潮，我們不必一一引證了。陳、馮二位並非以「金學」為業，他們的話應該更客觀、更可信。

馮其庸先生寫道：「我是金庸小說的熱烈讀者，十多年來，我讀金庸小說儘管重複了三四遍，但至今仍如初讀時的熱忱。我一邊研究《石頭記》，一邊卻酷愛金庸的武俠小說，我曾戲稱這叫作『金石姻緣』。」[3]——馮先生將《紅樓夢》與金庸的武俠小說相提並論，定為「金石姻緣」，表明馮先生胸懷闊大，並無雅俗

2.馮其庸：《曹正文著〈金庸筆下的一百零八將〉序言》，浙江文藝出版社一九九二年三月版。
3.馮其庸：《曹正文著〈金庸筆下的一百零八將〉序言》。

高下之念，也無視顯學與「末道」之別。

所謂「金石姻緣」並非偶然，乃是因為金庸的小說與《石頭記》（《紅樓夢》）同屬中國文學史上最優秀的小說作品。「金石姻緣」雖屬戲言，卻也一語道破天機。金庸的小說能讓陳世驤先生「竟夕與同學講論」，而使馮其庸先生十多年來三讀四讀「但至今仍如初讀時的熱忱」，此事絕非偶然，只能說明金庸的小說確實具有超凡的藝術魅力，耐看耐品，趣味無窮。金庸小說的藝術成就，也就可想而知。

當然，金庸小說的藝術成就的研究和評價，還需要做大量深入細緻的工作。需要認真地分析和論證。我引述陳世驤、馮其庸兩位大學者的評論，也沒有拉大旗做虎皮的意思，只是想借此證明對金庸小說的藝術成就做如此的估價，並非我個人的信口開河而已。

既然要評價金庸小說的藝術成就及其在中國文學史上的地位，首先必須對中國文學史，尤其是長篇小說史有所瞭解。

中國的漢文學史，有過無數的輝煌篇章，自是不必多言。然而漢語言文學史中的長篇敘事文學，尤其是長篇小說的創作，卻相對是一個薄弱的領域。漢文學的長篇小說自古至今，稱得上是藝術傑作的作品極為少見。比之中、短篇小說的創作成就，可以說是相形見絀。中國古代人格典範中的「經天緯地之才」在長篇小說創作中似乎極為少見。也許小說這東西一直被視為微末技藝，君子不為，反正中國的長篇小說給人的總體印象是局部精彩而整體拙劣。最著名的經典傑作，在藝術結構形式上也存在著明顯的缺陷與不足。

第一點缺陷與不足，是長篇小說作家的中氣不足。文以氣為主，但漢語言文學作家的一口氣似乎總是不夠長，因而導致了長篇小說的虎頭蛇尾現象大量存在。即使「四大古典文學名著」也是在劫難逃。《三國演義》寫到諸葛亮去世就氣數已盡了。《西遊記》到孫悟空三打白骨精之後，便一難不如一難了。而金聖歎先生對《水滸傳》的「腰折」乃是大有眼光之舉，因為寫到梁山泊英雄大聚義之後，這部小說便沒了氣。

《紅樓夢》一書的前八十回與後四十回之爭，至今仍是「紅學」的一大學案。我以為曹雪芹先生正是寫到八十回之後便有些氣喘吁吁，難以為繼，設想的各種方案都難以使自己滿意，所以他老先生乾脆將後面的幾十回書或藏之名山，或付之一炬，這也是他對藝術的一片真誠之心。

第二點缺陷與不足則更為明顯，也更加要命，即不僅氣不足而且氣促，不只是什麼虎頭蛇尾，而乾脆是缺少整體觀念與整體結構的形式。與「四大名著」齊名的《金瓶梅》以及《儒林外史》便是這樣。這兩部書的結構形式的糟糕程度想必大家都已領教，與它們的崇高藝術地位殊不相稱。這兩部小說的局部情節與細節的精彩程度，與它們的整體上的殘缺形成了鮮明的對比。《金瓶梅》的缺乏剪裁與整形是相當明顯的，而《儒林外史》則更像是中短篇小說的臨時綴合。

第三點缺陷與不足，那就更有些等而下之了。以《封神演義》、《東周列國志》為代表的歷史演義小說，以及以《岳飛傳》、《楊家將》為代表的傳奇傳記小說，大多是平鋪直敘，以文載道，固不乏細節上的精彩與情節上的傳奇，但小說整體上基本包含了前兩點缺陷，而且更加缺少長篇小說應有的藝術境界。也就是說，它們多半還只是一些原始意義上的歷史故事，甚至稱不上是真正的長篇小說。

中國文學史上的漢語言文學敘事形式的不發達，長篇小說形式的不完美、不成熟，當然有其多方面的原因。這也正是中國古典文學研究界所面臨的一個重大課題。這一課題顯然不是在這兒可以完成的。

不過，我們也必須在這裡進行簡單的分析。

簡單說來，漢語言文學史中長篇小說形式的不發達與不成熟，主要原因有以下幾個方面。

第一個原因，是中國文學的傳統中，抒情文學的發展程度遠遠超過了敘事文學。中國是一個詩歌之國，文學史上的詩、詞、曲、賦的發達與小說，尤其是長篇小說以及其他長篇敘事文學的不發達形成了鮮明的對比。我們有光輝燦爛的《詩經》，但沒有《荷馬史詩》那樣氣勢磅礡的長篇敘事詩。甚至在敘事文學中，元雜劇的繁榮，也是以小令、套曲、折子戲的發達為突出特點的。

第二個原因，是中國文化傳統中，對世界的感知方式及理解方式的特殊性，即重直覺而輕邏輯，重實際而輕抽象，重具體而輕整體。以至於除《易》之外，中國哲學家的著作幾乎缺少對世界整體的把握及其嚴密的邏輯演示，內容方面重視現實的感知及個人的玄想，而形式方面則是以「語錄體」或單篇文章為主要特徵。

這影響了中國文學的敘事形式的發展和成熟，使得我們的抒情文學極為發達而敘事文學相對欠缺，使得我們的小令和折子戲極為發達，而長篇「大戲」發展得不夠，使得我們的短篇小說較為成熟，而長篇小說的整體感和形式特徵的發展不夠充分。

我們有《聊齋志異》那樣傑出的文言體短篇小說形式，有「三言」那樣優秀的白話體短篇小說作品，其藝術形式的成熟與完美的程度堪與任何民族的文學作品相比，而相對之下，我們的長篇小說的形式發展的程度就顯得很不夠了。

第三個原因，是中國文化及其文學傳統中的文以載道觀念的束縛，以至於使敘事文學，尤其是長篇敘事文學成了「講經」與「演史」的載道工具，造成了「千部一腔，千人一面」的公式化和概念化的創作規範。這種規範的傳統觀念和原則，以各種各樣的形式及不同的程度影響了長篇小說的創作，使之成了戴著鐐銬的跳舞。大家都戴著同一副眼鏡，按照傳統的道來統一地解釋世界和人生。這種傳統不僅是產生大量平庸的宣傳文學的根本原因之一，也是使中國文學史中的長篇小說形式始終處於幼稚的不發達狀態的根本原因之一。

第四個原因，是敘事文學，尤其是長篇小說向來被認為是小道末技，是引車賣漿者之流的玩意兒，是「君子不為」的東西。因而除了極少數困頓的藝術天才從事這項事業之外，絕大多數具有才華和文化修養的文人們對此道不屑一顧。當維克多‧雨果、巴爾扎克們以小說創作贏來崇高的名聲以及富裕的物質生活時，中國的曹雪芹還照舊過著「舉家食粥酒常賒」的貧困生活。他們的作品也只能是私人傳抄，供少數文友一樂。蒲松齡先生是因為一生科舉不第，這才立志發奮寫一部《聊齋志異》，以虛構的狐鬼故事來抒發他心中的萬千人生感慨和對世界的滿腹不平。

以上種種原因的綜合，造成了中國文學史及其漢語言文學的長篇小說未能發展成熟的文化傳統和文化心理背景。

進入二十世紀之後，小說形式在梁啟超等人的竭力推薦之下，成了廣受社會承認和重視的一種形式，終於登上了大雅之堂。然而梁氏之所以重視小說並為之竭力鼓吹，其目的是主張「欲新一國之民，必欲新一國之小說」。是將小說當成了傳播新思想、新觀念、新道德、新意識的傳聲筒。這無疑是「文以載道」這一悠久的民族文化傳統的繼承和發展，只是「道」以新換舊，但其方法原則以及形式還是不變。

二十世紀初的著名小說作品如《官場現形記》、《二十年目睹之怪現象》等等，就其形式而言，幾乎稱不上是真正的長篇小說，依然處於極端幼稚的狀態。

五四新文化運動固然取得了豐碩的成果，本世紀三十年代終於迎來了中國的長篇小說的一個豐收的季節，然而我們也不能不看到，這時代依舊沒有誕生托爾斯泰、雨果、巴爾扎克、狄更斯或塞凡提斯，也沒有誕生曹雪芹。

儘管我們可以在中國文學史上大吹大擂，但我們也不能不看到，五四運動的救亡主題終於壓倒了啟蒙主題，作家們「鐵肩擔道義，妙手著文章」亦終於讓道義壓倒了文章。長篇小說的思想主題的深刻程度與其藝術形式的創造性之間並不相配。茅盾先生的《子夜》並不像文學史書上說的那樣，是一部完美的藝術典範，巴金的《家》、《春》、《秋》的藝術成就並不能與他的《寒夜》、《憩園》等中短篇佳構相比，被一種強烈的逆反心理操縱而發掘出來的錢鍾書的《圍城》與他的學術成就相比，也並非平衡的雙翼。

五四新文化運動之後，中國文學史上卻出現了魯迅、沈從文等傑出的短篇小說作家，不論是將文學當成匕首或投槍，還是當成簫管與弦索，在短小的藝術天地中，這些作家都玩出了世界一流的成績，與任何外民族作家作品相比也毫不遜色。正像六〇年代中國的乒乓球便可以打遍天下無敵手，而九〇年代中國的足球仍然無法衝出亞洲。中國人還是玩小球遠勝於玩大球，寫短篇遠勝於寫長篇。

半個世紀之後，中國大陸的新時期文學又出現了這種情況。這一時期湧現了一大批優秀的中、短篇小說作家。而一旦刮起長篇風時，這些作家一個接一個地敗下陣來。王蒙的《活動變人形》、賈平凹的《浮躁》、張承志的《金牧場》、馬原的《上下都很平坦》、莫言的《十三步》、《天堂蒜臺之歌》……與這些作家的中短篇佳作相比，實在是令人失望。

王蒙的《雜色》是何等的豐富，而《活動變人形》則只能說是一部虎頭蛇尾的「半成品」；賈平凹的中篇、短篇、散文寫得爐火純青，有大家風範，但一部《浮躁》卻相反露出小家子氣。張承志的《黑駿馬》、《北方的河》如天籟之聲，而《金牧場》則寫得生硬矯情。馬原的《岡底斯的誘惑》寫得何等生動，但《上下都很平坦》卻成了平庸的文字遊戲。莫言的《紅高粱》震驚當世，元氣充沛，但《天堂蒜臺之歌》之類則只有一些醃蒜味。

相比之下，一些真正傑出的短篇小說家，如汪曾祺、阿城等人不寫大作品，倒成了他們的明智之舉，始終不失真正大作家的應有風範。

近十年來的長篇小說作品的數量多得難以統計，但這等數量的增加，遠遠不是真正意義上的長篇小說的繁榮。在浩如煙海的長篇小說作品中，除了極少的幾部之外，那些轟動一時的作家作品過不了幾年就會煙消雲散，而那些僅有統計意義的作品就更不必多說了。

值得注意的是，二十世紀之後，隨著小說這種文學形式被認可、被推廣，長篇小說創作也差不多就有了雅、俗之分。與雅文學不同的是，在言情、武俠等通俗文學領域，長篇小說的形式遠比中、短篇受青睞，因而相對發達。在武俠小說創作中，長篇武俠小說，乃至超長篇的多卷小說，無論在數量上還是品質上都占絕對優勢。

但就整體而言，通俗文學中的長篇小說雖然佔有優勢，卻仍然無法與雅文學中的長篇小說的藝術成就相比。如果說二十世紀中國雅文學（或云嚴肅文學，或云純文學）中的長篇小說成就不大，那麼通俗文學的整體成就就更是等而下之了。文學史書中將所有通俗文學作家作品都排斥在外，固然反映了編著者的正統觀念的偏見，但真正能夠列入有成就的作家作品之林的，也實在微乎其微。

這種情形不難理解，通俗文學長篇小說不僅全盤繼承了中國文學的長篇不發達的文學傳統及文化背景，而又多了商業化、迎合讀者、批量生產、邊寫邊發等等不利於藝術創作的種種因素，其成就當然難以讓人滿意。

二三十年代最負盛名的武俠小說作家作品，如平江不肖生的《江湖奇俠傳》、《近代俠義英雄傳》，還珠樓主的《蜀山劍俠傳》等等作品，或以寫實為目標，或以奇幻為追求，但就其長篇小說的藝術形態而言，都是幾乎不成型的，幼稚而又拙劣的。這些長篇小說以及超級長篇巨制，都採取了一種說到哪算哪的信天遊的隨機結構方法，幾乎完全談不上有什麼藝術形式。

平江不肖生採取的是，每出現一個新的人物，都會將故事線索扯到這一新人物的背景中去，以至於故事套故事又套故事……套來套去，單線聯繫，主線也就不成其主線。而還珠樓主所採取的方式則相反，是不斷地以新人換舊人，邊寫邊丟，寫到最後丟到最後，同樣也沒什麼主線，同樣沒什麼小說整體結構。他們的小說都差不多可以無限地延長。

到了海外新派武俠的誕生，梁羽生等人注重了武俠小說的結構形式的完整性，學習了西方長篇小說的敘事經驗，受到了現代新文藝形式的影響。然而老毛病一時尚難以治癒。

梁羽生的小說始終存在著主題先行的概念化傾向與自抒胸臆的靈活性描寫的矛盾，也存在著結構形式上的封閉性與打得開收不攏的開放性之間的矛盾。梁羽生的代表作如《白髮魔女傳》、《七劍下天山》、《大唐遊俠傳》、《雲海玉弓緣》等等，在小說結構形式上都存在著明顯的缺陷。另外，梁羽生喜歡寫「系列」，那也只是敷衍故事、平鋪直敘而已。加上公式化與概念化的痼疾，梁羽生的小說創作的藝術成就受到了極大的限制。

與梁羽生齊名的古龍，在長篇小說創作上的成就更為有限。這是一位以靈巧見長的作家，因而在結構長篇巨制方面存在著天然的缺陷。他顯然是以寫《七種武器》這樣的中篇小說見長，而《陸小鳳》、《楚留香》這樣的長篇系列，其實也只不過是些精彩的中篇故事集（**就其篇幅而言，也許可以說每一集都是一個小長篇，但就其容量而言，則只是些拉長了的中篇**）。至於《多情劍客無情劍》、《絕代雙驕》以及《武林外史》等真正的長篇小說，則結構的鬆散與隨意便充分地暴露出來了。《護花鈴》、《鐵血大旗》（一名《大旗英雄傳》）等作品則乾脆或有頭無尾或匆匆了結，有明顯的硬傷。據說這是古龍的毛病，支出稿費卻不給人收尾，但真正的原因還是這位以小巧靈活、機智多變見長的作家對真正的長篇小說形式的能耐不夠大。

梁羽生與古龍的路子明顯不同，然而他們卻又在不斷地重複自己，一套拳劍打了又打、耍了又耍，看一兩部還覺新鮮，看得多了不免乏味。古龍和梁羽生都曾在新派武俠小說史上領過風騷，都曾以突破和創新的實績引人注目且獲得很高的榮譽和地位。但遺憾的是，在他們對前人突破之後，便再也難以為繼。不重複他人固然可貴，然而淨重複自己便不是真正的高明了。所以，梁羽生、古龍的藝術成就只能夠在武俠小說創作領域稱王稱霸，而一旦離開了江湖世界，他們的成就便顯得遠遠不夠、遠遠不值得稱道了。因為他們的小說創作帶有現代通俗文學的鮮明的印記，即模式化的批量生產，只能供較低層次的消費。

梁羽生、古龍以下的武俠小說作家作品，上得了藝術臺盤的，就更是鳳毛麟角了。絕大部分作品都是漏洞百出，甚而荒誕不經。至於模式化以及概念化的毛病，那就更是在所難免。或許，武俠小說的這些毛病也許是天生的，也許是必然的，因為它們是通俗的商業文學，是供廣大讀者一次性消費的文化商品。廣大讀者也許不在乎它們的雷同和粗糙，也許能諒解和適應這種模式化與概念化的毛病。誰也沒有把它們當真，看著玩玩，如此而已。那又何必求全責備呢？

所以，讀者仍諒解了，而且接受了梁羽生等人的自我重複，甚至也諒解了，而且接受了古龍等人的未完成之作。因為讀者需要的是數量，需要每天都有新的故事，正如需要速食盒飯那樣，至於其品質，馬馬虎虎過得去就行。甚而品質實在過不去的作品，也照樣多少擁有一部分讀者。如此普及性的通俗讀物，要想提高品質，談何容易。

在武俠小說創作領域，只有金庸是真正的獨一無二、與眾不同的。

且不說金庸的內力如何深厚，他的招式如何巧妙，見識是如何高深，他的創作態度和風範也是與眾不同的。有兩件事能夠說明問題：一是他只寫了十二部長篇外加三個中、短篇共十五部作品。正當其創作高峰之際，便毅然決定金盆洗手、閉門封刀，從此不再寫武俠小說。這說明他是一位嚴謹的作家，寧缺而勿濫，寧少而求精，在不能繼續創造新形式、新形象，不能超越自己已有的成就高峰時便激流勇退了。

不難設想，憑金大俠的名聲和實力，他要繼續編織一般的武俠小說作品是輕而易舉的。而相反，他的罷筆封刀則要頂住多大的包括金錢、友情以及其他種種因素在內的社會與心理的誘惑和壓力。

古龍是寫到至死方休，四十九歲去世時，寫了大小八十餘部作品；梁羽生寫了三十二年，一百六十餘冊書；諸葛青雲也寫了八十餘部；蕭逸寫了五十餘部……相比之下，金庸早在新武俠小說極盛時的七〇年代初就罷寫，顯得格外的突出，格外的難能可貴了。

金庸之停筆固然有各種各樣的原因促成，但最根本的原因，應該是他已創造了一個真正的藝術高峰，連他自己也無法逾越，從而也就宣布他創作的結束。若無真正嚴謹的創作態度，是做不到這一點的。

第二個事例，是金庸從罷筆之後，花了十多年的時間將已發表並且獲得了崇高聲譽的十五部作品進行了逐一的修訂。這又是在武俠小說創作領域中的獨一無二，這也更加難能可貴。他沒有因為貨已售出便概不退換，甚至對那些已經創了招牌的名作也還要逐一檢修，以求真正的滿意。這種精益求精的創作態度和文風，是一種真正的大師風範。

以上兩個事例還不是金庸小說創作取得超人的藝術成就的最主要的原因。其真正重要的原因，在於金庸有一種自覺的意識和追求，即既不重複別人，又不重複自己。用他自己的話來說，便是「一個作者不應當總是重複自己的風格與形式，要盡可能的嘗試一些新的創造。」[4]

前面說過，古龍在不斷地講突破和創新，那是不錯，但他的目標只是突破別人，卻沒有繼續革自己的命，沒有突破自己，甚至沒說起過要突破自己的話。梁羽生的後面幾十部書並沒有超出他的第三部小說《白髮魔女傳》及第五部小說《七劍下天山》的藝術水準。然而金庸則不同，他在總結自己的創作時，這樣自信地寫道：

……又常有人問：「你以為自己哪一部小說最好？」這是問技巧與價值。我相信自己在寫作過程中有所進步：長篇比中短篇好些，後期的比前期的好些。不過許多讀者並不同意。我很喜歡他們的不同意。[5]

這一段話實在很妙。金庸的小說確實是越寫越好。儘管他的處女作《書劍恩仇錄》的起點就不低。他在不斷地攀登新的藝術高峰，不斷地盡可能地嘗試新的藝術形式的創造，且取得令人滿意的成果。金庸的小說確實是長篇比中短篇

4. 金庸：《鹿鼎記・後記》。
5. 金庸：《鹿鼎記・後記》。

好些，而且在長篇之中又是篇幅越長的越好。他的小說越寫越長，而且越寫越好，這正是他的藝術才華的表現，是他的藝術成就的證明。他是一位真正長篇小說藝術大師，是真正的大小說家。

金庸與梁羽生、古龍等人的差異，有如東邪黃藥師與全真七子中的馬鈺及丘處機等人的差異，或如學了「獨孤九劍」之後的令狐冲與他的華山派眾師弟們之間的差異。馬鈺、丘處機、華山門下大弟子們或許不失為江湖上的武功高手，然而東邪黃藥師及浪子令狐冲則是真正的大師。也許黃藥師比不上王重陽，而令狐冲更比不上獨孤求敗，但那兩位「天下第一」已經死了，死無對證。而黃藥師、令狐冲、金庸的功夫則有目共睹。

在論及金庸小說的藝術成就的成因時，我們當然不能忽視他的獨特的藝術天才、藝術修養及由之而形成的藝術個性。實際上，這種獨特的天才、修養和個性，才是其崇高的藝術成就的真正核心要素。金庸小說的藝術成就，是他的才華、修養、個性的結晶。而我們要分析和研究金庸小說的藝術世界，正是要展示他的獨特的藝術天才和個性。

正是由於他的這種藝術個性、天才和修養，才使他克服了武俠小說這種通俗文學形式的固有的文類與材料的困難，創造了一個豐富、精美、獨特的藝術世界，並且超越了前人的水準、突破了武俠小說的極限，獲得了巨大的藝術成就。且這種藝術成就，對武俠小說之外的長篇小說領域，都具有普遍的意義和價值。

金庸不僅是武俠小說史上的成就卓著、獨一無二的作家，而且也是廣義的中國文學史上的成就卓著的長篇小說大作家。

在寫到「金庸是二十世紀中國文學史上最傑出的小說藝術大師之一」這個結論的時候，也許我得再一次檢查一下自己的證據以及論證方式。我很可能對二十世紀中國文學史上的一批優秀的長篇小說作家作品過於苛刻，而對金庸的小說的評價又過於寬容。很可能對雅文學長篇小說扣分過嚴，而對金庸小說打分過鬆，甚至不該扣分的卻又扣了，而該扣分的卻沒有扣。

通常人們的做法是，凡遇到雅文學長篇小說作品就自然而然地加上三十分作為底分，以表彰其純或其嚴肅的形式探索及其主題思想。相反，遇到通俗文學則不知不覺地先扣上三十分再說。這當然不是一種公平的做法，換句話說，不是一種科學的態度。

我所希望的是，能在「二十世紀中國文學史中」這一共同的題目之下，公平地評論雅文學與俗文學，將它們擺在同一基準線上進行比較分析和評價。

這樣做當然很困難。因為雅文學、純文學、嚴肅文學與通俗文學，如武俠小說等等有著大不相同的形式和規範，因而也有著不同的評價標準。從而我們很難將純文學與「不純」的文學作品放到一起來比較分析。我們的通常做法是按雅文學的標準去評價雅文學，按俗文學的標準去評論俗文學。誰又能說這種做法不對呢？

只不過，我們希望能在雅俗共賞這一基礎之上，來打破一些人為的觀念上的隔閡，進而去分析、研究長篇小說——不分雅俗——的藝術形式和規範，評價它們的藝術成就。

嚴肅的學者完全忽視武俠小說及其藝術成就和存在價值，這顯然是不公平的。但我們說金庸是最傑出的小說藝術大師，是否又矯枉過正，從而變成危言聳聽呢？

金庸的武俠小說畢竟是武俠小說，它們有著武俠小說所應具有的特徵，這是一種特殊的文學類型。它的特殊的文學類型及其通俗性的特徵，往往使我們很容易原諒它們的弱點和缺陷，我們會將此看成是先天不足而不予重視，而對它們的後天成績則加以由衷的稱道讚賞，這也並不是不可能的。

最好的方法，也許是讓我們忘記雅俗之分，從而擺脫觀念、方法上的一些不必要的糾纏。進而，我們最好也忘記金庸是不是二十世紀最傑出的長篇小說藝術大師之一這個命題，丟掉這個包袱。這不僅可以避免人們的反感以及逆反心理的糾纏，更主要的還是可以讓我們輕裝上陣，認認真真，實事求是地研究問題和分析問題，看看我們所評價的對象究竟怎樣。

結論可以放在最後，甚至可以讓讀者自己去做。金庸是不是第一流的？是不是最傑出的？是不是武俠小說之外的二十世紀的大小說家？……這些問題其實並不重要。在我們進入金庸小說的藝術天地之前，糾纏於這樣一些問題，陷入空對空的爭端，那是一種無聊的事情。

當然，我們不能忘記、不能回避的是：金庸的小說是通俗形式的武俠小說。這是一個特殊的研究對象，以往我們恐怕都沒有這方面的經驗，所以並沒有一種確定的藝術標準。我們的一切都得從頭開始，自己去摸索評價的標準，自己去總結研究的經驗或教訓。

我們要面對的第一個難題，是遊戲與藝術之間的關係。

這一遊戲與藝術之間的關係問題的難點有三個，一是理論難點，二是文化觀念難點，三是我們所要面臨的現實難點。

讓我們從第三個難點說起。只有解決這一難題，才能確立我們的研究的合理性及合法性。這就是金庸的武俠小說是一種娛樂性質、遊戲性質的通俗文學形式，怎麼能與嚴肅的藝術拉上關係呢？這一問題的潛臺詞是，金庸小說只不過是些打打鬧鬧的玩意兒，值得進行嚴肅的探究，並把藝術的桂冠賞賜給它嗎？

看起來這似乎是個簡單的問題，甚至不成為問題，把它作為難題提出，多少有些小題大作。但事實上，這一問題，正是雅俗之爭的一個關鍵，也正是很多嚴肅的學者對金庸的小說不屑一顧的關鍵原因，說白了便是因為金庸小說是遊戲而非藝術，故不值一顧、更不值一談。奈何？

金庸的小說確確實實、道道地地的是武俠小說、通俗文學、娛樂遊戲，其中充斥了虛構誇張、刀光劍影、奇幻怪誕。金庸自己也說他寫小說是「自娛而且娛人」，是寫著玩的，讓人看著玩兒的。但是金庸的小說又確確實實、道道地地的玩出了高水準，玩出了新花樣，玩出了高境界，玩出了巨大的藝術成就。

問題便在這裡了。我們必須證明：遊戲可以是藝術，或藝術可以是遊戲。否則我們的研究也就不大好「玩兒」啦。

這就牽涉到上面所說的第二個難點：中國人的文化觀念的難點。

中國是一大文明古國，全世界瞭解中國人、尤其是瞭解中國漢民族的人，都知道中國漢民族是一個老成持重、嚴肅端莊的民族，這是一個少年老成的民族。至少這個民族的理想人格是老成持重、嚴肅端莊、少年老成的。在這個民族的歷史上，甚至在這個民族的遠古神話與傳說中，酒神及其酒神精神是不存在的。這個民族甚至很少有真正意義上的神話，甚至自它的幼年時期開始，便學會了用理智的、現實的、成熟的成年人的目光來打量這個世界。

漢民族也沒有童年史詩，「子不語神怪力亂」成了它的銘文。這個民族是不能欣賞遊戲、不重視遊戲、不承認遊戲在人生及其社會生活中的地位和作用的。至少，在漢民族歷史上，持有「正統」觀念的社會高層人士是這樣的。所以當小說這種東西開始出現後，漢民族的聖人孔子將它定性為：「君子不為也」。因為小說這種玩意兒是街談巷語，是引車賣漿者之流的一種娛樂形式，所以「君子不為」。同時也成了我們民族的文化觀念的——正統的、主流的、占統治地位的文化觀念的——核心因素。

在我們的觀念中，遊戲，就是「不正經」的意思，而不正經，則是正人君子們避之不及，甚而深惡痛絕的。

說整個的漢民族都沒有遊戲細胞，這當然是不合實際的。小說之類固是君子不為，但不是君子的平民百姓則照樣喜歡。即便是那些正人君子、達官貴人以及儒生雅士，也有「不正經」的時候。這就是為什麼人們會說古代中國的君子相當虛偽，以至於「滿口仁義道德，滿肚子男盜女娼」的根本原因。

元代長時間不開科舉，漢人知識分子沒有辦法走傳統的仕途之路，反倒成就了一大批傑出的戲劇藝術家。關漢卿、王實甫、白樸、馬致遠等人的名字，使中國文學史增添了一頁光輝燦爛的篇章。

蒲松齡考了一輩子科舉而不第，反倒成就了他的《聊齋志異》；曹雪芹家道中落，反倒使他的《紅樓夢》輝映千古。這些作家都被認為是不正經的人，這些作品也都被認為是不登大雅之堂之作。因為這些作家作品或談夢說幻、或談狐說鬼，或談情說愛，無非是些遊戲之作，既遊戲了筆墨，又遊戲了人生。「聊齋」之「聊」，被視為閒聊之聊，甚至被看成是無聊之聊。所以曹雪芹乾脆明說他的作品是供人茶餘酒後消閒解悶之書。

這些「君子不為」的東西，到了二十世紀，終於熬出了頭，登上了大雅之堂，成了被社會認可，甚至被推崇的一種形式，被冠以藝術之大名。看起來問題解決了，萬事大吉。然而真正的難題恰恰從此產生。戲劇、小說之類成了藝術，這並不等於解決了遊戲與藝術之間的關係問題，相反，遊戲與藝術之間的關係更深的裂痕從此產生。藝術一旦被納入大雅之堂，它的精神實質也就隨之改變。在人們的心目之中，藝術成了有用的東西，即藝術的功利性追求成了它的被認可的前提。這就是所謂的「文以載道」以及「不關風化體，縱好也枉然」等等。

藝術精神本質被現實功利需要及傳統文化原則所扭曲。以至於中國文學史出現了一種令人毛骨悚然的規律：任何文藝形式一旦被官方承認、被收入大雅之堂，就從此失去旺盛的生命力，失去其本性。《詩經》就是這樣成為孔子心目中的「邇能事父，遠能事君」的禮樂教科書的，《紅樓夢》也是這樣成為「階級鬥爭的教科書」的，於是，《詩經》、《紅樓夢》的藝術本質，它的娛樂精神以及它們的遊戲形式就這樣被抹殺了，它們變成了寓教於樂的文化宣傳的工具。

在這裡，我們不難看出中國傳統文化觀念對人類藝術精神的一種肢解和扭曲。我們是在一種似是而非的藝術文化觀念及其指導原則的支配下來從事藝術的創作活動和藝術的理解與接受活動的。藝術也就成了一種嚴肅的正經活兒，它與遊戲成了水火不相容的兩種東西。

遊戲與藝術果真是水火不相容的嗎？

這就要涉及我們前面提到的第一個難點，即從理論上去認識遊戲與藝術之間的關係。這也許是難點中的難點。因為在理論上，這一問題本身就難以說得清楚，若是再加上中國固有的傳統文化觀念，那就更加難以說清楚了。

最早提出遊戲與藝術的關係問題，似乎是在討論藝術的起源這一問題時。有人說藝術起源於遊戲，有人說藝術起源於勞動，有人說藝術起源於教育，有人說藝術起源於「苦悶的象徵」……對此，我們不打算進行討論。因為這不是本書的任務，我們也沒必要捲入這種年深月久而又錯綜複雜的爭論之中，更何況大家的論點都是憑猜想和推理而得出。

人類的活動大致可以分為兩種，一種是有直接的和明確的功利追求的活動，我們稱之為勞動。一種是無直接的、明確的功利追求的活動，那就是遊戲了。藝術正是屬於後者，即藝術活動及其產品，都可以納入勞動之外遊戲活動之中，藝術生產當然也可以說是勞動，但這種勞動是與一般意義上的勞動有明顯區別的，那就是它們的目標與追求的根本不同。

應當說明的是，「遊戲」一詞在這裡有著相當廣泛的內涵，它不只是「小孩玩鬧」的那個遊戲，而是包括生產勞動之外的一切活動，諸如藝術活動、體育活動以及生活中的其他娛樂活動等等。因此，我們沒有必要見到遊戲二字便大皺其眉。

在許多哲學家的眼裡，「遊戲」二字甚至有著深刻也更廣泛的意義。甚至整個的人生過程及其社會生活方式，都被看成是一種遊戲。這一觀點當然難以被中國人的文化觀念所接受。但是，我們是否也可以從這裡受到些啟發呢？藝術活動固是一種藝術活動，但也還是一種遊戲。遊戲與藝術的內涵廣窄不同，藝術活動只是「一種遊戲」，是人類遊戲活動的一個組成部分。然而，在其品質上，在其本性上，藝術活動卻又是人類遊戲活動中的最重要的一個組成部分，它最能體現遊戲的本質。這種本質就是它的非功利性，亦即它的娛樂精神和它的自由本質。

在這裡討論抽象的文藝理論問題恐怕有些不合時宜，也許我們壓根兒就用不著繞那麼遠的彎子。

二十世紀中國的雅文學的成就不像我們期待的那麼大，最主要的原因就在於它們都太過嚴肅沉重。新中國的雅文學通常可以用「嚴肅文學」來稱呼。我們在前面已經說過，「鐵肩擔道義，妙手著文章」這種理想的境界不是任何人都能達到的，大部分人有了「鐵肩」就難有「妙手」，而被「道義」所驅便難得藝術的文章。

之所以雅文學等同於「嚴肅文學」，一是文化傳統中的「文以載道」觀念的支配；二是二十世紀中國歷史的內憂外患的影響；三是前二者綜合而成的一種巨大的力量對正常的藝術觀念、藝術心靈及藝術追求的改變。

二十世紀中國文學家的「鐵肩」上，擔負著諸多道義，「新民」、「救亡」、「啟蒙」、「救國」、「解放」、「階級鬥爭」、「文化革命」……這是時代的背景所造成的。文學家對革命的貢獻很大，對藝術的貢獻就要相應減少。這是一種任何人也難以抗拒的歷史潮流。加上中國知識分子「先天下之憂而憂，後天下之樂而樂」的文化心理傳統，非但不會抗拒，而且會迎著困難上。

中國現代文學史上，也曾出現過「為藝術而藝術」與「為人生而藝術」的爭論。但這也只不過是一場短暫的嘴皮官司而已。結果是為藝術而藝術的人與為人生而藝術的人走上了一條共同的道路：為民族、為國家、為革命。再回過頭看這場官司，我們只有「望文興歎」。

其實，「為藝術而藝術」與「為人生而藝術」也並非高明的旗號。「為××而××」這是一種功能性的運算式，恰恰容易使人陷入一種嚴肅的「執著」。正如一位哲人所言：

無為而執著無為是有為也；
有為而不求有為是無為也。

一臉古板正經、焚香沐浴，刻意求工，便能搞出真正的藝術嗎？通俗文學固非純文學，嚴肅文學同樣不純，而「為藝術而藝術」的文學倒是純了，可又只是「純粹的文字遊戲。」同樣違背藝術的真諦。被「為××而××」所囿，總是要失落藝術的娛樂與自由的真精神。

現代中國文學家的根本缺陷就在於其心態的不自由。他們總是過於嚴肅，把藝術創作活動搞成了宗教獻身活動，為這、為那，為藝術、為革命獻身、獻心，以至於總是適得其反。前面提到的中國文學史上的一些文學形式一旦納入大雅之堂，就會變成木雕泥塑，而全然失去其本能的勃勃生機，這一可怕的規律不難理解。

《詩經》也好，《紅樓夢》也好，在民間的風塵之中，它們的娛樂精神及其自由本質得以正常發展，因而生機勃勃，一旦進入官家廟堂受到正人君子的供奉，那自然要按照供奉者的意志，按照傳統文化的原則，將其重塑金身，描眉畫目，變成菩薩模樣，變成泥胎木質了。唐詩的衰落是這樣的，宋詞的衰落是這樣的；元曲的衰落是這樣的；明清小說的衰落也是這樣的。一旦進入大雅之堂，就意味著失去自由。而一旦失去了自由，便意味著失去了生命力。一旦失去了生命力，便只能是徒存其表的官樣文章。

藝術的希望不在嚴肅的天國，而在歡樂的人間；不在大雅廟堂，而在風塵俗世。這至少是中國文學史的一個規律。中國古代文學發展史尤其是這樣。

二十世紀的中國文學居然會再一次出現「新派武俠小說」的熱潮，這是出乎人們意料之外的。新派武俠小說並沒有出現在中國文化的根本之地中國大陸，而是產生於被認為是「文化沙漠」的香港，然後播及臺灣及東南亞海外地區，這也是人們難以想到的。而新派武俠小說作家中居然產生金庸這樣一位優秀的小說藝術家，這更是人們始料不及的。

如果不說這是對二十世紀中國文學的一個反諷，那也是一種別有意味的反襯，也許不難解釋上述幾個為什麼。二十世紀中國文學的主潮，當然是救亡，啟蒙和革命，但這並不能完全滿足人們的審美與娛樂需求，於是就會出現以娛樂功能為核心的通俗文學。

二十世紀五〇年代的中國大陸及臺灣都在各搞各的政治運動以及社會改革運動，而香港則自然成了「追求享樂」的地方，新武俠小說最早誕生在那兒，是自然而然的。至於新派武俠小說作家中會產生金庸這樣的大作家，既有偶然的因素——任何一位藝術天才的誕生都有一定的偶然性，至少我們現在還無法探明它的「規律」（**如果有規律可言的話**）——同時也有一定的必然性。這正是我們要探究的。

在前文中我們曾經說到，現代中國雅文學不大高明，而現代中國的俗文學（包括新武俠小說的）——就其整體而言——就更不高明。

我們論及雅文學的缺陷，容易使人產生一種誤會，以為我在拚命地抑雅揚俗，抬高俗文學武俠小說的地位和水準，以便證明金庸的高明與偉大。實際上不是這樣的。新派武俠小說並不是中國文學的希望所在，新武俠小說的藝術成就是極其有限的。

除金庸這個例外，新武俠小說的大多數作品的藝術品質是相當低劣的。這不難理解，因為新武俠小說作家也非自由身，他們是商品生產者，是要為金錢而藝術的。而在所有「為××而藝術」的旗號中，為錢而寫作顯然是最低品級的。新武俠小說的不自由之處，在於它必須迎合讀者的口味，必須有人看、有人買，他們才能得以生存，讀者（而且是文化水準相對偏低的市民讀者）是他們的上帝。

從新派武俠小說的創作實際來看，情況也是這樣。作家們成批生產，粗製濫造、信口開河，甚至瞎說胡編。大部分作家作品都在那兒瞎玩遊戲。大約是因為一次性消費，需求量特別大，所以無論寫成什麼玩意兒都差不多能賣出去，這種求大於供的賣方市場，促使了武俠小說作家的粗製濫造，否則就供不應求。作家們（**有些人則只能說是寫匠**）當然不肯放棄這種發財致富的大好時機。這樣極不嚴肅的創作態度與作風（**且不論他們的實際水準了**）又怎能寫出藝術作品來呢？更遑論高品質的藝術佳作。

看到這裡，也許會有讀者提出疑義：前面說雅文學的缺陷在於它的嚴肅，而這裡又說俗文學的缺陷在於它的不嚴肅，這不是自相矛盾嗎？嚴肅也不對，不嚴肅也不對，到底怎樣才對呢？這不是讓人為難嗎？

問題的癥結也許正在這裡。佛家有一句話，叫做「非法，非非法」，藝術的真諦也許正在這裡。套用這個句式，可以說是「非嚴肅，非不嚴肅」。這並不是文字遊戲。過於嚴肅的態度固然會窒息藝術家的自由心態，然而過於不嚴肅的態度則只能使事情更糟。這好比講衛生，我們不能將人弄進無菌的實驗室裡去住（**那樣是要搞死人的**），當然更不能讓人住到豬圈牛棚裡去。又好比踢足球，背著「揚我國威」的包袱固然會適得其反，但將足球視為「玩遊戲」去胡踢一氣，其結果便可想而知。

這裡有一個度的問題，以中庸之道垂名於世的中國人，其實有時最愛走極端。要麼嚴肅得過分，要麼不嚴肅得過分，極端的嚴肅與極端的不嚴肅的結果總是相同的，那就是過猶不及。對於藝術的態度，恐怕也要講辯證法。有一句話叫做「在戰略上要藐視敵人，在戰術上要重視敵人」，大可以參考，對待藝術創作也應如此才好。雅文學的創作常失之於過於嚴肅的緊張，俗文學的創作則相反地失之於過於隨意的鬆散。終至於都缺乏一種必要的心理張力，從而使其藝術創作及其藝術作品也失掉了必要的藝術張力。這就是為什麼雅文學作品往往不好看，而俗文學作品往往不耐看的根本原因。

遊戲與藝術的關係，不僅在於藝術是人類遊戲的一個組成部分，從而可以說藝術是遊戲的一種，或說藝術就是一種遊戲，而且我們還必須看到，作為藝術的遊戲卻又有其自身的規則和分寸，必須全神貫注才能真正達到遊戲的藝術境界，才能完成藝術的遊戲。

金庸小說創作的最大的一個特徵，是它的外鬆內緊，即心態的鬆弛與精神的集中相結合。這就於無意有意之間，獲得了雅文學與俗文學的共同性，分別綜合了二者之長，而揚棄了二者之短。在雅文學與俗文學之間架起了一座橋樑。這就是為什麼金庸的小說能夠雅俗共賞，好看而又耐看的原因。

金庸小說創作的基點或起跑線是俗文學的，是追求娛樂性的，是輕鬆愉悅的。這使他的創作沒有那麼多的責任感，沒有那麼多的禁忌，沒有那麼多的創作方法原則，尤其是沒有那麼多的心理緊張（比如要「為××而藝術」之類）。這使他獲得了創作心態的自由和鬆弛，使他可以一心一意地講故事、講好故事。這就使他在無意之中，達到了心理境界和藝術創作中的本質回歸。即心理的自由鬆弛以及創作上的「講故事」或講好故事。其實這正是藝術及藝術創作的真正的基點。

金庸在這種自由鬆弛的心態之下，要想將故事講得好、講得精彩並不困難。因為他一方面獲得了一種百無禁忌的自我特許，另一方面則又激發了自己的豐富的想像力。在金庸的故事中，陳家洛可以是乾隆的胞弟，而乾隆是漢人的故事亦被他講得有板有眼。同樣，他的故事中的小龍女跳下絕情谷底十六年居然平安無事，而金毛獅王謝遜和張翠山、殷素素三人僅憑一支折斷了桅杆的破船居然能發現新大陸，漂流到北極或南極……

金庸小說中的許多人事情節，都是匪夷所思的，一般的雅文學作家簡直不敢想像。但金庸卻照樣可以百無禁忌地講說。有時比現實主義更加講究細節的真實，有時比浪漫主義更加講究虛構與誇張，有時比古典主義更加古典，有時則比現代主義更加現代……他的小說是故事、是傳奇、是神話、是歷史、是寓言、是象徵……

我想，這種真正百無禁忌，打破一切規範，而又能借鑒一切主義的方法技巧的藝術創作，是一般人難以望其項背的。因為一般的作家囿於某一種主義，而按照這種主義的方法原則去苦心經營，豈敢越雷池一步？這種不敢越雷池一步的創作，當然不能創出什麼了不得的好玩意兒出來。另外，一般的作家被其追求的形式規範所囿，不但失去了自由心態，而且也先去了想像力。

二十世紀中國文學進入了一個缺乏想像力的時代。

中國作家的想像力的翅膀被沉重的災難現實、被戰爭的炮火、被革命的紅繩……壓住了、轟爛了、拴住了，也被他們自己的緊張和嚴肅抑制住了，而且還被藝術原則拘束住了，因而使一個世紀以來的雅文學極度缺乏想像力。而缺乏想像力的文學之蒼白、虛弱、平庸、乾巴、枯燥便可想而知了。

金庸的自由心態、百無禁忌的創作原則以及想像力的充分發揮，是他創作的三大法寶。這三大法寶的使用，使他的小說令人耳目一新，從而擺脫了中國文學的平庸乏味的根本局限，不僅為他帶來了廣大的讀者群，而且將許多拘泥不化的雅文學作家遠遠地拋在身後。

金庸的小說創作，恢復了藝術的娛樂和自由的遊戲本性。這是雅文學作家、理論家做夢也不敢想像的。因為他們已經沒多少想像力，所以在金庸小說的奇幻浪漫的世界面前只能是目瞪口呆。

另一方面，金庸的自由心態、百無禁忌原則及想像力的發揮這三大法寶並非無目的的濫用，而是以此為基礎、為出發點，去建築自己的藝術天地。金庸之道，不僅有「三大法寶」，而且還有與此相關的另一面。金庸在自由心態之下保持了藝術創作的嚴謹和認真，在百無禁忌的原則下保持了對新的藝術規則的探索；在豐富的想像力之下保持了對藝術真實的追求。這才是金庸小說成功的真正的奧秘，也是遊戲與藝術的真正的奧秘。

在《天龍八部》一書的「後記」中，金庸寫到了對旅美華人文學評論家陳世驤教授的深切懷念和衷心感激，其中有這樣一段：

……我的感激和喜悅，除了得到這樣一位著名文學批評家的認可、因之增加了信心之外，更因為他指出，武俠小說並不純粹是娛樂性的無聊作品，其中也可以抒寫世間的悲歡，能表達較深的人生境界。

這就是了。在金庸的心目中，武俠小說也並不純粹是娛樂性的無聊作品，他也並沒有把追求娛樂性作為他的唯一創作目標，而是自覺地以抒寫世間的悲歡、表達深刻的人生境界作為自己的創作追求。

金庸是以俗文學家的自由心態去看待藝術，又是以嚴肅藝術家的態度去從事武俠小說的創作。從而他將遊戲與藝術真正地統一起來，將遊戲的自由愉悅與藝術的求真求美統一起來，於是，金庸便成了獨一無二的金庸。雅文學界中沒人有他這麼自由，俗文學界卻又沒有人有他這麼認真。他是雅文學界中的遊戲者，而又是俗文學界中的藝術家，金庸的創作橫跨了雅俗兩界，又超越了雅俗兩界。

只有心中沒有了雅俗之分及其機械而又僵化的理念，才能真正把握金庸小說創作的妙端，真正進入他所創造的奇異的藝術境界。倘若我們總是執著於某些機械的教條和一些僵化的理念，那就難辦了。好在那樣的人，多半不會來讀金庸的小說。即便是讀了，也莫名其妙。既不能得其遊戲之樂而以為荒唐；又不能得其藝術意蘊與境界而以為無稽。

我是為金迷朋友寫這部書的，當然也為胸無俗念而能欣賞俗文學的藝術的一切人。

卷一

敘事藝術論

第一章
故事的開頭

武俠小說創作的藝術技巧，在很大的程度上，就是講故事的技巧。一個成功的武俠小說家，首先必須是一位講故事的能手。倘若一個人不會編故事，他就最好是趁早改行，不要搞武俠小說創作。

精彩的故事是武俠小說的命根子。也是一切通俗敘事文學的命根子。甚至也是一般意義上的小說的命根子。

這取決於讀者。人們花錢購買小說，尤其是購買武俠小說，最主要的目的，就是想看一個精彩的故事。故事是凡俗人生的最佳伴侶，從小到老都是人生之中不可或缺的東西。

大約沒有任何人一生從沒有聽過故事。即使不認字，也照樣可以從說書人那裡聽來；即使沒有說書人，也會有族中長者以及見多識廣的人給他們繪聲繪色地講述一個個或發生在很久以前，或發生在很遠的地方的故事，以滿足人的原始的好奇心。

一個人是這樣，一個村莊、一個部落、一個民族都不可能沒有故事。人類的童年，也正是人類的故事發展極盛的時期，神話和史詩哺育了人類的童年，正如當今的童話故事每天晚上為我們年幼的兒女催眠。

《一千零一夜》中的那個國王，每天晚上都要聽一個故事，沒有故事可聽，就要殺人。正是在這一死亡的威脅之下，我們才有了一部永垂不朽的故事集《一千零一夜》。這一事實像是一個寓言，從中看出故事與人類的密切關係。當然在絕大部分的情況下，人們聽故事只是為了尋找歡樂，更不如說是消磨漫漫長夜以及諸如此類的長長的歲月。

故事是至關重要的。所以英國著名作家兼學者E・佛斯特將故事看成是小說的基本層面，看成是它的最高要素。他說：

「……小說是說故事，故事是小說的基本面，沒有故事就沒有小說。這是所有小說都具有的最高要素。我真希望事實不是如此，希望這種最高要素是一些別的東西——和諧的旋律，或對真理的體認等，而不是這種低下老舊的故事……我們都似斯氏的丈夫那位國王（即《一千零一夜》中的那位國王。——引者）一樣，想知道下一步將發生什麼。這是人之常情，也說明了小說的骨幹為什麼是故事。有些人除故事外一概不要——完完全全是原始的好奇心使然——結果使我們其他的文學品味變得滑稽可笑。……故事雖是最低下和最簡陋的文學機體。卻是小說這種非常複雜機體中的最高要素。」[6]

佛斯特先生的這段話說了有幾十年了。而近幾十年來又正是世界文學發生巨變的時代，就小說創作而言，故事是不是小說的「最高要素」，恐怕就有些難說了。至少有一批優秀的小說要與之作對，要把故事這種「最低下和最簡陋的文學機體」從小說中趕走。意識流小說的出現、心理現實主義、結構主義等等現代派文學的出現，大有要罷免故事的「最高要素」之職的趨勢。故事在小說中的地位，遠遠不如十九世紀以前那麼鞏固了。而今，故事在小說中——尤其在現代派、純文學中——擔任什麼角色，那可難說得很。這要專家們進行專門的研究，幸而與我們的話題無關，不提。

中國的一批純文學家（**尤其是改革開放時代的中國大陸的一批所謂純文學家**）唯洋人馬首是瞻，唯洋人新潮是追。佛斯特雖也是洋人，但顯然已經過時，過時即背時，背時或許就無人問津，不提。

6. E・佛斯特：《小說面面觀》第廿一至廿二頁，花城出版社一九八一年版。

可是，不管文學新潮如何洶湧澎湃，故事照樣偏安一隅，也許它退出了部分領地，但它的領域依然是廣袤無垠，整個的通俗文學世界都是它的屬國。這就是我們在前面所說的，講故事依然是通俗小說創作的最基本的技能，同時也依然是它的最高要素。

中國的雅文學家對通俗小說的不屑，除了正統觀念、門閥意識和現代階級鬥爭頭腦之外，當然也因為他們看不上故事這種低級簡陋的文學機體。不過也不排斥他們在不屑的神色背後，掩飾著他們的心虛。他們未必會講故事，更未必能講出精彩的故事。

當然也不排斥有一部分有才能而又有見識的作家並不反對講故事，甚而在自己的小說創作中照講不誤，以至於名聲大震，使文壇刮目相看。這些作家必定不會對通俗文學一味的不屑，說不定還在通俗文學作品如武俠小說，尤其是金庸等人的武俠小說中汲取了大量營養，學得不少絕招。

管它毀也罷、譽也罷，該說故事的還是要說，武俠小說的存在、發展和興盛，並不是一些人的毀譽所能決定，這叫不以人的意志為轉移。一物存在，總是有它存在的道理。

其實說故事並非易事，而要說好故事則更是難上加難。武俠小說雖有武、俠、奇、情等等足以讓人迷醉的因素，但要寫好它遠比我們想像的要難。

很多的小說廣告上都說「該書有緊張的打鬥，崇高的俠義形象，纏綿悱惻的愛情，傳奇曲折的情節」，搞得天花亂墜，似乎世上小說的妙處盡在此書之中。然而我們當真地買來一本看上幾頁，便非大呼上當不可。

商品時代的廣告大戰有時使人陷入迷津，大受其騙，當真害人不淺。世上當真有那麼多優秀的小說家？當真有那麼多優秀的小說？事實是，平庸的作家和低劣的作品總是占著絕大多數。這在武俠小說世界中尤其突出。很多的小說，故事信口開河、漏洞百出，荒誕不經，讓人難以卒讀；還有一些小說看了幾頁就令人作嘔，再也不想看一眼了。

寫好武俠小說不易，說好武俠故事不易。僅是一個小說（**故事**）的開頭，就不大容易。往往是出手見功夫，高下立判。

萬事開頭難。唱歌的要找調子，寫小說的自然也不例外。俗話說，良好的開端，等於成功的一半。然而話是這麼說，可是並不頂用，難還是難。三招一出，大家就都明白了你的武功家數，功力如何。

大家似乎都明白這個道理，因而在武俠小說創作中，絕大部分作家都玩起了程咬金先生的三板斧，彷彿成敗在此一舉。因而不少小說起頭開得精彩之極，能爆出滿堂喝彩。這大約是武俠小說的常規套路，人人無師自通，上來就是這麼一手，連號稱三大家的梁羽生、古龍等人也不例外。

如是，絕大部分武俠小說的開頭都是極精彩的。不論它的後事如何之糟糕，那開頭都是顯功力的。

然而，這種開頭的精彩到底是好是壞，可真是難說得很。究竟是好還是糟，那可要走著瞧。

所謂開頭的精彩是不是真正的精彩，那也難說得很。

絕大部分武俠小說作家在寫一部新的武俠小說的開頭時，都具有同一門心思，那就是要抓住讀者，吸引人，捉住看官。而要想抓住看官的不二法門——在他們看來——便是要開個好頭。於是各人便玩起了各人的絕活兒，每一部都玩出一個新花樣兒。非讓你留下不可。

這真是人同此心，心同此理。只不過都認為這是自己的獨門絕活，秘不外傳。然而各人都想玩出「獨一份」的絕活兒，但大家都要玩，而且每寫一部都要玩一次，玩來玩去，不免相互雷同。

我們大可以總結出一些模式。無非是新奇一點、神秘一點、恐怖一點、緊張一點，如此而已。總之是一要當場抓住人，二要留下懸念。具體的法門，無非一是出現神秘的人物，二是發生神秘的事件。神秘人物出現當然就要伴隨神秘事件發生；反過來也是一樣，神秘事件發生自必要引出神秘人物的出現。而所謂的神秘人物及神秘事件，最好莫過於有「大案子」發生，諸如某一大武術門派被滅，某一大家族被誅，某一家鏢局遭劫，某一重要人物被殺，某些寶貴財富被搶或被盜、某個寶窟被發現、某個地方被血洗……

無論是哪一樁案件，都要引出一個神秘的人物或一個神秘的組織，當然也必然要引出一個正面人物與之對抗。而且，無論是哪一樁案子發生，都必然伴隨著一個人或一批人的死亡……這才又新奇、又神秘、又恐怖，當然就又緊張、又懸念、又曲折，最後非抓住看官不可。

典型的例子，我們在武俠小說中隨便都可以找得到。比如蕭逸的《甘十九妹》一開頭就是一頂紅轎子載著一個神秘人物（甘十九妹）血洗岳陽門；《無憂公主》中的無憂公主被大內衛士追殺；《馬嘯風蕭蕭》中，白馬門主郭白雲慘遭殺害……溫瑞安的《四大名捕會京師》更是每一部都伴隨一個血案發生。

陳青雲的小說總喜歡從「滅門」（而且多半還是武林盟主一家被殺）開始說起。而古龍的《楚留香傳奇》的第一部《血海飄香》，則更為奇特也更為典型：在主人公楚留香的船旁，海上漂來一具又一具浮屍……這才是把看官的胃口吊足的場面，難道你不想知道如此奇異神秘緊張恐怖的事件後事如何嗎？至於一開頭便開練的梁羽生小說，在古龍的殺人新潮面前，早已成了古典，再不新鮮了。其他許許多多的作家作品也是這樣，我們也不必多舉。

這一種武俠小說創作的普遍現象，本來倒也無所謂好與不好，精彩的小說開頭，至少不是什麼壞事。問題是，與這精彩的開頭形成鮮明對比，是小說的草包肚和蛇尾。看到這麼精彩的開頭，自然想看下去。而在看到開頭之後的草包肚時，也還期待著好的在後面，直至看到蛇尾時，才發現自己完全是上了精彩開頭的當。

精彩開頭是一個普遍現象，而草包肚和蛇尾也是一個普遍現象。如是，對精彩開頭的懷疑也就開始產生了。

這些作家一門心思地創造精彩的「開頭效應」，卻又無力繼之，以至於虎頭蛇尾。這好比一個歌手從開始便定調太高，以至於到後來高不上去，於是只好走音。又像是一個長跑運動員在前一百米時想搶在前頭，而一百米之後便開始氣喘吁吁，而且越到後來便越是吃力。更像是一件次品用了一個較好的包裝，騙得人家買去，待打開一看，卻發現是劣等貨色。這種現象的普遍性不能不令人擔憂。

產生這種現象的原因不外三個，一是實力不行，正如足球運動員只能打前十分鐘，而後八十分鐘跑不動了。中國人寫長篇常常「氣不足」，這已是我們民族文化的特點了。二是一種僥倖心理。能騙就騙，先將客官拉來再說，這就是一種創作態度的問題了。這種人只想牟利，功夫只花在開頭，後面（裡面）的貨色品質就全不管它。三是創作方法與技巧方面的原因了。

我們只分析第三個原因，即方法與技巧方面的原因。這些作家過於迷信開頭效應，從而把開頭看得比什麼都重，真的相信好的開頭便可「等於成功的一半」。這是觀念上的錯誤。也是方法上的失誤，所謂好的開頭云云，是指一件事，而並非指創作一篇小說的開頭。這種開頭效應至少隱伏了以下幾方面的危機：一是將作品的故事高潮提前了，以至於越到後來越沒氣、也沒戲。

二是不論三七二十一的追求精彩開頭，這是一種「短期行為」，不利於整個小說的布局謀篇，從容地講敘故事，難以照應小說的整體，從而使小說整體的品質下降。

三是小說開頭想抓住人，實際上也等於給作家套上了一種枷鎖，即小說是以寫懸念和神秘的事為主，一旦懸念解開，神秘消除，沒事了，小說就顯出了它的蒼白與平庸，甚至會使人產生逆反心理。

最後一點，也可以說是最重要的一點，是小說的這種開頭給小說定了一個基調或目標，即以玩情節取勝，不利於小說達到更高的藝術境界。也許有很多作家壓根兒就不想什麼藝術境界。

一

相比之下，金庸小說的開頭就很有自己的特點。這種與眾不同，表現了作者的特殊的藝術功力、藝術風格和藝術境界。當然，也充分地表現出作者的藝術技巧，正所謂「行家一伸手，便知有沒有」。

金庸小說的第一個與眾不同的特點，是它的開頭往往很平淡。平淡本身大概談不上好與不好，正如吸引人的開頭很難說好與不好一樣。然而，在金庸的筆下，平淡的開頭，往往顯示出一種樸拙的大巧，和多方面的功能效應，以及一種特殊的藝術風格和魅力。尤其是當大家都竭力創造精彩的開頭時，金庸小說開頭的平淡，就更顯出了他的非同一般的光彩。

平淡開頭的第一個好處，是它可以不緊不慢地從頭道來。在平淡的開頭中，作者可以將故事發生的時間、地點、背景以及人物一一交代清楚，使讀者對故事的源頭有所瞭解，對故事中的環境和人物有機會熟悉，當然首先是作者可以從容敘述。這與一開始就使我們陷入具體的事件及其緊張懸念之中大不相同（**在那樣的情況下，作者既來不及寫，讀者也無心去熟悉，結果是糊塗不清。**）

例如，《書劍恩仇錄》的開頭：

> 清乾隆十八年六月，陝西扶風延綏鎮總兵衙門內院，一個十四歲的女孩兒跳跳蹦蹦的走向教書先生書房。上午老師講完了《資治通鑑》上「赤壁之戰」的一段書，隨口講了些諸葛亮、周瑜的故事。午後本來沒課，那女孩兒卻興猶未盡，要老師再講三國故事。這日炎陽盛暑，四下裡靜悄悄地，更沒一絲涼風。

以上這段開頭，可謂平淡之極，簡直不像是寫武俠故事。但作為故事的開頭，它卻將時間、地點、環境、氣候、人物什麼的，該交代的都交代了。就像古典歷史小說那樣的仔細。這樣的開頭，不僅交代了故事的背景，而且製造了一種故事氛圍，作者那兒娓娓道來，讀者這兒仔細聽來。什麼都不會被忽視（**這就是**

平淡的慢節奏的好處了）。

平淡開頭的第二個好處，是它的低調效應，即把精彩的、緊張的、快節奏的故事情節放在後面，以便後面的敘述步步高，而且能一口氣衝到底。那麼，在開頭的平淡中，作者不妨慢慢地、勻勻地呼吸，不妨把故事中的那些不便插入快節奏中而又不得不說的東西先說出來。這比那種獻寶式的精彩開頭其實要高明得多。因為它在一開始就採取了一種要細水長流的架式，穩住讀者的期望值（不使之過高），然後再逐漸加速、加溫，形成長江大河、滔滔不絕之勢。這會使讀者產生一種喜出望外的快感。因為他們在這平平淡淡的涓涓細流中，沒想到會湧出滔滔大水。

平淡開頭的第三個好處，是可以讓作者保持一種平靜，以便對全篇的布局有所安排，比如草蛇灰線、伏流千里之類。有許多的話語或細節，在開頭看來是平平淡淡，但由於它為以後的故事提供了伏線或給予了關照，那就會使這種平淡頓生光彩。

例如小說《雪山飛狐》的開頭寫到天龍門的四人四馬在雪原上奔馳，然後用閒筆寫道：

「這是清乾隆四十五年三月十五日。這日子在江南早已繁花如錦，在這關外長白山下的苦寒之地，卻是積雪初融，渾沒春日氣象，東方紅日甫從山後升起，淡黃的陽光照在身上，殊無暖意。」

——看起來這是地地道道的閒筆，至多只不過是交代了故事的時間、地點和氣候條件罷了。但看到後來，我們才會想到「清乾隆四十五年三月十五日」這個日子，在小說中有著特殊的意義，小說的「一日與百年」的故事結構，正建立在此基礎之上。而小說中的「渾沒春日氣象」等等，不僅是雪山故事的環境，而且也是一種氛圍，說它有象徵意義，也不為過。

再如小說《碧血劍》開頭寫渤泥國公子張朝唐來大陸遭逢亂世，被官兵所搶劫，不僅是交代了時代背景，也不僅是引出主人公（袁承志），而且是對小說整體氛圍的一種鋪排。因為小說的最後，在與開頭時隔十多年之後，張朝唐再次來大陸，再次遭到了搶劫（這一回是李自成手下的潰兵）。這樣開頭的那一段與結尾的這一段恰好前後呼應，而成為全部小說的氛圍（時代）基礎。

在其他的小說中，我們還可以舉出很多類似的例子。可見作者是在平淡的開頭敘述之中，平靜地安排了小說的整體，從而在全篇的敘述中，保持了一種鎮定和從容，絲毫不亂陣腳。

其實，平淡乃是一種自信的表現。是一種從容的態度，一種大手筆的姿態。因為自信，所以不必猴急地獻寶，相信自己的貨色，才能保持平靜的態度和平淡的開頭，不必忙於抓讀者，自有願者上鉤，更會有識貨之人。因為從容，這才如此平淡地從頭說起，不急不躁。

進而，平淡也是一種境界。所謂「濃後之淡，巧後之樸」，又所謂「發纖濃於簡古，寄至味於淡泊」是也。淡而有味，不是任何人都能達到的。這比濃筆重彩、緊張激烈要難得多。

最後，我們當然也不必將金庸小說開頭的平淡搞得天花亂墜。也許這兒沒那麼多的講究，而是老老實實地該說什麼說什麼，並沒有玩什麼技巧。可以不玩技巧的時候就不玩技巧，這大約也是金庸的一條經驗。一條成功的經驗。也許正是這種不玩技巧的老老實實的開頭，暗合了無技巧的道理。就像一個真正內功絕頂的人，表面上（開頭）什麼也看不出來，或者說莫測高深。

據說《書劍恩仇錄》剛發表時，它的開頭不是現在這個樣子，而是寫武當大俠陸菲青單人騎馬在荒原孤路上獨自吟唱，那種壯懷激烈的場景使許多當年的老讀者耿耿難忘。金庸在修訂時改成了現在這個樣子，使許多當年的讀者極感不滿，以為改壞了，沒有當年那股氣了。

究竟改得好不好，讀者當然自有明見。不過我倒覺得改成前面我們引述的這般樸實、平淡，正是內功又深一層的表現，因而表面上更加平常。

二

金庸小說的開頭的第二個特點，是常常從不相干的地方說起。

例如《書劍恩仇錄》明明是寫陳家洛與乾隆之間，以及陳家洛與霍青桐、喀絲麗之間的恩、仇、愛、怨的複雜糾葛。擴而大之，則是寫紅花會反滿、木卓倫部落抗清的故事。但小說卻偏偏從與這些都沒什麼大相干的武當俠隱陸菲青及他的女弟子李沅芷寫起。

再如《碧血劍》明明寫袁承志復仇報國的故事，卻偏偏在小說的開頭大寫什麼「西南海外渤泥國國王麻那惹加那乃，率同妃子、弟妹、世子、陪臣來朝，進貢龍腦、鶴頂、玳瑁、犀角、金銀寶器等諸般物事。成祖皇帝大悅，嘉勞良久，賜宴奉天門。」，並進而敘述渤泥國的來龍去脈以及它與中國交往的歷史。

不僅像歷史小說，甚而像考據文章，與小說的主線相去甚遠。

又如《倚天屠龍記》明明是寫張無忌的故事，卻從七八十年前郭襄尋楊過開始寫起，那時主人公張無忌的師爺也才是十多歲的小夥子，到主人公登場之時，張三丰已是百歲高齡。

最莫名其妙的也許是《鹿鼎記》的開頭，居然有根有據，有板有眼地寫起一樁實有其事的「文字獄」。……類似的例子還有不少。金庸似乎總不肯痛痛快快地開門見山，進入主線。而在小說開頭之際寫一段「楔子」——據說在修訂之前，第一章的前面大都有一段「楔子」，如音樂的過門，小說的閒話開篇，而修訂之後，則將絕大部分的楔子都合併入第一章，不過這種不相干的開頭的痕跡仍在，這就與我們在前面所說的其他作家的精彩開頭更不相同了。似乎作者並不想抓住讀者，而是要先與看官繞幾個圈子玩玩。

這大約是繼承了文學史上的說話的習慣。在一段故事之前，總要來一個過門作為開篇，一方面吸引大家的注意力，另一方面讓讀者先輕鬆一下。

不過，金庸小說的「楔子」，與傳統說話的開場閒話又並不相同，因為看上去「楔子」一章與故事主幹毫無關係或至少關係不夠密切，但其中卻又有這樣或者那樣的伏線，在故事中起著重要的作用。表面上似不相干，實際上卻又似有用，這是一項需要探究的奧妙。

這些「楔子」有以下幾方面的作用。

一、「楔子」的作用有如建築的照壁或室內的屏風，起一種遮蔽作用，以免對院內、室內的景物一覽無餘。而這種遮蓋、掩蔽反而會使人對院中、室內的景物產生神秘感，吊起了胃口，必欲一窺而後快。這種閒話開篇大繞圈子的作法，有如新聞發言人顧左右而言他，使人對正文的興趣大大增加。而且探秘的欲望和滿足這種欲望的追求也會隨之增加。

二、「楔子」的作用還在於它能造成一種歷史感、真實感。武俠小說本是虛構的江湖傳奇故事，有時候讓人難以置信。而在故事的開頭大寫其真實歷史的時間、地點、人物、事件，使人不得不信。至少是未必全信，但也不敢全不信。從而作者的目的便達到了。例如《書劍恩仇錄》、《碧血劍》、《雪山飛狐》等小說的開頭所寫的歷史時間，便容易給人造成一種真實的歷史氛圍。在這一真實歷史氛圍中，作者虛構的故事及其傳奇的情節也就更容易被讀者所接受。

三、「楔子」的作用，還可以用來追根溯源，來一個真正的從頭說起。例如《倚天屠龍記》寫郭襄尋楊過，不僅可以承繼《神鵰俠侶》的結尾（因為《倚天屠龍記》是「射鵰三部曲」的第三部，所以必須要拉上關係），而且可以通過她尋至少林寺瞭解（展示）張三丰（張君寶）逃出少林、自創武當派的原因，從而為張三丰——張翠山——張無忌的故事線索理出源頭。而小說中寫俞岱岩因屠龍刀而受傷致殘，則更是張無忌的故事的直接引言。

四、「楔子」的作用，當然還可以用來解釋作品的主題。如《天龍八部》的「楔子」一章（這是修訂後唯一保留「楔子」之名的一篇）便是如此。

五、「楔子」的作用還可以在上述幾種功能之上綜合成一種新的功能，那就是給整個小說繪製一個廣大的歷史背景，給主要人物的故事搭起一個巨大的舞臺。至少是利用楔子與正文之間的空白時空，給作者留下上下右左騰挪轉折的時空，同時也給讀者留下思索的餘地。例如《鹿鼎記》的第一章寫莊廷瓏的《明史》案文字獄，引出明末清初的歷史名人顧炎武、呂留良、黃宗羲等人，看起來與韋小寶的故事沒有直接的關係，但實際上卻有幾點間接的作用：一是顧炎武等人也成了書中的人物，在後面還有故事，二是莊家感激韋小寶，將丫環雙兒送給韋小寶；三是通過這段故事埋下六指神丐吳六奇（天地會的紅旗香主）的伏線；四是給全書安上了一個「黃鐘毀棄、瓦釜雷鳴」的對比情節，一面是讀書人的文字獄，一面是韋小寶這種不學無術的人的飛黃騰達，這不用說是有深刻的寓意的。

總而言之，這種看似與故事主線沒有直接相干的開頭，是金庸的一手絕活兒，往往在開頭將廣度拓足、深度挖夠，以便小說主線可以向更深更廣處發展或延伸。不至於就事論事，使小說僅僅只有一個故事。前面的「帽子頭」是一頂大帽子，需要我們看完全部作品之後才能認清它的妙處。

其實，我們仔細地看完金庸的一部書之後，會看到所有的開頭，不論看起來是多麼離題萬里，都不是完全的無的放矢。它起著「引子」的作用，不會與故事正文沒有一絲一毫的關係，只是或明顯或隱晦，或深或淺、或密切或疏朗罷了。《碧血劍》大寫渤泥國，那是要引出張朝唐來大陸，並由他來大陸引出袁承志、且介紹亂世的故事背景。另一點是渤泥國的「朝唐」與「唐山」（大陸）的動亂形成刺目的對比，同時又間接為袁承志到海外尋找理想樂園埋下伏筆。

總之，金庸的小說是由精彩的故事構成的，但小說又不全然只是一個故事，在這故事之內及故事之外，總是有著更深廣的時代、社會、歷史、人生的豐富的內蘊及深廣的背景。這種背景與內蘊，便是小說與故事的差異之處，而小說的楔子一章，則往往為這種差異提供了必要的線索，安排了必要的空白和時空。

三

金庸小說開頭的第三個特點，是它的不拘一格而富於變化。

金庸的小說開頭常常寫得平淡、從容、不論多大的事將要發生，該交代都會交代清楚。但這種平淡卻並不是呆板，金庸小說的「楔子」也不都是老一套。金庸不大喜歡玩弄技巧，至少是在小說的開頭不這樣做，但這並不等於完全是平鋪直敘或相反地彎彎繞。

認真仔細地將金庸的小說開頭排一排、比一比、想一想，我們會看到這些開頭在方法和形式上不盡相同。可以說是各有各的開法，有的是通過次要的人物切入；有的是通過相干的人物引入；有的是通過不相干的事件楔入；有的是繞來繞去的繞入；有的是開門見山的直入；有的是逐漸地不知不覺的化入；有的則是隔著時空跳入……將金庸小說開頭的不同「入」法作出具體的分析和比較，會是一篇非常精彩的文章。

在不同的作品中，追求不同的招式套路，盡可能地創出新招，以免與以前的套路重複，這是金庸創作的一貫作法，也是他的自覺的創作觀念。這一點正是金庸的與眾不同之處。我們務須認識這一點、記住這一點。在以後的分析中，我們還會專門地討論這一點。而這一特點在金庸小說的開頭形式上，也可見到。

這種不拘一格而富於變化的開頭形式，既體現了金庸的自覺創新的意識和追求，也表現出了金庸的功夫不淺，能夠不斷地創出新招。若說金庸小說開頭往往喜歡平淡，喜歡慢慢道來，他的《笑傲江湖》一書的開頭一章卻安排了「滅門」的場景，奇禍陡生，慘烈非常，一改平淡開頭的舊俗。

若說金庸小說開頭往往喜歡將時代、地點、環境、人物交代得清清楚楚，但他的《俠客行》一書卻年代不詳、主人公的姓名及出身不詳、主人公的經歷也始終雲遮霧罩，謎團重重，打破了過去交代清楚的老套。

若說金庸的小說開頭喜歡從不相干的人事開始說起，喜歡繞來繞去，但他的《連城訣》一書的開頭卻直進直入、開門見山將狄雲從鄉下帶入城中，從萬府客舍帶入官家牢獄，開始就蒙冤受屈，完全沒有過去的引來繞去的作風。

若說小說的第一回中多多少少總要安排些武戲，讓書中人物開打，而《鹿鼎記》的第一回則整個兒都在文唱。……金庸小說開頭的不拘一格，由此可見。

我們完全沒有可能尋找一種適合於所有作品的開頭之法。

當然也沒有必要這樣做。

如果我們將每一部小說的開頭從作品中割裂開來，則無論如何也難以明白它們究竟有何妙處。想要專門學習和借鑒金庸小說的開頭之法，那將會困難重重，甚至不知該從何處著手。這就是說，金庸小說的開頭，都是不能脫離具體作品的。而金庸小說開頭之法的妙處，也只有在具體的作品整體結合起來才能顯示出來。一旦割裂開來，專門學習所謂切入、引入、化入、繞入、直入、楔入、跳入……之法，那往往會捨本求末，甚而會鬧出將羊頭裝在狗身、虎頭裝在獅身的笑話。

金庸小說開頭的不拘一格之格，以及富於變化之法，也不是無跡可尋的。至少有以下幾點可以參考。

一點是尋找合適具體作品（身）的開頭之法及開頭形式（頭）。這看起來似乎是一件簡單的事情，但真要做好，並不容易。金庸小說的開頭以及所謂「開頭之法」都是根據他所要寫的具體作品設計的。正如畫家要畫出什麼動物的「身」就必須配上什麼動物的「頭」。這個比喻當然簡單了一點，大致上就是那麼個意思。總而言之是要有成竹在胸，這才是最關鍵的。

所謂「合適」，並不是指事件、人物從哪兒開始寫起，而是指給小說找一種合適的基調，一種合適的情境，或一種合適的節奏。例如《射鵰英雄傳》與《神鵰俠侶》這兩部小說的開頭，就不能互換。因為這兩部小說的開頭場景的描繪，已經暗示了小說的情境和主題。

《射鵰英雄傳》的開頭是寫一個說書的藝人在秋天的牛家村說述金兵侵宋罪惡的情形，一種憂國憂民的基調就此形成，與小說的俠之大者為國為民的主線及主題相吻合。而《神鵰俠侶》的開頭則是寫江南春日、一群少女在湖中採蓮嬉戲，岸邊一個道姑、一個老者聞歌歎息，這種人生情感的憂傷歎息在這一具體的情境中顯得格外的深沉悠遠，正與小說的「問世間，情是何物」的敘事主題相吻合。倘若將兩部小說的開頭場景相互換一下，那就會不倫不類。其他的作品開頭，也都有其類似的作用。

另一點是，著重一個變字。把握不拘一格的真諦，在不違背適合本體的原則的前提之下，盡可以進行自由的創造。也就是說，這些小說的開頭固很合適於作品，然而合適於作品的開頭以及開頭之法未必只有一種。我們決不能對開頭及其所謂開頭之法過於迷信，乃至產生一種盲目的固執，以為一部書只能有一個開頭或一個好的開頭。

實際上並非如此。一個作品的開頭怎樣，固然會影響作品的整體，但它的成敗並不等於作品整體成敗的一半。壞的開頭也可以有好的故事，好的開頭也會有壞的故事，而且一個故事也可以各種各樣不同的開頭，這些不同的開頭完全有可能都是合適的，都是好的。

總而言之，對開頭之法及開頭形式的拘泥刻板，是最大程度上違背不拘一格的藝術原則。金庸小說的開頭，又何嘗都是十全十美的呢？再說，金庸在小說開頭之時，也未必會刻意求工，而是多半任性而為，而功到自然成。例如《鹿鼎記》的開頭寫文字獄，是他想到中國大陸「文化大革命」的文字獄而設計的一個開頭，這對於他的作品來說，未必合適，但他還是這麼寫了，而且居然與小說整體接上了榫頭。這就是不拘一格的表現了。當然，要這樣做，而且想要做好，沒有高超的藝術功力是不成的。光是所謂技法往往並不能解決問題。

第二章 小說的構成

武俠小說也好寫也不好寫。故事好編，編好故事卻又極不容易。

武俠故事好編，是因為通常的武俠故事，只不過是武、俠、情、奇四大要素按照某些固定的模式去組合。而武、俠、情、奇這四大要素，本身就具有一種天然的故事性，從而能夠大大的吸引讀者。一是武功打鬥、排兵布陣，「好鬥」的讀者自是被迷得熱血沸騰；

二是俠義與邪魔形象分明，好人終有好報，壞人惡運難逃，「好心」的讀者自然會大看特看；

三是在故事中加入些青年男女的恩愛情怨、重重糾葛，那便更使小說剛柔相濟，人物劍膽琴心，故事曲折又纏綿；

四是武俠小說有傳奇的特徵，誇張、虛構、巧合自可以大用特用，什麼事情都可以讓它發生，不必顧忌現實中人是否能夠辦到。豈不是如虎添翼，給武俠小說帶來無限的福音？

更有甚者，除武、俠、情、奇這四大要素之外，還有自古流傳的一些武俠故事的模式可以借鑒，可以套用。無非是復仇、奪寶、情變、伏魔……等等，按照某一模式的套路去編上一編，每一個識字之人都可以無師自通地成為武俠小說的「作家」，真可謂名利雙收。而且還是得來全不費功夫。

只不過，編故事固是容易，而且在武俠小說市場行情看好、供不應求的情況下，什麼貨色都能脫手賣出，但要將武俠小說寫好卻又十分困難。好編固是不錯，編好卻談何容易?!

武俠小說作家要想講好故事，有以下幾點困難。一是往小裡寫，故事情節往往就單調，而且單薄；二是往大裡寫，則故事結構又容易鬆散，甚至零亂；三是寫來寫去，編來編去，古也有今也有，你也編我也編，故事難免互相雷同，大哥二哥麻子哥，大家差不多。奈何？

要想別出心裁，講一個好故事，那是踏破鐵鞋無覓處了。武俠故事得來全不費功夫，而好的武俠故事又踏破鐵鞋無覓處，這真是成也蕭何，敗也蕭何。武俠小說浩如煙海，但好的卻沒有幾部，大部分是相差無幾，甚至可以看頭知尾。層次低的讀者固是饑不擇食，層次高的讀者就要大皺其眉，施以白眼了。武俠小說作家多如牛毛，好作家卻只幾個，其原因也就不難理解了。

最常用的武俠故事模式不外乎下列幾種。

一是**復仇模式**。多半是某一門、一派或一家、一族因故慘遭「滅門」之禍，只有某一位或男或女年幼子弟僥倖躲過慘禍，於是立志報仇，勢必先練苦功，拜師學藝，然後經歷幾番曲折，終於報得大仇。

二是**奪寶模式**。傳言某人得到或某地出現某種寶物或某一寶藏（**寶物不僅是指金銀財寶、珍珠寶貝，而且包括奇兵利刃、武學秘笈、藏寶之圖等等**），武林周知，正邪兩派四方雲集，你爭我奪，大打大殺，最後由武功高或計謀高的人獲得。

三是**伏魔模式**。這又分為兩支。一支是某名俠仗義江湖，鋤強扶弱，殺富濟貧，將作惡多端的壞蛋殺死。另一支則帶有更多的魔幻色彩，即一批魔教、魔派勢力悄然興起，暗害武林正派人士，大有獨霸武林之勢，眼見武林之中惡運當頭，正派人士便推選盟主，與之決一死戰。最後自是俠勝魔敗，是謂伏魔。

四是**情變模式**。這也可以分為兩支。一支是某男愛上了某女，兩情依依，但某男或某女漸生異心，愛上了第三者，於是前戀人或前妻反目成仇，愛有多深，恨則加倍。一場災禍自然不可避免。另一支是兩個互相對敵的派別、組織、家族間，一方之男愛上了另一方之女（反之亦可），兩人為敵又為情，實難處理，如此便生出諸多事端來。或化敵為友，或為情而亡，或對敵而死，總之是照著羅密歐與茱麗葉的故事模式設想不同的結局。

梁羽生被尊為「新派武俠小說」的鼻祖，不僅是因為他是香港第一位寫新派武俠小說的人，也不僅是因為他的武俠小說的創作續上了中國武俠小說發展史的斷弦，而且也是因為他的小說創出了新的故事模式、運用了新的文藝手法，提煉了新的思想主題，使武俠小說提高到了一個新的層次，為武俠小說史開創了一個新的時代，使廣大讀者耳目一新。「新派武俠小說」的一個「新」字並非只有時間上的意義，而梁羽生成為新派武俠小說的創派長老，則更是有其特殊的貢獻。

梁羽生開創了武俠小說的民族鬥爭模式，描寫武林人物反官府、抗異族，視國家大事、民族存亡為俠道人生的第一要務。從而不僅使廣大的海外讀者深為感動，而且使一向具愛國心的國內讀者大加讚賞。梁羽生用新的文藝手法寫新的思想主題，不僅開創了整個武俠小說的新紀元，而他自己則也成為民族鬥爭模式及其新流派的創派祖師。可是，梁羽生的小說創作也有各種各樣的局限，以至於乍看時歡歡喜喜，看多了就不免遺憾；看三部五部倒還可以，看十部二十部便覺乏味了。

其原因很複雜。僅就故事的構成方面來說，梁羽生的小說兩大缺陷比較明顯：一是小說龐大而結構鬆散，開頭的《龍虎鬥京華》、《草莽龍蛇傳》幾乎難以統一成一個結構整體。以後的作品雖有改進，但鬆散之弊，畢竟沒有徹底的消除。也許這與他寫一段發表一段、想一段寫一段這種特殊的創作方式有關。這樣的作品一天一續，看報紙上的連載猶可，若是集中到一部書中看，不免鬆散零亂，甚而漏洞百出了。

古龍才華橫溢，被稱為武俠小說創作的奇才怪傑。他的主要成就在於創造了一種更新的更具個性的武俠小說文體，古龍文體成為後學者紛紛摹仿的對象。他的另一大貢獻在於開了橫向借鑒的新格局，將西方當代各種通俗文學故事模式引入武俠小說創作之中，從而大大豐富了新武俠小說的模式、技巧與方法。

古龍對當代偵探、推理小說的借鑒尤為成功。他的筆下出現了一批武功高強又智慧過人的俠探形象，或業餘或專業，無不令人激賞。這是古龍的主要成就標誌。然而古龍雖然聰明善變，他的小說也只能以小巧玲瓏見長，往大處寫，也只能系列而不能連續，一案一案的偵破，雖也好看，卻難免單調。

梁羽生、古龍各自開創了自己的故事模式及其風格流派，因而名列巨頭之中。然而這兩位巨頭的成就局限是，他們自然不重複別人，卻難免重複他們自己，他們創造了新的模式，卻又過多地重複這種模式，缺乏繼續革新的雄心與能力。因此，還算不上是真正的大作家，他們的作品不宜多看，多看便露底，因為它們多半大同小異，明顯是一個模子套出來的。這就不是統一風格的問題，而是雷同重複模式化的問題了。

真正的大作家的標誌，是既不同於他人，又不重複自己。有鮮明的風格，而又能不斷創新。

且看金庸又如何。

一、人生主線

金庸的武俠小說與其他人的武俠小說的最大的不同點之一（就故事的構成而言），是作者找到了一條人生主線，並成為他的所有小說構成的最基本的要素。這一人生主線的貫徹，不僅是金庸小說的特點，也是他的小說的藝術成就的基礎和標誌之一。

所謂人生主線，是指小說中的主人公的成長過程及其人生經歷。金庸的小說將這種主人公的人生經歷作為故事構成的中心線索，作為安排故事情節的依據和目的，從而使金庸的武俠小說成為不折不扣的人生故事。因為主人公的人生經歷及成長過程是小說的主要情節線索，這使金庸的小說非同小可。

讓我們從頭說起。

故事故事，是已經故去的事。所以一提起故事，自然讓人想起事來。可是，具體的小說創作及其故事的構成，最大的一個難點，就是不易找到一個主線。

某一位外國作家說過，我有許許多多閃光的珍珠，可就是找不到一條金線將它們串成一串精美的項鍊，使之成為藝術品。這就是說，我們在創作中很容易想到某些事，想到某些情節片斷細節，而且有或這樣或那樣的思想、情感急需表達，可就是找不到某一種線索，將所有這些片斷串成一個完整而有機的整體結構，從而使小說要麼變成流水帳，甚而變成亂麻團。究其原因就在於找不到主線，從而也就構不成作品。寫作長篇小說尤其是如此。只要有過寫作經驗的人不難體會到這種沒有主線——找不到主線——的苦惱。由於找不到主線，使很多有才華、有潛力的人敗下陣來。

武俠小說的創作就更需要有好的結構主線了。因為武俠小說大多數都是長篇小說（在當代，是為了滿足讀者的消費需要），而且有越長越好的傾向（可以消費更多的時間），所以便格外需要主線，以便串故事之用。這無需多說。

縱觀武俠小說的創作發展歷史，我們不難看到，主線問題成了武俠小說創作的一大難題。使一部分作家困惑苦惱，另一部分作家灰心喪氣。如是這般，成績始終不大。

如前所述，二、三十年代中國武俠小說的巨頭平江不肖生，還珠樓主等人的作品便存在著缺乏主線，因而缺乏作品結構的完整性的巨大而又明顯的缺陷。無論是《江湖奇俠傳》還是《蜀山劍俠傳》，都因缺乏統一的作品主線而使人遺憾。要麼是事事連環，但連到後來不免離題萬里：要麼是隨寫隨丟，不用說形不成整體，武俠作家所採用的方法，是走一步算一步，或曰「信天遊」，遊到哪兒是哪兒，走到哪兒算哪兒。或以事相串，此事串彼事，大事串小事，但串著串著，總不免串題跑調。

這從武俠小說的固定敘事模式可以看出。復仇是一件事；奪寶也是一件事；情變是事，伏魔也是事。雖然武、俠、情、奇具有故事性，但這些元素總須在一定的小說結構中才能起作用。梁羽生的民族鬥爭模式雖然大，但也還是事，古龍的偵探推理模式雖然巧，依然還是事。一部小說僅敘一件事，固可以按照事情的原委及發展過程來寫，但不免比較單調，而且容易雷同。一部小說若想寫幾件事，問題也就來了，這事與那事之間如何串得起來？弄不好就會犯鬆散零亂的老毛病，這鬆散零亂似乎成了長篇武俠小說的痼疾。

這種痼疾被金庸治好了。金庸的秘方，無非是寫人生三個字。

寫人生故事，讓它成為小說結構的主線，這便成了。

不過，金庸雖然天縱其才，這寫人生為主線的秘方妙訣卻也並非生而知之。他的小說創作也不是一帆風順。他的頭三部作品——《書劍恩仇錄》、《碧血劍》、《雪山飛狐》——固然是出手不凡，三腳踢出了一個場子，但這幾部作品嚴格地說，還不能說是真正高檔次的優秀作品。它們只是為金庸小說的創作打下一個基礎，為金庸小說的獨特敘事模式的建立積累些經驗。

《書劍恩仇錄》講述了幾個很好的故事，比如乾隆與陳家洛的兄弟關係及政治上的對敵；比如陳家洛與霍青桐、喀絲麗姐妹間的愛情糾葛；比如回疆木卓倫部反抗官府壓迫的鬥爭……等等，只是這部小說在結構上不大嚴謹，顯然缺乏主線，所以讀起來略嫌雜亂。它有很多漂亮的局部，但缺乏一個漂亮的整體。

《碧血劍》則進了一步，以袁承志的復仇為主線，貫穿了整個小說的情節。袁承志與夏青青的相識和相愛，又引出了袁崇煥、夏雪宜這兩位故人的故事，從而不僅有了復仇與情愛的交織，也有江山歷史故事與江湖傳奇故事的交織，還有活著的人事與死了的人事之間的交織。

但缺點也在這裡，這部小說過於注重對袁崇煥、夏雪宜兩位故人的故事的搜尋和表現，不免使袁承志、夏青青的形象及其故事稍嫌不足，在某種程度上，這兩個活人倒成了死人故事的導遊。這很像英國的一部叫《瑞貝卡》（**改編成電影名為《蝴蝶夢》**）的小說作品。只是小說處理得不好，使袁承志、夏青青的故事與袁崇煥、夏雪宜的故事兩敗俱傷。

《雪山飛狐》的小說結構上更進一步，更加嚴密而又巧妙，像日本電影《羅生門》那樣由眾人的敘述交織成故事，向為許多人所稱道。這部作品將百年恩怨與一日遭遇完美地交織在一起，比之《碧血劍》又更加巧妙。只不過它太追求巧字，硬要在一日中敘述百年故事，實在難以容納，就只有剪裁。以至於小說的重心放到廿七年前胡一刀與苗人鳳在滄州鄉下五日五夜的惡戰上。

作者後來發現《雪山飛狐》並沒有重點寫胡斐，而是重點寫胡一刀，因而後來專門為胡斐寫了一部《飛狐外傳》，其實不僅胡斐沒寫好，胡一刀也並沒有寫足。因為小說故事的重心放在那一場比武上，其他的方面不免有所損失。總之，這部《雪山飛狐》是一部精緻卻乏厚重、小巧卻不豐富的小說，算不上是傑作。

當然，這三部作品的得與失都是相對的。無論如何，它們的創作為金庸小說的大突破提供了必要的經驗教訓，打下了堅實的基礎。

金庸小說的轉折和突破是以《射鵰英雄傳》的創作為標誌的。這是他的第四部作品，也是他的人生故事模式的第一部成功之作。

《射鵰英雄傳》不僅是金庸本人的創作上的一次飛躍，也是武俠小說發展史上的一部劃時代的作品。心高氣傲的古龍對此也不能不承認，他說「武俠小說……至金庸的《射鵰英雄傳》為一變」。[7] 這話不錯。

《射鵰英雄傳》是金庸的小說創作在各方面走向成熟的標誌。其他方面暫且不說，僅就故事的構成方法而言，這部小說綜合了前幾部小說的長處，創造出一種新的方法模式和結構原則，為他此後的小說創作普遍採用。

這一小說構成的新的方法和形式是，將主人公郭靖的人生經歷的敘述作為全書的中心線索。即一切故事都圍繞郭靖展開，凡與郭靖有關的人或事便說，凡無關的人和事便不說，這使整部小說重點突出，中心分明。而故事的具體展開的方

7. 古龍：《〈多情劍客無情劍〉序》。

法是，隨郭靖的具體經歷和遭遇的展開而展開。

作者的敘事視點始終盯在主人公郭靖身上，作者的視線也就是郭靖的視線，就像一台攝影機一直盯著郭靖。他走到哪裡，攝影機就跟到哪裡，拍到哪裡。這使小說內容豐富卻不零亂，結構龐大而不鬆散，情節曲折而不失控。一以貫之，神氣充沛。

看起來這是一種古老而又單調的方法和形式，看起來沒什麼技巧，更不似《雪山飛狐》那樣新潮，然而它卻是一種行之有效的方法，也是長篇小說的最合適的形式。這種無技巧的方法和形式，正是作者的大氣和大巧的表現。正是由於採取了這一看上去很傳統的方式，使《射鵰英雄傳》成了武俠小說的藝術經典。

它之所以會成為武俠小說的典範之作，是因為它在根本上實現了故事的法則，並且還提高了武俠小說的藝術地位。

福斯特先生如此寫道：

現在我們可以給故事下個定義：故事是一些按時間順序排列的事件的敘述——早餐後中餐，星期一後星期二，死亡後腐爛等等。就故事在小說

> 中的地位而言，它只有一個優點：使讀者想要知道下一步將發生什麼。反過來說，它也只能有一個缺點：無能使讀者想要知道下一步將發生什麼。這就是能夠加諸故事性小說中的僅有的兩個批評標準。[8]

《射鵰英雄傳》採用了古老的傳記文學的形式，滿足著廣大讀者想要知道下一步將發生什麼的古老的願望，也就實現了古老的故事的本質。除此之外，《射鵰英雄傳》當然還提供了更多的東西，也有著比一般的故事更為複雜的文學機體。小說的主人公郭靖不是一個導遊。不是一根結構線索，不是一台攝影機，他只是在小說的故事結構層面上，客觀地起了導遊、結構主線及攝影機的作用而已。除此客觀功能之外，作者更著重的是這一人物本身的人生經歷和性格形成與發展的描繪。

人物的人生經歷包含了以下幾方面的內容。

一、命運。命運是由環境、人物個性及某些偶然的因素（**超乎人力的因素**）「三合一」組成的。這是人物故事的基本依據，是人生經歷的基本層面。因此，

8. E・佛斯特：《小說面面觀》第廿二頁。

作者構思的巧拙會充分地表現在對人物命運的構思和安排之中。

二、成長。指主人公在特定的環境背景中自幼而長的自然的生命過程。這種生命過程是人生經歷的最具體的表現，也是命運的具體展示。但它與命運卻又並不是一回事，因為人生經歷之中包含了對命運的妥協、認同，也包含了對命運的懷疑和挑戰。這在郭靖的故事中表現得尤為突出。郭靖對命運的反抗和挑戰，正是小說最使人感奮的內容之一。

三、成才。因為小說是武俠故事，人物生活在特定的武林背景環境之中。因而人物的武功高低強弱，對於主人公形象的成敗有著關鍵性的影響。所以，人物成長的過程必然包括人物學藝與成才的過程。這是一個完整的故事所不能缺少的。金庸的小說，正是因為展示了人物成才的經歷和具體的奮鬥過程，才顯示出其格外與眾不同之處。

四、成功。成功不是人物命運的必然結果，也不是人物的成長的必然歸宿，甚至也不是人物成才的必然表現。但成功是每一部武俠故事所要求的，既是故事本身的完整性的要求（**人物事業不成功，故事就不能算結束**），也是廣大讀者——當然主要是中華民族的讀者——的共同要求和共同心願，是讀者所要求的對人物的不幸命運、艱難成長、刻苦成才的一種報償。如果無此報償，就會被認為不是一個好的故事。在這一點上，作者幾乎沒有多大的選擇餘地。有恩報恩，有仇報仇，這既是中華民族的古老的價值夢想，也是故事的自然要求。

作者的自由，體現在對命運、成長、成才的不同路線的安排、選擇和構想，並進一步體現在對人物的命運、成長、成才、成功的相互關係的安排和處理上。

這樣，金庸創造的這種由主人公的人生主線串聯出故事結構的方法和形式，其意義和成就便顯示出來了。

這種故事構成方法的意義主要有以下幾點。

（一）完整性

一個故事有了一個中心，一條主線，整個的故事結構的完整性便自然形成了。在前面的分析中，我們已經論證了，無論是多麼複雜的人或事，在這樣一種結構中，都必須服從人生經歷這根本線。或作為背景，或作為環境，或作為人生的具體內容，總之不會脫離開人物的「命運——成長——成才——成功」這種結構。

這種結構的形式並非一條直線，它可以由複雜的曲線構成。或者把它看成是一個鏈條，即「命運——成長——成才——成功」一環套著一環，有重疊，有交叉，也有各自不同的發展目標。或者把它當成一個座標系，由命運作為圓點，由背景——環境——人生內容作為一條軸（Y軸），而由人物的成長——成才——成功作為另一條軸（X軸）。

總之，這是一個完整的結構形式。這一形式的完整性，標誌著武俠小說的結構形式的發展和成熟。

（二）豐富性

由命運為圓點，由背景一環境——內容與成長——成才——成功兩條垂直相交的軸線所組成的座標系結構而成的故事，其結構的內容的豐富程度是可想而知的。

人物的成長、成才、成功的具體歷程，本身就包含了豐富的故事。再加上命運的變幻不定，加上背景與環境的變化，這種故事結構的豐富性就會大大增加。這不像過去的故事模式的以事件為核心的結構形式，要想嚴謹（完整）就難以豐富；反之亦然。這種人生主線結構的豐富性，可以由一句話來說明，即人生千變萬化，包羅萬象。

（三）靈活性

或許有人以為這種以主人公的人生經歷為故事結構主線的方法與形式太過單調，甚至不無呆板。的確，《射鵰英雄傳》採取了這樣一種方式敍述了郭靖的故事；《神鵰俠侶》採取了這種方式敍述了楊過的故事；《倚天屠龍記》採取了這種方式敍述了張無忌的故事……自《射鵰英雄傳》之後，金庸的小說都採取了這種方式，敍述了不同的主人公的故事。可是，我們並沒有感到單調，更沒有感到呆板。這可以從上述小說作品中感受出來，也可以從理論上推斷出來。

這種結構方法和形式表面上相同，然而其中包含的元素卻無不具有靈活性、可變性及其相對性。人生豐富多樣，人的命運各不相同，人的性格千變萬化，人的成長的經歷以及成才的路子、成功的方式等等都可以千變萬化，多種多樣，又怎麼會單調呢？除非作者的能力所限，否則採取這種方式可以使結構成無窮無盡的各不相同的故事，絕無呆板之嫌。

這不像前述的復仇模式、奪寶模式、伏魔模式，以及民族鬥爭模式或偵探模式等等，每一種模式都只有有限的幾種處理方式。例如偵探模式，一件案件的發生到它的偵探、推理、破案、緝凶到結局，都大體相同，作者的選擇和創造的可能性相當有限。而人生故事卻不是這樣。

（四）藝術性

這種人生主線的故事構成，使武俠小說獲得了更高的藝術基準線，獲得了更大的藝術創造的空間。因為它的敘事基點不再是這樣或那樣的事，而是在事件之中，又是在事件之上的人。

「文學是人學」，這種人生主線的故事構成方法恰好使武俠小說達到了人學的高度，從而獲得了文學的藝術創造的必要前提。金庸把人物從事件中解放出來，使人物變成小說敘事的真正的重點和核心。

對人物性格的塑造成了他的創作目標，而對人生的感受和體驗則成了他的創作的動力。在他的這些小說中，我們從人物的成功中分享到人類共同的喜悅，從人物的成才過程中體驗著人類自我發展的艱辛和奧妙，從人物的成長過程中感受著人生的各種各樣的複雜的滋味，從人物命運的展示中我們看到人類的共同的悲哀，而從人物與命運的抗爭中，我們又感受到人類的希望及人生的真義……這些是在其他的武俠小說作家作品中很難感受得到的。

二、歷史視野

金庸的武俠小說的故事構成方法與形式的另一大特徵，是它具有一種廣大的歷史視野。

在某種意義上，人們對金庸的喜愛和欽佩，在一個大字上。他的小說具有一種大手筆，大場景，大氣勢，大結構。

馮其庸先生如此寫道：

> 金庸小說的情節結構，是非常具有創造性的，我敢說，在古往今來的小說結構上，金庸達到了登峰造極的境界。他的小說結構，第一是龐大，他的小說，往往洋洋灑灑，一瀉千里，而又縱橫交錯，形成一個龐大完整的故事結構。可以說是體大而思精。[9]

9.馮其庸：《曹正文著〈金庸筆下的一百零八將〉序》。

金庸小說之所以能夠形成一個龐大的而又完整的故事結構，不僅是因為它採取了以主人公的人生經歷為主線的敘述方式，而且是因為它有一種廣大的歷史視野。人生故事可長可短、可大可小，人生經歷作為故事的主線只能夠保證故事的完整，而不能夠直接導致故事結構的龐大。導致故事結構龐大的因素，正是一種開闊的歷史視野。因為歷史包容了一切。歷史不僅是一些時間的延續，同時也是一定的空間的展開。

將歷史引入武俠傳奇故事之中，倒並不是由金庸首創。金庸可以說是從梁羽生那裡學來的。梁羽生的《龍虎鬥京華》、《草莽龍蛇傳》、《白髮魔女傳》等小說，從開始就創造了這樣一種將歷史與傳奇結合起來的故事模式，以便完成一種較為嚴肅的文學主題：歷史發展中的階級鬥爭與民族鬥爭主題，或曰歷史英雄主義與愛國主義的主題。也可以簡稱為反官府與抗異族的歷史傳奇模式。

梁羽生之所以能夠創立這一歷史傳奇模式，一是因為以往的武俠小說作品中有過這樣的先例，如《水滸傳》以及《俠義英雄傳》等等。這種先例，有著將江湖傳奇與歷史演義結合起來的趨勢，也符合為國為民、俠之大者的傳統價值觀念。

二是因為梁羽生有著現代新文藝的思想觀念，包括對作品的嚴肅主題的目標追求，以及現實主義文學規範的實際影響等等。這要求作者將歷史和傳奇作為一種材料，將這種材料結構成一種故事模式，將這種故事模式規定為對歷史的本質的探索與反映，而這種探索和反映的具體內容包括「群眾是真正的英雄」、「階級鬥爭」、愛國主義精神等等。

三是梁羽生本人的豐富的歷史知識和歷史學的修養。歷史既是梁羽生之所長，那麼在具體的創作中，將歷史知識、歷史觀念等等運用於文學構思之中，便是自然而然的。沒有這種豐厚的歷史學修養作為支柱，要想完成嚴肅的歷史主題的演繹及歷史傳奇形式的創造都是不可能的。而有了這種修養，若不這麼寫就會感到遺憾、可惜和不滿足。揚長避短，是每一位作家都自覺或不自覺地遵守的一種創作規則。

梁羽生創造了這種將歷史引入傳奇世界的故事構成方法和形式，使他的小說創作的藝術成就始終保持在水平線之上。但這種方法與形式並沒有為梁羽生帶來更大的成就，其原因是：

一，梁羽生的小說缺乏統一的人生故事，從而歷史的故事線索有時不免顯得散亂、甚至有時顯得多餘。

二，梁羽生對俠義形象的執著，及對俠邪對立、衝突模式的執著，使他的民族鬥爭的故事模式顯得比較單調。其正面人物都是「高、大、全」的形象，因而歷史變成了這些人物的英雄主義的證明，而沒有發掘歷史的更豐富、更深刻的本質。

三，梁羽生的歷史知識的豐富加之歷史觀念的明確以及要解釋歷史的強烈願望，使他的小說缺乏必要的靈活性。這是些題外話，我們不再多說。

金庸的小說創作，從一開始就借鑒了梁羽生的這種將歷史引入傳奇的故事結構方法，並以此作為他的故事構成的一大法則。從而使得金庸的小說從一開始就不是純粹的虛構傳奇故事，金庸的視野也不限於單純的江湖——武林世界。

金庸的具體的結構方法有以下幾種。

一、讓虛構的傳奇人物與真實的歷史人物攀親道故，從而讓江湖傳奇人物參與歷史進程。

這是最典型，也最常用的一種方法。

例如《書劍恩仇錄》中，採用了乾隆為漢人之子的野史傳說，並虛構了陳家洛這一人物作為乾隆的同胞兄弟，同時又作為反對滿清統治的幫會組織紅花會的總舵主。如此，這部小說的故事，就獲得了一種具體而又開闊的歷史時空。

《碧血劍》則虛構了袁承志這一人物，作為歷史人物袁崇煥的兒子，因此，袁承志的「復仇」，就不是尋常的江湖間的復仇活動，而是加入了歷史進程並影響歷史進程的複雜活動。他的仇人有二，一是明帝，一是清酋，俱為掌握歷史命脈的關鍵人物。袁承志的復仇也就不再是單純的個人活動，而是一種歷史的選擇，他加入李自成的陣線，幫助李自成的事業也就成了必然的選擇了。

《射鵰英雄傳》則稍有不同，它安排了小說的兩位男主人公郭靖、楊康分別為水泊梁山英雄郭盛和抗金名將楊再興的後人，但這並沒有實際的結構作用，真正有結構作用的是作者重新安排了這兩個人物的命運和身分，即讓楊康成為金國王爺完顏洪烈的養子，使郭靖成為蒙古大汗鐵木真（成吉思汗）的金刀駙馬，從而他們的人生命運必然與民族鬥爭的歷史大局發生緊密的聯繫。

二、讓歷史的潮流成為人物命運的背景，讓人物參與影響歷史發展的大事件。

讓江湖人物與歷史人物攀親道故，固然是一個巧妙的方法，但也不宜多用。這種方法在某種程度上會成為一種限制，使整個故事容易朝歷史演義方向發展，而失去武俠小說本身的本質特色。因此，金庸逐漸改變了做法，讓歷史作為人物命運和人生經歷的背景，同時也讓人物自由地參與歷史事件。

在《射鵰英雄傳》之後的許多小說中，攀親道故的方法有時還會繼續選用，但已不是故事線索的決定因素，因而限制了小說朝歷史演義方向發展的可能性。例如《倚天屠龍記》中張無忌作為明教的教主，而歷史人物朱元璋、徐達、常遇春以及陳友諒等人則是明教的教徒，這自然形成了上下級的關係，但作者並未將朱元璋等人作為作品的主要人物，也沒有把明教與元朝官兵的戰鬥作為小說的正面內容。

比較典型的是《神鵰俠侶》，主人公楊過早已脫離了金國的王府，而變成了江南井市間的一位孤兒。他的故事也不是圍繞與歷史人物相關的事件展開，而是有著自身的發展線索。但楊過卻又並未與歷史發展的潮流相脫離，他實際上還參與了重大的歷史事件，那就是決定漢人命運的襄陽大戰，作者甚至讓他打死了蒙古皇帝蒙哥（**這當然是虛構的**）。

其他如《雪山飛狐》、《飛狐外傳》等小說也是如此。胡斐、田歸農、苗人鳳等人的祖先是歷史人物李自成的衛士，但時隔百年之後，這只能作為背景了。甚至不是作為歷史的背景，而是作為這些人物之間的恩怨衝突的背景。但另一方面，小說人物卻又並沒有與歷史完全隔離，如田歸農投降了滿清官府，而胡斐則大鬧滿清官府主辦的「天下掌門人大會」等等。

三、與「江湖人物歷史化」相反，金庸又創出一種「歷史人物江湖化」的新

模式。

如果說《書劍恩仇錄》、《碧血劍》等小說試圖加入歷史，有著明顯的「江湖人物歷史化」的傾向，而《神鵰俠侶》、《飛狐外傳》等小說則注意將歷史與江湖予以適當的分離，小說的結構也由歷史演義型向著江湖傳奇型轉化，那麼，金庸的《天龍八部》則更進一步，創造了一種「歷史人物江湖化」的新模式。

《天龍八部》是一部奇書。它的主人公都不是純粹的江湖人物，卻又不是純粹的歷史人物，也不是與歷史人物攀親道故的江湖人物，而是一種有著歷史人物身分的江湖人物，一身承擔二任。但歷史地位只是一種身分，一種外表，而江湖人物則是實質，如段譽是大理國的王子，後來做了皇帝；蕭峰是遼國的南院大王；虛竹是西夏國的駙馬。小說中還出現了吐蕃王子、北宋皇帝、大燕皇孫等政治人物的形象……

《天龍八部》中的人物的這種歷史地位和政治身分多半是作者虛構出來的，由此可見作者已不屑於攀親道故這種生硬的虛構，而進入了一種直接虛構人物的歷史地位和政治身分的新的自由境界。而這種人物的歷史地位和政治身分，並不是用來演繹歷史的進程和政治鬥爭的故事，而是用以結構一個龐大的江湖世界。使這一虛構的江湖世界變得多層次、多側面，從而可以覆蓋整個的歷史和整個的人間。

作者顯然是把江湖無限擴大了，直擴大到官府乃至宮廷，擴大到特定歷史時期的各個民族國家的矛盾衝突的方方面面。慕容氏父子的復國夢想，段延慶的復辟追求和復仇行為，已主要不是歷史事件及其政治形式，而是一種江湖生涯的生動表現，是江湖世界的一個特殊的組成部分。

因此，我們說，作者在這部小說中是將歷史人物江湖化了，只是這個江湖已經是現實人生世界的整體象徵。它已不再只是純屬虛構的武林天地，而是作者精心構造的一個關於人間的深刻的寓言世界。

四、脫盡歷史的痕跡，表現政治歷史的本質特徵。

這是指金庸的《笑傲江湖》這部小說。

這部小說是少有的幾部沒有歷史年代的作品。但作者在該書的「後記」中明確指出，「沒有具體的時代，那表明它可以發生在任何時代。」這就是說，小說《笑傲江湖》雖然表面上是一部描寫江湖中門派及門派之間、人物與人物之間的爭權奪位的複雜衝突的武林故事，但實質上卻是「三千年中國政治歷史的象徵」。小說中的日月神教以及五嶽劍派等相互間的爭鬥，以及各門派之中的人物爭鬥，都是政治鬥爭和權力鬥爭的表現。東方不敗、任我行、左冷禪、岳不群以及莫大先生、定閒師太、方證大師、沖虛道長……這些人物都是政治人物。

五、回到歷史的情境之中，通過虛構人物介入真實的歷史事件及歷史環境，來揭示歷史的本質。

金庸的最後一部長篇小說《鹿鼎記》，似乎又回到他的創作起點，回到了清史時代。作者的第一部小說《書劍恩仇錄》，描寫了滿清乾隆皇帝及乾隆年代的故事，而他的最後一部小說，則描寫滿清康熙皇帝及康熙時代的歷史風情畫卷。歷史在沿一種螺旋的形式上升，金庸的小說也是在沿著一種螺旋曲線在迴旋、上升。看起來似是回到了原點，但已經是一個更新、更高的層次了。

《書劍恩仇錄》借虛構的人物關係來表現虛構的歷史事件，而《鹿鼎記》則利用一個虛構的人物（主人公韋小寶）直接進入歷史真實的情境之中。前者要構成一種「歷史的傳奇」，而後者則要構成一種「傳奇的歷史」。前者的目的在於傳奇，而後者的目標則要直接破解中國歷史文化之謎。由此，給金庸小說創作打上一個輝煌的句號——《鹿鼎記》之後，金庸不再寫作武俠小說了。

從以上的簡述中，我們看到了「歷史視野」在金庸的小說創作中的種種表現形式，這對我們瞭解「歷史視野」一詞的內涵有重要的意義。

現在我們必須回答兩個問題：其一，什麼是歷史視野？其二，歷史視野在金庸小說的故事構成中有什麼樣的功能意義？

所謂歷史視野，當然是指面對歷史。但歷史視野並不只是指單純地將歷史人物及歷史事件引入武俠小說的創作構思而言。武俠小說引入了歷史的真人真事，並不等於作者及作品就已經獲得了一種真正的歷史視野。因為歷史上的人和事，只是構成歷史的元素，卻不是歷史本身。

真正的歷史視野並不只是對某一歷史人物或某一歷史事件的觀照，更是對一種歷史精神的把握；它不只是對某人某事的一種評價，而是對包容了一切人、一切事的歷史流程與流向的探索；它不只是對已經發生的事、已經出現的人的一種表現，更是對一種可能出現的人、可能發生的事的一種追尋……

歷史是一個巨大的開放體系，它不再只是帝王將相的家譜與世系的傳承，而是包含了人類的所有分子的生活方式、內容和不同的故事。它不只是一些已發生的大事的記載，而是包含了具體的人在具體的背景下生存、發展、鬥爭、生活的種種內容。

真正的歷史視野，不只是對歷史主題的表現或證明，而是對豐富的歷史內容**（包括存在的與可能發生的種種人或事）**及其複雜的結構形式的一種關注和探索。小說創作中的歷史視野，是一種面向歷史而獲得的對一切人與事的理解，是一種面向一切人與事的歷史精神。

金庸小說創作的歷史視野，包括以下幾種層次以及其相應功能。

一、歷史真實及其可信性追求

這裡的歷史真實，是指真實的歷史人物和歷史事件。這是金庸小說創作的歷史視野的最表層的內容。

作者將具體的歷史年代背景、歷史人物、歷史事件寫入武俠小說之中，最原始的目的，是為了增加故事的可信性。因為武俠小說的具體的情節內容多半是傳奇性的，虛構的傳奇故事有時令人難以置信，於是作者就讓作品中出現眾所周知的歷史人物，並且讓傳奇人物與歷史人物攀親道故，虛擬一種密切的關係，從而增加（**虛構的人物故事的**）可信性。

袁承志的故事本來是難以讓人相信的，但說他是歷史人物袁崇煥的兒子，說不定讀者就相信了。《雪山飛狐》的故事是難以置信的，但小說中點明具體的時間及其歷史年代，說不定讀者的疑心便少了許多……如此等等，它的功能效用如何，那是另一回事，作者是這樣想的、這樣做的，這才是關鍵。

二、歷史作為人生的背景

比起攀親道故，以求其可信性來，將歷史的特定時代選為小說主人公的人生經歷的具體背景，顯然是進了一個層次。這實際上也是金庸小說與梁羽生小說的一個小分水嶺。梁羽生小說的歷史線索很少作為主人公的人生背景，而金庸卻這樣寫了。

我們看到，金庸為其小說主人公所選定的人生背景，多半是些民族矛盾激化、社會動盪不安，或兵連禍結，或風雨飄搖的時代。諸如明末、清初、元末、宋末、宋遼對峙時期、宋金對峙時期、南宋蒙古對峙時期……等等，不是末世，也是亂世。這種時代背景下的人生，必然是充滿了傳奇色彩，同時當然更充滿了悲劇性。一方面亂世出英雄，一方面「寧為太平犬，莫為亂世人」，一方面飽經離亂苦痛，另一方面卻又提供了濟世救民的機會和舞臺。

三、歷史的矛盾衝突及其苦難災禍，成了特定的人生內容。

在金庸的小說中，歷史並不單純是人物生存的背景，也是具體的人生內容。即金庸筆下的主人公不僅受著歷史命運的支配，同時又在與這種命運進行搏鬥，他們不僅生活在歷史的陰影裡，同時又積極參與改變歷史的活動。從而他們的人生故事，在某種程度上也就成了歷史，而歷史的矛盾衝突也就成了人生所面臨的問題，進而成了他們的人生內容。

陳家洛正是由於歷史的安排而從官宦之家走入江湖的，而他成為紅花會的領袖，卻又是反抗歷史命運和改變歷史進程的特定人生道路。

郭靖是由於歷史的災難而出生於蒙古苦寒之地的，而他在成為射鵰英雄之後，不僅參加了成吉思汗的西征，而且又為保衛襄陽而獻出了自己的一生。他的一生經歷了許多歷史的大事變，也參與了許多歷史的大事變。

四、歷史豐富了傳奇，而傳奇揭露了歷史

金庸的小說從「歷史的傳奇」發展到「傳奇的歷史」，從傳奇作為起點，而以歷史及其真相作為它的終點目標。歷史人物與傳奇人物有了共同的功能，那就是通過這些人物來表現永恆的人性。歷史的故事與傳奇的故事也有了共同的意義，那就是通過這些故事構造歷史真實的寓言。

這是金庸小說的歷史視野的最高的層次，也是金庸小說的最高層次的價值與意義所在。

還是讓我們回到故事構成方法和形式這個問題上來。

我們研究和分析歷史視野，是因為這一歷史視野是金庸小說的故事構成的一個不可忽視的因素，它是金庸小說的龐大的故事結構的依據，是金庸小說的複雜故事情節的構成的另一條重要的座標軸。

一個座標軸是人生故事主線，另一條座標軸就是歷史的大視野。

我們說金庸小說的故事是由主人公的人生經歷為主線構成的，這並不錯，但卻不夠完整。人生經歷是各不相同的。有凡俗的人生，也有英雄的人生；有平平安安、平平淡淡的人生經歷，也有坎坎坷坷、轟轟烈烈的人生經歷，而金庸小說中的人生經歷恰好是後一種。這並不難理解。因為金庸的小說是武俠傳奇小說，無論是從「俠」的角度還是從「奇」的角度，都要求主人公的人生經歷是轟轟烈烈的，要求主人公的形象是具有英雄氣概的。

而最大的英雄氣概莫過於安邦定國、濟世救民，最轟轟烈烈的輝煌莫過於挽狂瀾於既倒或推翻異族統治的大山。這就要進入歷史的領域，或者說要進入江山、國家、民族危亡的歷史事變進程中。

金庸小說是將人生故事與英雄傳記合二而一了，其具體的構成方式，是在歷史的視野中構造具體的英雄人物的人生故事。

郭靖的父親郭嘯天原籍山東，因為金兵佔領了淮河以北地區，山東淪為異族治下，這才逃到江南臨安城外的牛家村。這正是特定歷史環境中的特定的人物歷史命運。進而，南宋官兵迫於金國王爺完顏洪烈的壓力，居然由宰相下令逮捕無辜的郭嘯天、楊鐵心，造成郭、楊二人一死一傷，而二人的妻子則亡命天涯，二人未出世的兒子的命運被再一次改變。郭靖成為蒙古草原的一個貧苦牧童，而楊康則成為金國的小王爺。

這一命運的改變，固然是歷史環境的產物，同時也使故事的場景大大地擴展了：從南宋的都城臨安，到金國的都城北京，再到蒙古草原鐵木真——成吉思汗部落的牧場。於是，小說中的人物故事便自然而然地與歷史的格局統一起來，郭靖、楊康本是南宋的子民（**其名字則是紀念北宋滅亡的恥辱**），而楊康生活在敵國的都城並成為敵國的小王爺，郭靖生活在新興的蒙古部落，並成為成吉思汗的戰將乃至金刀駙馬，他們的私人恩怨情仇早已不只是個人的事情，而是歷史格局中的民族興亡和民族衝突的具體而又特殊的表現。所以，他們的人生不可能脫離歷史的視野，而小說的故事情節及其結構，也就縱橫萬里，龐大而又複雜。

金庸小說的結構，有深廣的歷史視野，這便使它龐大；有生動的人生故事，便使它完整，有歷史視野與人生故事的結合，便有了龐大的而又完整的故事情節結構。

三、江湖傳奇

然而，僅有歷史視野和人生故事這兩條線，是不能構成真正的武俠故事的，因為歷史視野加上人生故事，可以是歷史小說，也可以是純文藝小說。而要構成真正的武俠故事，還必須有江湖傳奇這一至關重要的因素。

這不難理解，武俠小說的本質特徵是它的傳奇性，因而武俠故事的構成少不了江湖傳奇這一基本因素、基本層面和基本目標。傳奇可以說是武俠小說作家的本分工作，虛構的江湖世界則是武俠小說作家施展自己的才華和靈智的天地和舞臺。

傳奇是每一位武俠小說作家都會幹、也都必須幹的。金庸自然也不例外。在他的作品中，離奇的想像、虛構、誇張、巧合、懸念俯拾即是，非但不比其他的作家作品少，只怕還要更多些、更厲害些，當然也更好些。不僅好看、引人入勝，而且耐看、耐人尋味。

僅以武功的描寫為例，就沒有哪一位作家的作品能比得上金庸筆下的武功那麼奇幻美妙、多姿多彩，使人目不暇接、如醉如癡。

《書劍恩仇錄》中袁士霄將長拳、綿掌、太極拳、八卦掌……等百家拳法綜合運用，似是而非地組成一套新的拳法，叫做「百花錯拳」，這只是金庸小說的武功描寫的初級階段。陳家洛受到迷宮武士遺言的啟發，從一部早已熟悉的《莊子》之中，悟出了《養生主・庖丁解牛》這段寓言中包含的高深的武學道理，從而打出一路配合音樂節奏、狀如舞蹈動作的「庖丁解牛掌」來，這也不過是牛刀小試。

此後在金庸的小說中，琴、簫、箏等樂器不僅可以作為殺人武鬥的兵器，而且它們的樂音居然也成了殺人傷敵的內功聲氣；棋盤、棋子、毛筆也都成了兵器，而篆書、隸書、楷書、草書等書法的各種碑帖居然也成了武功的招式套路：詩、詞、曲、賦之中可以化出武功的花樣；琴、棋、書、畫中可以變出武功的招式。夫妻有「夫妻刀法」，情人有「情人劍法」，同門好友則有各式各樣的刀陣、劍陣，情人的離別，居然有「黯然銷魂掌」產生，而且威力無窮；而情人的歡聚，這一套黯然銷魂掌也就再也無法施展出威力來，總是形似而神非，招式未變，「內力」卻沒有了。

段譽的「六脈神劍」可以以指為劍，以內力為劍氣，傷人於無形之中，張無忌的「乾坤大挪移」可以以其人之道還治其人之身……金庸筆下的武功可以說是變化無窮，奇妙之至。而這些武功無一不是出於作者的傳奇之筆，無一不是虛構，無一不是只能看而不能練，只可欣賞而不可實踐的紙上功夫。

這些奇妙的紙上功夫，比那些嚴格地按照武術拳經劍譜中抄下來的拳法、劍路（**在金庸的小說中還有一些這樣的武功**），不知要好看多少倍，因為那些實用的武功一旦到了紙上、書中，反倒會顯得呆板、老套、沒趣。另一方面，金庸筆下的武功比之其他的一些作家筆下的荒誕的法術之類，則又多了一個美字，而且多一份可信——因為金庸小說中的武功總是與人的個性和命運緊緊地聯繫在一起的。

金庸的傳奇可以說做到了奇中之奇，比他人更奇。然而金庸之傳奇卻又不是為奇而奇，而是傳奇而不失其本真。這就不是一般的作家所能望其項背了。

（一）歷史的傳奇

金庸小說中的歷史，有如「百花錯拳」，似是而非，「錯」字難當。固不可不信，更不可全信。若是把金庸小說當成歷史書來看，那就大錯而特錯，錯之極矣。

從一開始，金庸就沒打算再現歷史。小說《書劍恩仇錄》所感興趣並引以為據的，並非正史、信史，而是野史、傳說。小說中，將乾隆寫成漢人陳世倌的兒子、陳家洛的哥哥，又將木卓倫的女兒香香公主喀絲麗寫成香妃，看起來有板有眼，實際上卻是傳奇。

在這部小說的「後記」中，作者寫道：

> 歷史學家孟森作過考據，認為乾隆是海寧陳家後人的傳說靠不住，香妃為皇太后害死的傳說也是假的。歷史學家當然不喜歡傳說，但寫小說的人喜歡。

金庸的這段話是替寫小說的人辯護，也可以看成是他的傳奇宣言。

金庸小說中的史實不見得靠得住。作者是為了傳奇故事選擇一些有傳奇色彩的史實或野史傳說為依據的。比如《碧血劍》中寫到滿洲皇太極被他的弟弟多爾袞害死（**這很像莎士比亞的《哈姆雷特》**），《鹿鼎記》中寫到順治到五臺山出家做和尚，李自成未死並與陳圓圓生下一女……等等，都是如此。

金庸寫歷史的傳奇，常用之法有二，一是真人配假事，二是真事配假人。

真人配假事，如前述的幾位歷史人物的事都是這樣。《神鵰俠侶》中的蒙哥皇帝本來病死在重慶，但作者卻將他移至襄陽，讓神鵰俠楊過一石頭砸死。《射鵰英雄傳》中的成吉思汗之死，丘處機等人的事蹟，《倚天屠龍記》中的張三丰及其武當七子，周顛、彭瑩玉、鐵冠道人、朱元璋、陳友諒……這些人都是實有其人的，但他們在小說中的故事卻大大的靠不住。

至於移花接木，那更是金庸的拿手好戲。比如《倚天屠龍記》中的庫庫特莫爾（王保保）本是汝南王的外甥而納為世子，但小說中卻寫成了汝南王的兒子、趙敏的哥哥。又比如《鹿鼎記》中的建寧公主，本是順治之妹、康熙的姑姑，但小說中卻寫成了康熙的妹妹，進而還寫成是假太后毛東珠與人私通所生的女兒……這樣的事在金庸的小說中有不少，也不必細舉。

至於真事假人，那更是武俠小說的常用之法，最典型的是郭靖與襄陽之圍，元軍進攻襄陽，十多年而不能克，在金庸的筆下被寫成是大俠郭靖的功勞，事是真的，人卻是假的。小說家言，不足為據。

最奇特的當然還要算《鹿鼎記》中韋小寶這一虛構人物所參與的一系列歷史事件了。最奇的是，作者在虛構韋小寶參與了《中俄尼布楚條約》的簽訂之後，還寫下了一段作者按語，如此注釋：

按：條約上韋小寶之簽字怪不可辨，後世史家只識得索額圖和費要多羅之簽名，而考古學家如郭沫若之流僅識甲骨文字，不識尼布楚條約上所簽之「小」字，致令韋小寶大名湮沒。後世史籍皆稱簽尼布楚條約者為索額圖及費要多羅。古往今來，知世上曾有韋小寶其人者，惟《鹿鼎記》之讀者而已。本書記敘尼布楚條約之簽訂及內容，除涉及韋小寶者係補充史書遺漏之外，其餘皆根據歷史記載。（《鹿鼎記》第四十八回夾註）

這樣的「注釋」本身也稱得上是傳奇了。明明是小說家言，卻說是「係補充史書遺漏」。知道的把這當成幽默，不知道的人不免要大喜於「歷史的新發現」了。好在看武俠小說的讀者，要麼是有意的自欺，要麼是不知不覺的受騙，大家都不把它當成一回事，所以無論作者怎樣的虛構歷史的人事，把歷史變成傳奇，也都無傷大雅。真人假事也好，真事假人也罷，假人假事也罷，要構成武俠小說，自是非假、非奇不可。這已是大家的共識，不提。

（二）傳奇的人生

如果說金庸小說中的歷史是作者按照傳奇的需要改編的，那麼小說中的主人公的人生故事，則全然是出於作者的虛構。而這些虛構的人生故事，無一不是傳奇的故事。

乾隆是漢人之子，本是野史傳說，不足為據，但作者卻藉以當成小說《書劍恩仇錄》的情節發展的基礎。陳家洛作為乾隆的胞弟，就更是作者為傳奇而設計出來的。《碧血劍》中的袁承志也是一樣。《射鵰英雄傳》中的郭靖，因全真派道士與江南七怪的一場豪賭而成了江南七怪的徒弟，這是他的傳奇人生的開端。而他這麼一個遲鈍笨拙之人，居然被聰明伶俐的黃蓉傾心相愛，黃蓉燒出一手好菜，居然使洪七公願意將平生最得意的武功「降龍十八掌」教授給郭靖，進而收他為徒，郭靖居然從一個笨小子成為一等一的高手……這一系列的事，當然只有書中才有。

《神鵰俠侶》中的楊過居然是由獨孤求敗留下的一隻老鵰指點他用功練武，從而登上第一流的武功境界，若非在武俠小說之中，任誰也難以相信。《倚天屠龍記》中，謝遜、張翠山、殷素素三人憑著一艘無帆的小船，居然從東海漂流到北極，而三個人在北極的一座大山島上生活了十年，張翠山與殷素素生下了本書的主人公張無忌。不說小船如何漂向北極，就說在火山島的十年又怎樣生活的呢？相比之下，謝遜在王盤山島一聲「獅子吼」將一名武士變成了白癡，這樣的情節也就不足為奇了。

命運彷彿跟張無忌過不去，先是在火山島待到九歲多，然後是在武當山、蝴蝶谷養病治傷幾年，十四五歲時居然帶著更小的楊不悔遠征崑崙，而十五六歲則再一次陷於絕谷達數年之久……老實的讀者不禁要為他擔心，他吃東西不放鹽麼？鹽從哪兒來？

讀武俠小說，只怕不能問「鹽從哪兒來」這樣的問題。不能按照日常生活的要求去檢驗武俠小說中的人生，否則就沒什麼傳奇故事了。

金庸的小說越寫越奇。《神鵰俠侶》比《射鵰英雄傳》奇，《倚天屠龍記》比《神鵰俠侶》奇，《俠客行》比以前的小說更奇，主人公連個姓名也沒有，也不知道自己的父母是誰，明明靈性超人，卻又不通世故，時時受到傷害與欺騙，卻又處處死裡逃生而且因禍得福，到最後終於走到了奇境俠客島，破解了奇學《俠客行》武學，不識字反倒成了他破解武學奧秘的特長和專長。……這一切都是不能同常理度之的。

（三）傳奇的江湖

江湖本是相對於江山而言的，是指國家、朝廷、廟堂之外的一個特殊的民間世界，是各行各業、三教九流共同組成的法外世界。

不過，武俠小說中的江湖，則有所特指，一是指武林世界，二是指自由世界（包括所謂黑、白兩道），三是指傳奇世界。

其實，武俠中的江湖是一個純屬虛構的王國，類似《紅樓夢》中的「太虛幻境」，只不過比太虛幻境更為複雜、更為殘酷、更為黑暗、也更為離奇。它是由神、魔、人、鬼共同組成的世界。綜合上述武林界、自由界、傳奇界三者，我們不難發現它們的共同點，那就是它的虛幻特徵。在現實世界之中，並不存在純粹的武林世界，更不存在什麼自由王國，尤其沒有那麼多的傳奇人物和傳奇故事。這一世界是一種夢幻和傳奇的天地，是由理想與夢魘共同構成的，是一個超現實的世界。

這種超現實的江湖世界，有它自己的獨特的規則。而這一獨特世界及其獨特規則當然是由武俠小說虛構而成的，同時又是作者與讀者之間的一種約定俗成。作者怎樣寫，讀者便怎樣去看，並沒有什麼不解，更沒有什麼懷疑，共同的文化傳統及其共同的審美心理，造成了作者與讀者的一種默契。

江湖世界的本質是傳奇性的。它本就是為傳奇而創造的，而反過來它又容納各種各樣的傳奇故事。

金庸的小說越寫越奇，越寫越江湖化，而離歷史、政治界越來越遠。《書劍恩仇錄》、《碧血劍》是以歷史為主體，主人公直接干預政治事件的。而《射鵰英雄傳》則開始有了獨立的江湖世界，由華山論劍的五位絕世高手統治著。《神鵰俠侶》、《飛狐外傳》的政治歷史因素更加淡化。到了《連城訣》、《俠客行》等小說，則完全是一種江湖傳奇了。

讓我們換一種說法，金庸的小說創作，一開始還需要歷史的人物及其歷史的線索來支撐故事的結構體系。比如《碧血劍》就離不開明末清初的明崇禎、李闖王、滿清皇太極三種政治軍事勢力的演義，小說中的袁承志只是這一演義中的穿線人物，而小說中的其他江湖人物就更是無足輕重了。

自《射鵰英雄傳》開始，小說中的江湖世界逐漸變成故事的主體，小說的結構也不再倚賴歷史事件和歷史線索為支柱。《神鵰俠侶》、《倚天屠龍記》等小說都是由江湖傳奇結構成故事主體的。《連城訣》、《俠客行》、《笑傲江湖》則乾脆脫離歷史年代及任何江湖之外的其他因素，而建立了一個形式上的獨立自主的幻想王國。《天龍八部》及《鹿鼎記》雖重新接納了歷史人物和歷史事件，但這種接納也是不同於以前，是將歷史融入在傳奇之中，它同樣要服從傳奇世界的一切規則。而不是像以往那樣需要傳奇向歷史靠攏，需要歷史線索的支撐。

這也就是說，金庸的小說在形式上獲得了真正的獨立性與自主性，作者不僅創作了江湖世界的傳奇故事，而且還創造了江湖世界本身的形式上的自足體系，創造了自己的敘述形式及其價值規範。我們只有按照金庸小說本身的敘述形式和價值規範去理解他的小說，建立有關金庸小說的解釋體系。我們必須認識和探討金庸小說的假定情境。

金庸小說的江湖正是這種假定情境的產物，金庸小說的傳奇也是符合這一假定情境的。也就是說，金庸小說的江湖傳奇故事只有放在作者確立的假定情境中才能得到充分的尊重和理解。一方面，作者固然不能亂造傳奇、瞎編故事；另一方面，讀者也必須遵守江湖傳奇的規則、尊重金庸小說的假定情境。而這一假定情境並非他物，正是傳奇的江湖世界本身，正是這種傳奇的江湖世界的時間、空間觀念及其是非原則、行為規範等等。

比如，在這一傳奇的江湖世界中，人們可以憑高妙的輕功日行千里；可以憑深厚的內力力拔千鈞，可以憑超人的韌性在荒島上生活數載，可以從唐詩宋詞之中悟出神妙的武功，更可以隨時隨地殺人或被殺……總之，傳奇的江湖中有一套自己的法則。我們不能超越這些法則，更不能違背這些法則。而作者的創作，也不完全能做到隨心所欲，一旦這種假定情境創造完成，連作者也不能違背，更不能隨意破壞或超越。

金庸小說在其假定情境之下，都是能夠自圓其說的。是一個完整而又自足的體系。進而，金庸的每一部小說都有它的獨特的假定情境，我們必須按照它們各自不同的假定情境去理解小說的故事及其人生經歷。乾隆本不是漢人之子，但假定他是漢人之子，那麼他遇到像《書劍恩仇錄》中的那種情況，他會做何選擇呢？小說並非要證明他是漢人之子，而是在假定情境中探討人性及其歷史發展的某種本質。

同樣，《鹿鼎記》中的韋小寶純屬虛構，但在這部小說的假定情境之中，我們看到他的出場及其飛黃騰達是合情合理的。這就是說，在康熙的時代，產生韋小寶這種人是「完全可能的」。甚而，在中國的封建文化體制中，產生韋小寶這樣的特殊人格類型乃是一種歷史的必然……那麼，虛構乾隆為漢人之子這件事，虛構韋小寶這個人，又有何不可呢？

最後，讓我們來看一看金庸小說的傳奇性的具體功能及其特點。

（一）趣味性

武俠小說的趣味，多半來源於它的傳奇。正所謂非大奇則不大快，非大奇則不大樂，一方面，具體的情節線索的曲折變化、懸念跌宕使讀者入迷入醉，欲知後事如何，卻又難以猜測（若是能猜到，或看頭知尾，那就乏味了），於是便大感有趣；另一方面，武俠小說的整體的傳奇性，構成了現實世界之外的另一世界，那種完全不同於凡俗人生的轟轟烈烈、曲曲折折、坎坎坷坷的生活圖景，使我們得以暫時的逃避超脫和真實的激動興奮。

這種趣味性是每個武俠作家作品所必備的，所不同的只是趣味的大小與高低。金庸小說傳奇的趣味性的大而且高，我們以後再說。

（二）結構功能

對於作者而言，傳奇的故事遠比其他的故事更好編。因為他可以最大限度地利用奇與巧，最大限度地製造懸念與神秘。在日常的觀念及其作品結構形式中，許多故事到了「山重水復疑無路」的境地，到了傳奇故事之中必會「柳暗花明又一村」。

因為傳奇的本質乃是不能以常理度之的奇與巧。現實中不能跨越的鴻溝，到了傳奇作品中輕易地可以跨過；現實中無法接頭的縫隙，在傳奇之書中亦可以無巧不成書。作者的想像和虛構、誇張與巧合，能夠得到最充分的發揮，從而能夠結構出無窮無盡的人生故事與人間畫卷。

傳奇的結構功能，這也是所有武俠小說共有的。只不過有巧拙之分，有刻意與任意之分，有自然與生硬之分。

（三）性格化

金庸運用傳奇手段構成的傳奇故事的一大獨有的特點，是他在傳奇之中能夠照顧到小說人物的個性。甚而，他正是為了充分表現某種人物的個性及其普遍的人性，才去虛構傳奇情節和故事的。這就是我們說的金庸小說是奇中之奇，但並非為奇而奇的意思。

對於這一點，金庸本人在《神鵰俠侶》一書的〈後記〉中作了很好的解釋：

> 武俠小說的故事不免有過分的離奇和巧合。我一直希望做到，武功可以事實上不可能，人的性格總應當是可能的。楊過和小龍女一離一合，其事甚奇，似乎歸於天意和巧合，其實卻須歸因兩人本身的性格。兩人若非鍾情如此之深，決不會一一躍入谷中；小龍女若非天性淡泊，決難在谷底長時獨居；楊過如不是生具至性，也定然不會十六年如一日，至死不悔。

這一段不僅說明了楊過和小龍女在分別了整整十六年之後，又在絕情谷底得以歡聚這一奇事的個性基礎，而且也透露了金庸小說創作的一種方法或原則，即傳奇情節的敘述，往往以人物的個性作為依據。因而這一段話實際上具有普遍的意義。

（四）寓言性

在金庸小說的傳奇和誇張的背後，常常還有著象徵和寓言作為目標。

作者在《天龍八部》一書的「楔子」中，明確寫道：

「天龍八部這八種神道精怪，各有奇特個性和神通，雖是人間之外的眾生，卻也有塵世的歡喜和悲苦。這部小說裡沒有神道精怪，只是借用這個佛經名詞，以象徵一些現世人物，就像《水滸》中有母夜叉孫二娘、摩雲金翅歐鵬。」

這是擺明了要搞象徵、寫寓言了。

《天龍八部》一書雖說沒有「神道精怪」，但其中的段延慶、葉二娘、慕容博、丁春秋、康敏……等一系列的人物的性格行為，卻也與神道精怪差不多，完全無法用正常人的正常眼光去看他們。只有把他們放在特殊的假定情境——寓言世界之中才能夠真正的理解。

在這一假定情境之中，我們看出了金庸小說的奇中之奇的一面，似乎沒什麼人寫出康敏、丁春秋、葉二娘……這種離奇的人物及段延慶、慕容博、游坦之……等人的這樣離奇的故事。同時，我們也看到其另一面，那就是作者並非無的放矢，信口開河地瞎編傳奇。

金庸在《笑傲江湖》的《後記》中，也明確說這部小說的故事是象徵中國三千年政治鬥爭史上的一些人物。也就是說，這部小說雖然沒有明確的歷史年代，卻可以看成是一個覆蓋面更大的寓言。

這一點我們在前一節中已經提及。這裡還要說的是，金庸大搞歷史的傳奇，固然是追求小說的可信性及其趣味，但這並非一種簡單的遊戲，而是要在歷史的傳奇之中尋覓歷史的真相，表現歷史的真相，建立有關歷史的寓言世界。

對於金庸小說的傳奇及其象徵性、寓言性，陳世驤先生也明白地指出：「至其終屬離奇而不失本真之感，則可與現代詩甚至造型美術之佳者互證，真贗之別甚大，識者宜可辨之。」[10]

「離奇而不失本真之感」，是金庸小說傳奇的最大的特色，也是其最大的成

10. 陳世驤：《致金庸函》（一九七〇年十一月二十日），見《天龍八部》附錄。

就所在。

四、三維世界

以上我們分別對金庸小說的故事構成的三個側面或三條軸線進行了分析，這三者的組合才是金庸小說的故事構成方法的全貌及其構成形式的整體。僅僅是人生主線，或僅僅是歷史視野，或僅僅是江湖傳奇，是不能夠概括金庸的故事構成方法及其形式的。準確的表達，應該是人生主線加歷史視野加江湖傳奇。這三者缺一不可，否則就不能組成一個完整的立體結構，不能真正說明金庸的故事構成方法和形式的獨特及其妙處。

為了便於說明，我們不妨將上面的表述形式換成下面的表述形式。即：

故事構成＝1、歷史視野
2、人生故事
3、江湖傳奇

需要說明的是，這三者並不是「三條線」，而是三維軸線，組成一個敘事空間。而歷史視野和人生故事本身，又都包含了時間的因素，所以這三者所組成的是一個特定的、完整的故事時空。

這一獨特的故事構成形式（**敘事結構空間或敘事時空結構**）有著多種功能，因而也可以有多種運算式。上述的歷史視野加江湖傳奇加人生故事是它的基本的運算式。

隨著功能的轉換，或換一種角度，這種運算式還可以有以下的幾種不同的變化形式。

例一：

故事構成＝
1、國家大事
2、江湖奇事
3、人生故事

這是就武俠小說的故事的「事」這一層面而言的。小說中的事可以分成以上三類，而金庸小說的妙處，就是將以上三種事變成一回事，即武俠故事。這是其他的武俠作家作品中所沒有的。

例二：

故事構成＝1、大背景（歷史）
2、中場景（傳奇）
3、近景、特寫（人生）

這是從武俠小說的故事構成的景別及其描寫層次而言的。

金庸將歷史視野作為其小說的背景、全景及其目標，將江湖傳奇作為它的中場景、仲介和具體的生活環境，而將人生故事及其人物性格的刻劃置於小說的故事構成的最前沿，當成故事的中心和主體，既豐富深厚，又層次分明。

例三：

故事構成＝1、寫實
2、虛構
3、象徵

以上是就其故事構成的具體技巧與方法而言的。

金庸的小說有寫實的部分（歷史背景的再現及其細節的真實），有虛構的部分（主要故事情節的構成），也有象徵的部分（人物個性及其人性等等）。這三種技巧和方法組成了一種特殊的文本形式，使金庸小說的故事有著特別豐富的內容層次和特別精緻的形式結構。

例四：

故事構成＝
- **1、史詩**
- **2、傳奇**
- **3、寓言**

以上是就其故事構成的性質而言的。

金庸的小說可以從不同的角度、不同的側面或不同的層次去看。每一種角度、側面、層次，都會看出其故事文本的某種性質。

從最基本的層面去看，金庸的小說當然也像一般的武俠小說作品一樣，是一些武林世界的傳奇故事。然而深入一層再看，我們又發現它非常類似於史詩、甚至是像《荷馬史詩》那樣偉大的史詩。它的形態與性質都與史詩有很多的相同或相通之外。所不同的是，金庸的作品是現代人創造的，而名之為武俠小說。

再進一層看，就是金庸小說的寓言層面或寓言性質了。人稱武俠小說是成人的童話，而金庸的小說則不僅是童話，更是豐富而又深刻的獨特的寓言。當然，童話本身也可以包含傳奇性、史詩性（**史詩正是人類童年的產物，是人類的童話**）、寓言性，不過只有金庸的小說才有如此豐富的內容層次及其性質特徵，其他的作家作品就未必如此了，儘管它們也被稱為「成人的童話」，那就只是一般意義上的童話——傳奇故事——而已。

對以上的三維空間的故事構成方法和形式，我們有必要進一步地做些說明。

（一）三維空間與「三位一體」

上述歷史視野、江湖傳奇、人生主線或國家大事、江湖奇事、人生故事這三條軸線，不是三種東西，而是一種東西，是一個整體。我們不妨稱之為「三位一體」。

具體的，我們可以通過不同的角度來看。

（A）從人生角度看，人生經歷固然是人生故事的一部分，國家大事與江湖奇事也是人生經歷的一部分，也是人生故事的內容，而不是另外兩種東西。

（B）從歷史視野角度看，江湖奇事以及人生故事都是在某種歷史背景之下的故事，都是歷史視野的具體內容。它們組成了歷史的寓言，提示了歷史的本質，表現了歷史的真相。

（C）從傳奇角度看，不論是國家大事還是人生故事，都是小說傳奇形式的產物。國家大事是傳奇性的，人生故事更是傳奇性的，離開了傳奇形式及其傳奇手段，其故事也就不復存在了。

綜上所述，無論從哪一角度看，這三者都是「三位一體」的，不可分割的。是一種整體的結構形式，也是一種構成整體的方法模式。

（二）人生是主線

三位一體並不等於三條軸的作用和重要性完全相同，在三維空間之中，我們也要找出一條地平線。在歷史視野、江湖傳奇、人生故事三者之中，人生故事比其他二者更為重要。

（A）在結構意義上，人生故事主線可以串起國家大事與江湖奇事，可以將歷史視野的內容及江湖傳奇的形式組合成一個獨特的統一體。沒有這樣一個主線，則歷史視野與江湖傳奇就無法相通，更無法統一成一種有意味的形式。

（B）在藝術功能上，人生主線也具有更大的價值。因為只有在人生故事的敘述中，對人物性格的刻畫、對人性的揭示，對人生的感受的表現、對人世的認識的表現……等等諸種人學——文學——目標才能得以實現。對人生故事的敘述，為作家的藝術才華提供了最為廣闊的舞臺。

（C）從作家的創作特徵和成就上看，也應如此。因為武俠小說的人生主線是金庸獨創的一種故事結構線索。其他的作家作品則只是在江湖傳奇上做文章，梁羽生將歷史主題與江湖傳奇相結合，但卻沒能找到人生主線，從而無法達到文學藝術的最高境界。

由此可見，不抓住人生主線，就無法抓住金庸小說創作的成就特色，亦無法弄清三維結構的方便之門。

（三）結構的靈活性

這種三維空間或三位一體的結構模式，具有很大的靈活性。前面用不同的運算式介紹了它的這種靈活性及其多種功能，但還不能完全說明問題。它的靈活性還表現於，在歷史視野（**國家大事、寫實、歷史**）、江湖傳奇（**江湖奇事、虛構、環境**）、人生故事（**人生、個性……**）這三者之間可以有所側重。

具體如下：

（A）側重於國家大事，如《碧血劍》。

（B）側重於江湖奇事，如《連城訣》。

（C）側重於人生故事，如《射鵰英雄傳》、《神鵰俠侶》。

（D）側重於江湖奇事，但表現的卻是歷史的真相，如《笑傲江湖》。

（E）側重於人生傳奇，但表現的是歷史真相，如《鹿鼎記》。

（F）側重於江山家國大事，但表現的是人世與人生的真義，如《天龍八部》。

（G）側重於江湖傳奇，但表現的重點卻是人生真義與人生理想，如《俠客行》。

金庸的小說，每一部的側重點都有所不同，因而具體的結構模式及其目標指向也都有所不同。這不僅說明了這種結構模式的靈活性，也說明了金庸的小說創作的多變性。他很少重複某一自創的成功模式。這是他最獨特的，也是他最為了不起的一點。

須說明的一點是，前面我們說必須以人生主線為重點，而這裡又說可以有所側重，看似自相矛盾，但實際的情形是，不論金庸如何側重，他的小說的人生故事主線都是明晰的，起著重要的結構功能作用的。只是在其價值上，有大小深淺的變化。

（四）結構的開放性

這種三位一體的故事構成的方法模式，是一種方法，也是一種空間結構的形式，而不是一種具體的和固定的故事模式。也就是說，利用這種方法或結構形式可以構成多種多樣、無窮無盡的故事。從它的內部的靈活性，我們也可以看到這一點。而在理論上，它更是具有一種少有的開放性。因為歷史的視野是廣大無邊的，而人生故事也會隨著時代背景、生活環境以及人物個性的多種多樣而千變萬化。

一般的武俠小說的故事模式，幾乎不可避免地存在著一種單一性和封閉性。復仇就是復仇，奪寶就是奪寶，破案就是破案，伏魔就是伏魔……等到仇報了、寶得了、案破了、魔伏了，故事也就結束了。而且非結束不可。而在歷史視野和江湖傳奇雙重背景下的人生故事，則是敘述不盡的，空間可大可小，時間可長可短，人物性格可這樣可那樣，如此，它的結構的開放性與多樣性也就顯示出來了。

最後，我們應該對這種三維結構模式進行一點簡單的估價。

在這一結構模式中，我們不難看到金庸的武俠小說之所以能夠雅俗共賞的原因。那是因為，在金庸小說的故事構成之中，既包含了俗文學的傳奇因素，又包含了雅文學的歷史視野及其人生故事、人物性格的刻劃和人性的揭示等等。

通常，江湖傳奇被認為是俗文學的專利，正如歷史視野和人物性格的刻劃等等被認為是雅文學的專利一樣。這兩個領域是互不相通的，俗文學固然不會去探索歷史的視野和人生的奧秘，雅文學也不屑於去敘述虛幻離奇的江湖傳奇故事。而金庸卻將二者連結了，在二者之間架起了一座橋樑，並且把它們變成了一個統一的整體。

金庸創造的這種結構模式，固然超越了一般的武俠小說及俗文學的疆域，同時也擴大了一般的雅文學的表現領域和方法。他把國家大事、江湖奇事、人生故事納入同一敘事整體之中，把歷史真實、虛構傳奇和人物個性結構在一起，把寫實、虛構、象徵等通常被認為是屬於不同的文學規範的技法靈活地結合在一起，這無疑具有極重要的意義。

在西方文學史上，只有《荷馬史詩》、莎士比亞的戲劇才有這樣廣闊的視野和豐富的技法形式。當然，這對於中國文學史來說，也許並不算是特別的出格。《紅樓夢》、《水滸傳》、《三國演義》等被視為「現實主義文學」的傑作，但《紅樓夢》中有「太虛幻境」，《水滸傳》中有「三十六天罡，七十二地煞」，《三國演義》中也有「夜觀天象」、「祭東風」等等神怪或魔幻的內容。現代文學流派紛呈，分工越來越細，技巧越來越精緻，結構方法越來越講究，但人們的視野也常常越來越窄。因此，拉美「魔幻現實主義」——這與金庸的小說也有某種可比性或相似性——的出現被視為爆炸文學，大大地震驚了文壇。

而中國的文壇則一心一意地追趕世界新潮而忙得不亦樂乎，卻偏偏本能地蔑視民族文化的傳統（**與金庸等武俠小說大作家恰恰相反**），更不必說會「不屑」於武俠小說這種俗文學形式。至於向武俠小說學習一點什麼，那更是想也不用想，除非獲得了諾貝爾文學獎。

可是，金庸小說的藝術成就並不因它是武俠小說而有所減低，相反，正是在這種無人問津、「君子不為」的俗文學領域，金庸找到了一塊自由地施展自己的才華的天地，自由地創造了自己的文學奇蹟和文化奇蹟，為中國文學及民族文化做出了自己獨特的貢獻。

金庸的卓越貢獻之一，便是創造了上述奇特、龐大、豐富、靈活而又具有開放性的故事構成的方法模式。對於這一模式的功能價值的研究，將是一件值得去努力的工作，它的意義將是巨大的。

金庸所創造的這種方法模式，我們甚至無以名之：它是浪漫主義？象徵主義？古典主義？亦或是「魔幻現實主義」？還是其他的什麼主義？它包含了上述「主義」的諸多因素特點，但上述主義卻難以概括它。

也許，真正的大師及其傑作是不屬於什麼主義的，因為他及它們是獨一無二的。至少在被承認或正名之前，在被摹仿和抄襲之前是這樣的。其實，即使在被承認、正名、摹仿、抄襲之後，也還是無以名之。因為任何一種概念或公式都無法道盡大師與傑作的豐富與獨特，正如莎士比亞是「說不盡的莎士比亞」。

人類最大的不幸，就在於被各種各樣的概念，各種各樣的主義，各種各樣的正名塞滿了頭腦，以至於對真正的具有創造性的藝術缺乏起碼的敏感。更不必說對已經「定性」的武俠小說中的真正的藝術傑作缺乏敏感了。

第三章 交響與和弦

我們已經找出了金庸小說的構成方法模式，知道了金庸是怎樣搭起他的小說的故事框架的，這對於瞭解金庸小說的形式與技巧是一個必要的基礎，但還遠遠不夠。

要瞭解金庸小說的形式與技巧的全貌，我們還必須研究他的小說的敘事方法。

從小說構成的方法到小說的敘事方法，兩者之間有著很大的差異和距離。

故事雖是小說的一個基本的層面，但它畢竟只是一個層面而已。除此之外，小說的構成因素還有其他一些重要的東西，比如人物、情節、節奏、細節以及小說敘述的語言等等。

在小說中，故事好像是一個動物的骨架，還必須有血、肉、毛髮以及五臟六腑才能構成真正的活物（**小說**）。若要美觀或漂亮，還必須有很好的眉眼、五官、身材、膚色以及內在的氣韻等等。

我們分析了金庸小說的構成方法模式，好比是找到了一根繩子、一個框架。下面我們要做的，就是要看一看作者到底是用這根繩子串起了一些什麼樣的珍珠寶貝，還要看看它是怎樣串起來的。我們要看看金庸在這個框架內外裝上些什麼血肉腑臟和眉眼毛髮。

這種比喻也許不大貼切，但也只好如此了。前面我們說找到了金庸小說的故事構成的龐大而又完整的架子，那麼這裡，我們就要看一看他在龐大的架子上充實些什麼貨物以及怎樣充實，看一看他在這完整的架子上建築出怎樣精美的形式以及怎樣建構。

我曾經把讀金庸小說比之為遊黃山。黃山之美，有如大塊文章，處處皆景，步步皆景，琳琅滿目，而又自然造化、鬼斧神功，氣韻天成。

而讀其他的小說，尤其是讀其他的武俠小說，就不是遊山了，而是登山。只有一條小路（**故事情節**）帶著我們彎來繞去，但小路的兩旁並無風景可看。只是想瞭解山頂上的風景，或不如說是希望山頂山有風景（**有如讀小說時想知道「下面會怎樣」**），才不辭勞苦、耐著性子一步一步地往上登著。

真到了山頂，我們看到了什麼？無非是幾座別處也有的幾間人工建築，中間塑了幾尊歪嘴裂眼、禿髮脫皮的神佛塑像，如此而已。導遊不知何時已經溜走，留下一張字條說：「仇已報了，寶已得了，魔已伏了，下山去罷！」這種沮喪和憤怒，這種被欺騙與愚弄的尷尬與窩囊的感受，想必很多的讀者朋友都曾有過。我們總想登上山頂觀賞勝景，不惜為之勞累數日，結果卻是如此讓人失望又讓人哭笑不得。那幾間破房子、那幾尊破泥塑，哪兒沒有？哪兒不能看到？又何必到這裡來爬山，搞得人頭重腳輕、腰酸背疼？

黃山只有一座。金庸只有一個。步步皆景，氣韻天成，如此大塊文章，也只能是鬼斧神工。看是實在好看，說卻不知從何說起，而要對之解而析之，那簡直有些煞風景。不過既然到了這一地步，就只有勉為其難了。

還是要解釋幾句。剛才把看金庸的小說比如遊黃山，下面又將冒出音樂中的交響、和弦，並非故意繞彎子，更不是故意談玄，而是找不到更合適的說法，就只有「比、興」開頭。好在美感與藝術常常可以相互通感。

很多的武俠小說像是通俗歌曲及通俗音樂，給人留下的印象只有強烈的音響節奏，這好比武俠小說中的武打，打一陣子就沒了，結束了。除了耳鳴，沒啥可以回味的。稍好一些的，還有那麼一點旋律，那麼幾段歌詞，但那歌詞也常常翻來覆去那麼些話，而那旋律則簡簡單單的那麼個味，究終還是要靠「打擊樂」來烘托氣氛。

看金庸的小說像是聽交響樂。倒不是說金庸小說是雅樂，而是說它結構龐大，內容豐富，不同聲部、複雜的和弦、複雜的音樂主題……組成一種磅礡的氣勢和豐美的音樂效果。

金庸的小說中正是由少至數十、多至數百上千的人物，各自在自己的位置上，以各自不同的樂器，在各自不同的音部，奏出不同的旋律和節奏，從而使小說的整體，出現豐富的交響效果。令人耳不暇接，必須一聽再聽。

當然，再好的比喻也只是比喻。金庸的小說畢竟是小說，且是武俠小說，而不是音樂，更不是高雅的交響樂。我們還是來具體地分析金庸的小說吧。

金庸小說的最突出的特點，是情節異常的豐富。如果說小說的主人公的故事是小說敘事的主旋律，那麼，在敘述主人公的故事的同時，還交織著其他人物的其他不同的故事，且這些故事的長短及其重要程度各不相同，正像是音樂中的和弦。讓我們舉例說明。

一、《白馬嘯西風》的敘事線索

《白馬嘯西風》是金庸小說中較不出名的一部作品。一是因為它短，不過七八萬字的篇幅；二是因為它的版本和印數遠沒有其他多卷長篇那麼多，因而不少大陸讀者都沒有看到過；三是因為它寫得——在金庸的水準線上——比較一般。金庸說他創作的小說「篇幅長的比短的好些」，甚至越長的越好，那麼這個短作品就顯不出金庸的實力來了。

《白馬嘯西風》倒是有些特點，它幾乎不像是一部武俠小說，因為它的武打場面不多，也不算重要。它更像一部言情小說，它的故事是言情的，情調是感傷的，語言是婉轉的，連小說題目也透出幾許傷感。還有，這部小說的主人公是一位少女，在金庸的小說中極為少見。所有的這一切，都給這部中篇小說定了調子，叫人想到小提琴協奏曲《梁山泊與祝英台》。李文秀的傷情故事當然就是它的主旋律，而李文秀就是「獨奏小提琴」的樂手了。

《白馬嘯西風》的主要故事情節很簡單。在李文秀很小很小的時候，她的父親白馬李三和母親上官虹被仇人追殺，父親被殺，母親與仇人同歸於盡。小小的李文秀成了孤兒，流落到哈薩克草原，被一位漢人計爺爺收養。李文秀心地善良，歌唱得極為動人，與哈薩克少年蘇普兩小無猜並萌生愛意。不料蘇普的父親不許兒子與漢人來往，而蘇普長大以後又愛上了同族的美麗少女阿曼，於是李文秀只得悵然回歸自己的故鄉江南。

這麼一個故事確實很簡單，而小說《白馬嘯西風》的篇幅也小，似乎恰好講完這個故事。但實際的情況卻不是這樣的。《白馬嘯西風》不是獨奏，而是「協奏」，除了李文秀的故事之外，還有其他的故事。我們把它分為幾類，來看看其他的故事情節在小說的作用。

(一)愛情故事

愛情故事的主要部分當然是李文秀愛上蘇普，而蘇普卻愛上了別人，除此之外，小說中還有以下幾個故事。

(A)史仲俊的愛情故事。史仲俊是李文秀之母上官虹的師兄，他愛上了上官虹，而上官虹卻愛上了李三。結果史仲俊最後邀人殺死了李三，而上官虹與他同歸於盡。

(B)瓦耳拉齊的故事。瓦耳拉齊是李文秀的師父。他年輕的時候愛上了同族少女雅麗仙，而雅麗仙卻愛上了東爾庫並生下阿曼。結果是瓦耳拉齊毒死了雅麗仙。

（C）馬家駿的愛情故事。馬家駿是收養李文秀的那個「計爺爺」，其實他是李文秀的師兄，怕師父瓦耳拉齊報復才改扮成計爺爺的。他將李文秀養大，並深深地愛上了她。他始終沒有表白，因為他知道李文秀愛的是蘇普。結果是馬家駿為救李文秀而犧牲。

上述三個愛情故事——加上李文秀的愛情故事，一共是四個故事，顯然具有同一性質，那就是甲愛上了乙，而乙卻愛上了丙。這種同一性質正像是同一個音樂主題及其旋律。這是小說的主旋律。而這四個類似的愛情故事卻不是同一聲部的簡單的合唱，而是在四個不同的聲部上的一種和弦。

史仲俊的愛情故事說明李文秀的愛情悲劇不是僅屬於她個人，也不是屬於她這一代，而是上一代，甚至每一代都會有的。瓦耳拉齊的故事說明李文秀的故事不只是漢族人的人生悲劇，哈薩克族的年輕人也有類似的悲劇。馬家駿的故事則表明李文秀的愛情悲劇不是因男女異族造成的，他與李文秀同族卻並沒有得到李文秀的愛。

說這四個故事是屬於不同的聲部，更主要的理由還在於四位悲劇主人公的不同的抉擇：一、李文秀救了情敵阿曼；二、史仲俊殺死了情敵李三；三、瓦耳拉齊將情人殺死；四、馬家駿為情人獻身。

這樣的一種同一主旋律的不同聲部的和弦，大大地豐富了小說的主題，自不必說。

（二）復仇故事

短短的《白馬嘯西風》不止包含了愛情故事，同時還包含了復仇故事。復仇故事當然不是這部小說的主旋律，但與主旋律多少有些關係。復仇故事也不只一個。

（A）李文秀的父母被史仲俊、陳達海等人追殺而死。史仲俊死了，但陳達海並沒有死。所以李文秀必須為父母報仇。李文秀本不想報仇，甚至不想練武。但仇家找上門來，將她追得無路可走，恰好遇上子瓦耳拉齊，她幫了他，他收她為徒。最後李文秀才報了仇。

（B）瓦耳拉齊的復仇故事，瓦耳拉齊毒死了雅麗仙之後，還想毒死全部落的人。他的徒弟馬家駿無法容忍，對他進行偷襲，終於使他重傷致殘，躲到沙漠迷宮之中，伺機復仇。最後馬家駿為救李文秀而暴露身分，終於被瓦耳拉齊發現並打死。

（C）史仲俊之所以要打死李三，那也是要報他奪情之仇。

（D）雅麗仙被毒死，她的丈夫東爾庫一直在尋找仇人。

（E）漢人強盜搶了哈薩克部落，哈薩克人視漢人為仇敵，不願與之交往，更不願與之婚配。

以上的幾個復仇故事是與愛情故事對立的主題，但卻又是相關的主題。因為大部分的仇恨，都是由情變引起的。情與仇一正一反，又相關相連。因此，如果愛情故事及其悲劇是這部小說的主題、主旋律，那麼復仇故事則是它的副主題、副旋律了。

可是還沒有完。

《白馬嘯西風》除以上兩條線索之外，還有一條不可忽視的線索——

（三）尋寶故事

霍元龍、史仲俊、陳達海三人及其嘍羅追殺李三一家三口，固然是幫史仲俊報復奪情之恨，但更主要的原因，還是要得到李三夫婦身藏的一幅高昌迷宮藏寶地圖，也就是說，這篇小說的開頭及起因，是一個奪寶故事。

這倒是武俠小說的常見的故事模式。在這篇小說中，霍元龍、陳達海等人的尋圖奪寶這一線索貫穿始終，可以說正是由它來推動整個故事情節並串連出整篇小說。

（A）為奪藏寶圖而追殺李三夫婦，使主人公淪為孤兒，流落在哈薩克草原。

（B）霍元龍等人在沒找到李文秀時，在哈薩克部落大肆搶劫，使蘇魯克等哈薩克人對漢人恨之入骨，從而不允兒子蘇普與漢人姑娘李文秀來往，間接地使李文秀失去了蘇普。

（C）陳達海等人追殺李文秀，使她逃進沙漠，遇見瓦耳拉齊（化名華輝），立志學武，為父母報仇。

（D）最後，哈薩克人正是為了追蹤這些搶寶的強盜而走入沙漠迷宮——傳說中的藏寶之地——之中，李文秀是為保護蘇普而去，而馬家駿則是追隨李文秀而去。迷宮之中又正是瓦耳拉齊的藏身之地，所以小說中的所有人物都齊聚於此，了結各自的恩仇，結束了各自的故事，整個的小說情節也就到此打住了。

由此可見，我們說《白馬嘯西風》這一情仇故事是由尋圖搶寶的故事線索串連而成，是確確實實的。而尋圖搶寶的故事，又派生出另一個故事來——

（四）迷宮故事

傳說迷宮中有大量的寶物，很多人對此深信不疑，讀者當然也是如此。李三夫婦臨死之前交給李文秀的那方手帕上通往迷宮的地圖，之所以有如此之大的吸引力，以至於霍元龍、陳達海等人追蹤數千里、尋覓十幾年，無非是為了迷宮中的金銀財寶、珍珠寶貝。可是，等到眾人真正地走進迷宮之後才發現，作者給他們（**和我們讀者**）開了一個不大不小的玩笑。迷宮之中並無任何金銀財寶、神兵利器以及被世人視為寶物的東西。

要說純粹是一個玩笑或謊言，那又不對。迷宮中雖然沒有金銀財寶，卻有許多漢人的東西；桌子、椅子、床、帳子、碗碟、鑊子、圍棋、七弦琴、許多書籍及佛像、孔子像、道教老君像……等等。

要瞭解這些東西的來源，就必須瞭解這迷宮的來歷，即迷宮故事了（小**說中是由瓦耳拉齊向李文秀敘述這個迷宮故事的**）。原來這地方是唐朝時高昌國所在，這迷宮建於唐太宗年間，建此迷宮的目的，也確實是為了藏寶並抵禦唐朝的入侵，但最後在唐貞觀十四年被攻破，唐朝的將軍將迷宮中的金銀寶物全都掠空。

唐太宗說，高昌國不服漢化，不知中華上國文物衣冠的好處，於是賜了大批漢人的書籍、樂器、衣服、用具給高昌。高昌人私下說：「野雞不能學鷹飛，小鼠不能學貓叫，你們中華漢人的東西再好，我們高昌野人也是不喜歡。」於是將唐太宗所賜之物都放在迷宮之中，誰都不去多看一眼。千餘年來，沙漠變遷，樹木叢生，這本來已是十分隱秘的古宮，更加隱秘了。古宮變成地道的迷宮，而古宮中的漢人的「寶貝」卻已無人知曉詳情，只傳說迷宮中有大量的寶貝。

這就是迷宮故事了。看起來它與小說沒有多大的關係，是一段可有可無的插曲，實際上並非如此。沒有這段迷宮故事，就無法解釋宮中為何無寶物而只有漢人書籍文物用具，因而霍元龍等尋圖奪寶的故事也就沒有一個完整的了結和答案。

進而，這段迷宮故事實際上還有著更重要的意義，那就是總結全書的作用。導致小說的總主題的產生——

（五）命運主屬：一個寓言

迷宮故事其實是一個寓言。一個關於人生與命運的寓言。甚至連迷宮本身也是一個寓言。

那麼多人都想尋找迷宮，卻找不到，許許多多的人（包括李三夫婦）都為之犧牲。而找到迷宮又怎麼樣呢？想得到的東西（珍寶）什麼也沒有得到，而迷宮中的東西（書籍文物）卻又不想要。

李文秀在聽說這個迷宮故事之後，說了這麼一段話：

「……這個漢人皇帝也真多事，人家喜歡怎樣過日子，就由他們去，何必勉強？唉，你心裡真正喜歡的，常常得不到，別人硬要給你的，就算好得不得了，我不喜歡，終究是不喜歡。」

這段話固可以說是李文秀對迷宮故事的評論，也是自己的一點聯想，同時也正是為這個故事、這個寓言故事點題。進而也是在為這篇小說點題：你想要的，卻得不到，你能得到的，卻不是你想要的。

想一想《白馬嘯西風》中的所有的人、所有的故事，不論是愛情故事、復仇故事、搶寶故事還是迷宮故事，都不過是「你想要的卻得不到，得到的卻不想要」這一總主題的具體表現。

如此，這一迷宮寓言就使小說的意義深了一層，使它的主題價值上升了一檔，因為所有的這些人物和故事，都變成了一種人類命運的象徵。從而小說的人物和故事也深刻地揭示了一種人類共同的命運：人們所追求的未必能夠得到，而能夠得到的卻不想要。

至此，我們對《白馬嘯西風》的析讀才算結束。有誰能想到這一短短的幾萬字的作品中居然包含了如此豐富的內容和複雜的情節線索？更有誰能寫出這樣具有交響樂的性質、形式和功能的作品？只有金庸一人而已。

我們之所以要找《白馬嘯西風》這樣一部既不出名、對於金庸小說創作而言又算不上十分出色的作品來做例子，正是想借此說明一個問題，即像這樣的一部小而平常的作品都具有如此的豐富性和複雜性，那麼其他的大作品、好作品的豐富性和複雜性也就可想而知了。實際情況也正是這樣。

另外，我們要以《白馬嘯西風》為例，還有一個原因，即正因為它篇幅短、容量相對小，而複雜的程度相對低，便於我們展開來分析。若是換一部大篇幅的作品，比如《天龍八部》等，我們要想真正地一一展開分析，那恐怕至少要花去大半本書的篇幅。至少是大半本書，至多是多少，那就難以預測了，因為《天龍八部》、《鹿鼎記》這樣的書，是絕對值得專題進行研究的。這工作將來肯定有人會做。將來會有多少研究專著出來，不能妄測，不過這是後事，不提。

金庸的小說敘事，無不具備上述和弦、交響特徵，無不十分豐富而複雜。下面我們再舉幾個例子。不過，因篇幅所限，下面的舉例分析就不能像上面那樣一一展開，而只能點到為止，略盡意思而已。

上面我們舉了一個以愛情為故事主線的例子，下面分別列舉復仇主線、搶寶主線、行俠主線的例子。

二、《碧血劍》的敘事線索

以復仇為主線的《碧血劍》。

《碧血劍》是金庸的第二部小說，在金庸的小說中，要算比較差的作品。這部小說的「主旋律」，是主人公袁承志為其父袁崇煥報復殺身之仇的故事。因而可以確立它的情節主線。

（一）復仇主線

（A）袁承志的復仇。幫李自成，與崇禎的明朝及皇太極的滿清對敵並復仇。

（B）金蛇郎君夏雪宜的復仇。浙江石樑溫氏老六姦污了夏雪宜的姐姐並殺害了他的一家，所以夏雪宜立誓向溫氏五老報仇。

（C）閔子華大邀幫手為他的哥哥閔子葉向南京金龍幫幫主焦公禮復仇。

（D）五毒教高手何紅藥為報夏雪宜始亂終棄之仇，與夏雪宜的女兒夏青青及她的心上人袁承志為敵。

上述復仇故事，袁承志的復仇最為正義，而又最為有理、有節。夏雪宜的復仇雖可以理解，但卻做得十分過火。閔子華的復仇是完全錯誤的，因為他哥哥雖被焦公禮所殺但卻死有餘辜。何紅藥的復仇最為荒誕，但卻又最是令人憐憫和同情。

（二）搶寶故事

（A）夏青青搶了李自成的軍餉，袁承志得知詳情，奪回黃金，並與夏青青相識、相愛。

（B）溫氏五老設計毒害與之化解仇怨，並與溫氏之女溫儀相愛的夏雪宜，為了得到一幅藏寶圖。

（C）夏雪宜臨死之前，將藏寶圖與自己的武學著作《金蛇秘笈》放在一起，被袁承志所得，袁承志與夏青青將寶物掘出，獻給李自成。

（D）山東、直隸的各路強盜搶奪袁承志押送的寶物，後皆被袁承志打敗，並成為袁承志的部屬。

以上諸線索畫出了江湖間搶盜寶物的真實場景，並畫出了為國事、為復仇、為貪欲等等不同的人物臉譜。

（三）愛情故事

（A）夏青青愛上袁承志。

（B）夏雪宜愛上仇人之女溫儀。

（C）何紅藥愛上夏雪宜，為之獻身又獻寶，卻終於被之拋棄又被教規嚴罰。

（D）五毒教主何鐵手愛上了女扮男裝的夏青青。[11]

（E）化名阿九的當朝太平公主愛上了袁承志，因夏青青之妒加上國破家亡，最終落髮為尼，法名九難。

（F）安小慧愛上崔希敏。但袁承志還是因從小與安小慧相識而遭受夏青青的妒傷。

11. 何鐵手愛上女扮男裝的夏青青，是流行版《碧血劍》中的情節內容。在金庸的最新修訂版《碧血劍》中，作者改變了這一情節設計，何鐵手不再愛夏青青——因為她很早就看穿了她的女性身分。

（G）焦宛兒對袁承志情意殷殷、感恩戴德，因夏青青之妒而決定嫁給她的師兄羅立如。

上述愛情故事錯綜複雜，各種滋味都有。

（四）人才悲劇故事

（A）小說起因；崇禎殺了大將袁崇煥。

（B）小說末尾：李自成逼死了李岩。

（五）歷史演義及歷史悲劇

明、清、闖三種政治、軍事勢力的衝突和演變。這是小說的背景，也是小說的內容。因為明帝、清酋是主人公復仇的對象，而李自成則是袁承志的盟友及天下百姓的希望所在。

（A）小說開頭：張朝唐被明朝官兵所搶劫。被袁承志救下。

（B）小說結尾；張朝唐被李自成的潰兵所劫，再一次被袁承志所救。

（六）人生故事

上述的這一切大多是主人公的親身經歷。國家大事、江湖奇事都被他遇上了、參與了，都變成了他的人生故事。而結果卻是失望，對江山大事及江湖世界的雙重失望，「空負安邦志，遂吟去國行」。對愛情是否失望？是否失意（**尤其是對阿九**）！書中未說。但小說的總主題卻是對上述所有的一切的失望，則是無疑的。

三、《雪山飛狐》、《飛狐外傳》的敘事線索

《雪山飛狐》是以搶寶為敘事主線的。它自然包括：

（一）搶寶故事

（A）天龍門南、北二宗爭奪鎮門寶刀（闖王李自成的軍刀）。

（B）天龍門與陶氏父子爭奪寶刀。

（C）寶樹和尚等人揭開寶刀秘密：刀柄中有闖王留下的秘密寶藏的地圖，眾人搶寶，後都被胡斐埋在雪窟中。

（D）多年以前，田氏先人田安豹與苗氏先人同入寶藏，一雙好友為獨得寶藏而同時刺殺對方，同歸於盡，如塑如雕在雪窟中。

（E）多年以前胡一刀找到寶藏，在寶藏與少女中，挑選了少女，結成夫婦，生下胡斐。

（F）多年以前胡斐之母的表哥杜希孟為找寶藏，在雪山之巔建築玉筆山莊。

（二）愛情故事

（A）胡斐愛上了仇人苗人鳳之女苗若蘭。

（B）苗人鳳之妻南蘭與田歸農私奔，後鬱悶而死。

（C）胡一刀夫婦相親相愛，至死不渝。令苗人鳳羨慕不已。

（D）田歸農之女田青青許配陶子安，卻與師兄曹雲奇私通生子，後田青文扼死嬰兒。在陶、曹二人之間舉棋不定，惹得二人拼命。

（三）復仇故事

（A）胡、苗、范、田四家族的百年仇怨史。

（B）胡一刀與苗人鳳、田歸農、范幫主的滄州之戰，胡、苗大戰五日五夜。胡一刀不幸中毒而死，夫人自殺而亡。

（C）田歸農奪了苗人鳳的妻子，苗人鳳隱忍不報，引而不發。

（D）杜希孟邀寶樹和尚等人到玉筆山莊與胡斐決戰，欲斬草除根。

（E）苗人鳳與胡斐決鬥，結果未明，小說便告結束。

（四）有關朝廷的故事

（A）胡、苗、范、田四姓的先人原是李自成的衛士，是清軍死敵。後因誤會重重而結怨成仇。

（B）到這一代，田歸農投降清廷。范幫主亦被大內衛士軟化投敵。

（C）范、杜等人與大內衛士合作，設計擒拿不願歸附朝廷的苗人鳳。胡斐救苗人鳳。

再看以行俠為主線的《飛狐外傳》。

《飛狐外傳》的主人公是胡斐。金庸在寫完《雪山飛狐》之後，覺得該書的主人公胡斐形象刻劃得不夠，因而專門為胡斐再寫一部書，即《飛狐外傳》。

此外，作者有感於「武俠小說中真正寫俠士的其實並不多，大多數主角的所作所為，主要是武而不是俠」，所以他企圖在本書中寫一個急人之難、行俠仗義的俠士」（均見《飛狐外傳‧後記》）這是擺明了要以行俠仗義為主題、主線的。

（一）行俠故事

（A）胡斐偶至廣東佛山，見鳳天南為霸佔鍾阿四家的一塊地而設計陷害，終至鍾阿四一家慘死。胡斐路見不平，拔刀相助，決意殺鳳天南一家為鍾阿四報仇。胡斐如此「不為美色所動，不為面子所動，不為哀懇所動」，追殺鳳天南的線索，貫串全書。

（B）胡斐見劉鶴真夫婦被人追趕，幫忙阻住鍾氏兄弟，讓劉鶴真給苗人鳳送信。不料這是一個多重騙局，劉鶴真也被愚弄，致使苗人鳳雙目中毒而失明。胡斐的這一抱不平打錯了。

（C）胡斐與鐘敬文為救治苗人鳳雙目，冒險至藥王谷找毒王手藥王求醫，遇毒手藥王的關門女弟子程靈素，一道前往苗家將苗人鳳雙目治好。

（二）復仇故事

（A）苗人鳳無意害死胡一刀，胡斐為父報仇。先治好苗人鳳雙眼，又幫苗人鳳打退田歸農等人的糾纏，但最終還是下不了手。

（B）袁紫衣為母親袁銀姑報仇，但仇人之一是她的生身之父鳳天南（**鳳天南強姦袁銀姑並殺死袁的未婚夫，使袁生下袁紫衣並流浪風塵**），另一位是俠名遠播的「甘霖惠七省」湯沛。

（C）藥王門下女弟子薛鵲毒殺了大師兄慕容景岳的新婚夫人，慕容景岳毒殘了薛鵲。薛鵲嫁給二師兄姜鐵山，與慕容景岳之間相互報復，輾轉不斷。

（D）商家堡主人商劍鳴殺害苗人鳳的弟弟及一家婦幼，胡一刀殺了商劍鳴。商夫人立誓報仇，督促兒子商寶震練武不輟。

（三）報恩故事

（A）馬春花在商家堡中對胡斐有一言相救之恩，胡斐終身不忘，多次報答，並貫穿小說始終，直至馬春花逝世。

（B）袁紫衣在報仇之前，先救了仇人兼父親鳳天南三次，以報生身之恩。阻止了胡斐追殺，與胡斐相識並相愛。

（四）愛情故事

（A）胡斐愛上袁紫衣，但她已立誓出家。

（B）程靈素愛胡斐，但胡斐心有所屬，程靈素只能做他的結義妹妹。程靈素為胡斐犧牲。

（C）苗人鳳與南蘭的婚姻愛情悲劇。

（D）商寶震愛上馬春花。

（E）馬春花之父馬行空將馬春花許配給師兄徐錚。

（F）馬春花在訂婚的第二天，與朝廷大官福康安私通，並從此癡心相戀。後來商寶震將徐錚殺死。馬春花又將商寶震殺死。馬春花為福康安生了一對孿生兄弟，但她還是被福康安之母毒死，福康安見死不救。小說《飛狐外傳》中的愛情故事，無一不是所愛非人，陰差陽錯，盡是悲歌。

（五）反清故事

（A）袁紫衣一路搶奪各派掌門之位，破壞朝廷主辦的「天下掌門人大會」。

（B）程靈素在掌門人大會上大展神威，使該會落花流水，亂成一團。

（C）胡斐與反滿抗清的紅花會眾英雄相遇，在陶然亭大戰大內十八高手。

（六）人生故事

胡斐自幼父母雙亡，被平阿四養大，嘗盡人生艱辛。但英雄氣概卻從小養成，終於練成一身驚人的武藝、仗義江湖、快意恩仇，豪邁之氣，足可告慰先人。然而所有輝煌的業績，又怎能消解有情人不能成為眷屬的感傷？此後餘生將會如何，實難逆料。胡斐所經歷的這一段曲折坎坷、滋味複雜的人生該如何評價，也難以一言蔽之。

四、結語

以上我們舉的幾個例子，只是粗略地理了一理各書中的情節線索，並沒有進行具體的分析，也沒有進行主題的總結。我們只是要看一看金庸在愛情故事、復仇故事、搶寶故事和行俠故事中添加了幾多複雜的主題線索和故事情節。

我們要看到的是金庸小說的主線，不管是愛情還是復仇，是搶寶還是行俠，或是其他的什麼，都是整部小說的複雜的旋律中的一支，是小說的複雜和弦中的一個聲部。絕不像一般的武俠小說的故事模式那麼單純。

從上面粗略的列舉中我們看到，將金庸的小說歸入某種故事模式，說它是「愛情故事」、「復仇故事」，是「奪寶故事」或「伏魔故事」……都是不妥當的。因為金庸的每一部小說都包含了各種不同的故事因素和情節。每一部小說中都有復仇、愛情、搶寶、伏魔、行俠……之類的內容。進而，金庸小說的主題也絕非單一的、一目了然的。它是小說的諸多情節主題的綜合、交織、衝突、昇華或深化。

也正因為這樣，雖然金庸的許多小說中都有相同的故事類型模式或情節線索（如愛情故事、復仇故事等等幾乎每部小說都有），但因為它們在不同的小說結構中處於不同的地位，在不同的主題中具有不同的性質和意義，所以那絕不是相互雷同或重複。

正如建築師用同樣的材料建築出不同風格的作品，如音樂家用七個音或「十二音」創造出繽紛不息的美妙的音樂大千世界。各種故事模式，在金庸的筆下正像是一種建築材料或一種音符。同一音符或同一聲部在不同的音樂主題及其音樂結構中的意義與作用是不同的。反過來，如果一支樂曲只有一種音符，或只有一個聲部，或只有一種旋律，那肯定是單調乏味的。

金庸小說的豐富，我們領教了。而且，前一章中提及的有關金庸小說的龐大結構的概念，至此似也應該修正或補充。即金庸小說結構的龐大性不僅只是來源於其廣大的歷史視野，不僅來源於對國家大事的敘述，而且還來源於其結構的方式本身。即便是一個純粹的江湖世界的故事，如《白馬嘯西風》等等，因為它的敘事情節線索的頭緒極多，也會撐開小說的結構空間，使之變得十分複雜而且龐大。

更重要的一點，上述所有的故事線索都具有自身的功能，但這並不等於上面我們所列舉的所有的情節線索，都在小說中佔有同樣的長度、強度及地位。這也像一曲交響樂，不是所有的旋律都會貫串始終，不是所有的聲部都是從頭至尾不停歇地演奏，更不是所有的樂器都不間斷地發出自己的音響。

在金庸的小說中，有些故事線索只不過是簡單的一筆帶過，而另外一些則只占一個章節，只有極少數的幾條線索（**主線、主旋律**）才會貫串樂曲的始終。當然主旋律也有停歇的時候，那時候就是其他的旋律、音樂或音響顯示自己的時候。而主旋律再次奏出的時候，其他的旋律則或減弱、或休止或永遠地消失。

第四章 重彩與空間

前一章我們引進了音樂的術語來對金庸小說的敍事方法進行分析，這一章我們不妨引進一點繪畫的概念來分析金庸的小說創作的另一種技法形式。

小說的敍事與音樂、繪畫當然不是一回事。然而一切藝術形式及技法，又都有某種相通之處。小說的敍事不僅與音樂、繪畫有相通之處，而且與戲劇、電影等藝術形式亦有相通之處。

這裡先說繪畫，它是空間處理的藝術形式，這與小說敍事就有某種類似之處。

如果說音樂的時間限制及其在時間中發展自己的特性與故事相近，即它們都具有時間性，都注重過程，且都以下面怎樣（發展）來作為它的推動力，那麼，繪畫的藝術在某種程度上與小說的敍事有類似之處，小說除了講故事之外，還有其他的職能，甚至更重要的職能，那就是對那些不同的故事線索進行結構上的安排，使之處於最合適的部位，以發揮最合適的功能。這顯然是具有空間性質的。

前面我們列舉的幾部小說中的那些複雜的情節線索，不僅在時間的長短、先後方面不同，更重要的是如何安排它們在小說的結構空間中的具體位置。例如《白馬嘯西風》中的史仲俊、李文秀、瓦耳拉齊、馬家駿四人的愛情故事，不僅有先後，長短方面的不同，更要考慮安排在小說複雜情節結構的哪一位置才更合適，因為小說不僅有愛情故事，而且還有復仇故事、搶寶故事和迷宮故事。

這些故事的時間的長短，實際上，也是它在小說結構中展開的程度，即占小說敘事空間的大小、篇幅的多少；這些故事的先後也不僅是時間性的概念，若按絕對的時間要求，那就必須先發生的先說，後發生的後說。而在具體的小說中瓦耳拉齊的年代久遠的愛情故事實際上在李文秀的愛情故事差不多交代完了之後才說。

小說的敘事便開始於對這些時間長短、先後不同，篇幅大小、故事詳略不同的情節安排合適的位置和合適的體積（空間／篇幅）。簡單地說，就是先說什麼、後說什麼；詳說什麼，略說什麼；藏點什麼，顯現些什麼；隱伏些什麼，而渲染些什麼；主流是什麼，支流又是什麼；主旋律是什麼，和弦和配器又該怎樣……等等。

問題很多，我們只能一個一個地說。

一

先要說的是詳說什麼，略說什麼的問題。所謂詳說，是指大幅度、大篇幅地展開，大力渲染，使之淋漓盡致；而略說，是指大量地濃縮、減小篇幅、跳躍，甚而空缺，留出大量的空白空間，當然，詳與略、展開與濃縮、濃筆重彩的渲染與空白空間的創造之間是相對的，在這相對的兩極之間，理當有詳、次詳、較詳、較略、次略……之分，甚至更細的層次區分。不過我們只能對兩極本身進行分析。

何處該詳，何處該略，何處該重彩，何處該空白，看起來似很簡單，無論是理論上還是在具體的創作過程中都似簡單。答案可能是重要的該詳說、該重彩；不重要的則略說，或空白。或者說主要人物的故事情節該詳說、重彩；次要人物的故事情節該略說或空白。

這種答案看起來很不錯，但實際上卻是有些空洞，甚至不在重點上。實際的情況可能是，對主要的人物故事及其重要部分，有時也需要略說和空白，相反，對一些次要的人物故事則又需要濃筆重彩、充分展開。這雖然也不是普遍規律，但至少有時候必須如此。

正確的方法也許應該是，在精彩的地方、能出戲的地方，具有表現力及吸引力的地方必須濃筆重彩、詳盡細密（**不分主要人物或次要人物，甚至也不分主要情節或次要情節**），反之則藏，則縮、則留空白，即不說。主要人物及其主要情節對小說整體是重要的，但在具體的篇章片斷之中，它可能是相對次要的。這好比漢族人口占全國的大多數，可以說是絕對的大民族，但在中國的某些少數民族居住地區中，漢族人口又相對是少數。這道理並不難以理解。

不過有很多的人不理解這一點，許多作家作品犯得最多的兩個毛病，便是由之而起。一是為了保持主線的詳盡及其重要性，而將次要的人物故事略而又略，以至於使主要人物變成了光杆司令，使主要情節變成了一條單調的細線，使整個小說變得枯燥乏味。而另一個極端則是不分主次，一味地重彩，結果從頭至尾都是鬧鬧嚷嚷，但卻讓人莫名其妙。正如一個畫家將整個畫面都塗成重彩，而且雜亂無章，能讓人看到什麼呢？

從時間觀念上看，從故事角度看，主要人物及其主要故事情節的重要性是絕對的，然而從空間角度看，從小說的橫斷面及其形式結構的整體來看，這種重要性就是相對的了。小說結構中所選取的人物及故事，在具體的章節中，他們的重要性都是相對的，他們可以說都重要（**包括次要人物**），只是在某處這位更重要，而在另一處那位更重要。奈何？

金庸在《書劍恩仇錄》中創制了一套武功，叫做「三分劍法」，說這是天山派劍術的絕詣。所以叫做「三分」，乃因這路劍術中每一手都只使到三分之一為止，敵人剛要招架，劍法已變，一招之中蘊涵三招，最為繁複狠辣。這路劍法並無守勢，全是進攻殺著。

小說的第一回中——這是作者的第一部書的第一回——就描寫了天山雙鷹的徒弟霍青桐用「三分劍法」與李沅芷過招的情形。只見她「每一招都如箭在弦，雖然含勁不發，卻都蘊著極大危機。」結果使李沅芷手忙腳亂，只好敗逃。這「三分劍法」可以從另一個角度來看，即它只使出了三分之一，而保留三分之二。也就是留了三分之二的空白。說它一招等於三招也行，而說它三招等於一招也無不可，使出來的是精彩的功夫，而留下來的很可能就是藏拙。

「三分劍法」也可以看成是一種文學理論。頗似大文豪海明威的「冰山理論」，寫出來的只是露出水面的東西，而水底的冰山則藏在小說的空白之中。

這一理論我們可以用以對金庸小說的檢驗。最突出的例子，就是金庸小說中的武功的描寫了。在金庸的小說中，所有的武功都沒有全套的，作者從來只說三分之一，當然也可能是四分之一、五分之一、六分之一。無論是多麼重要的武功，無論被使了多少遍，我們所能看到的，都只是這套武功的幾分之一。著名的「百花錯拳」我們只看了九招「左手查拳，右手綿拳，攻出去是太極拳，收回來是八卦掌」這幾招，然後就是「諸家雜詩，亂七八糟」的概括性描寫，那是作者的「虛招」。

著名的「降龍十八掌」，我們也只知道「亢龍有悔」、「龍戰於野」、「神龍擺尾」、「飛龍在天」等寥寥幾招。《鴛鴦刀》中的「夫妻刀法」說是有七十二招，但書中只寫了十二招式名稱。《神鵰俠侶》中的楊過創出「黯然銷魂掌」的十七路掌法的名稱，雖然都對老頑童周伯通說了，但施展出來的卻不過只有「拖泥帶水」、「無中生有」等三數招而已，其他所有的武功招式都是一樣。

之所以如此，可能有人已經想到了，若是作者將所有武功套路的所有招式寫全了，那麼小說的篇幅就會擴大好幾倍，再說也沒有必要。若是都寫全了，小說豈不成了武功招式的流水帳了？這正如我們不能將小說的主人公的所有的經歷、所有的故事都寫出來，以免成為枯燥冗長的流水帳一樣。

其實還有另一點原因，即作者只能寫出那麼幾招。而其他的招式之不寫，正是為了藏拙。

這倒不是說作者沒有能力虛構出其他的招式名稱，而是說要想將「降龍十八掌」的每一招都寫得像「亢龍有悔」一招那麼精彩；將「黯然銷魂掌」的十七路招數都寫得像「無中生有」或「拖泥帶水」那樣有趣而且有理，那幾乎是不可能的。所以其他的招式，就只有不說，或說而不練。沒有說出來和沒有練出來的招式，在讀者的心目中的重要性及其精彩程度，其實與說了而且練了的效果一樣，甚至有過之而無不及。

可見藏拙和空白，有時是一種極重要的藝術手段。那些空白之處，並不因其沒寫而喪失它的藝術功能。有時候，它的功能甚至比寫出來更有內力。就像維納斯的斷臂，看習慣了覺得有無限的風姿，因為各人有各人的接臂之法，而若是將它固定為某一姿勢，那倒未必是好。

武功之外的例子，也是一樣。

最典型的例子之一，是《射鵰英雄傳》中，將華山論劍這件事及天下武功第一的王重陽這個人全部放入空白之中。不寫。王重陽已死，華山論劍也已成為過去，作者也就不用寫了，這是他不寫的原因。不過，顯然還有更深刻的原因，即如何來寫天下武功第一人？

想一想，無論怎麼寫，都比不上不寫之妙。因為作者沒有寫，只說他武功天下第一，而且洪七公、黃藥師等人都對他心服口服。這兩位大師的功夫我們倒是見識過，確實高妙之極。那麼比他武功更高的王重陽該是怎樣的神妙呵！這種神秘之境，只能意會，不能言傳。只能不寫，而讓讀者去想像。

至於華山論劍的具體過程，七日七夜的比武論劍，怎麼寫也不可能寫得好，寫得妙，因為這五位天下絕少的極頂高手的論劍，那一定是出神入化的情形。王重陽既然不寫、也不能寫、華山論劍自然也不寫、不能寫。結果恰恰是最妙。怎麼想怎麼妙。誰也不敢看輕了王重陽，誰也不敢看輕了華山論劍，相反，只會對王重陽其人及華山論劍其事加以神話般的創造、再創造。《神鵰俠侶》、《笑傲江湖》二書中都出現獨孤求敗這一人物，名為「求敗」，可見武功之高。這樣的人當然只能想像而不能落實，因為一旦落實了，無論怎樣寫都不合適。要麼使人覺得不夠味，要麼使人覺得太誇張。道理同不寫王重陽一樣。

《神鵰俠侶》中追述了一點王重陽的故事，但那主要是寫他的愛情悲劇，同時烘托林朝英的了不起，可以與王重陽並駕齊驅。而林朝英亦早已作古，還是空白。當年絕世俠女英姿，不復見矣。

《倚天屠龍記》中的張三丰，處理的情形又不大一樣，他沒有被作者處死，而是這位絕世高人碩果僅存。但他卻從來不與人動武（**只打死幾個蒙古兵並打死一個偷襲他的剛相和尚**），他越是不動就越是深不可測，動了——有幾次差一點要動手——就可測了，那就會使張三丰的形象受到相當大的損害。

可見重彩是一種方法，而空白也是一種方法。像在繪畫中一樣，在小說敘事中，這兩種方法的功能意義是相等的。在某種意義上，空白的內含甚至更豐富，因為重彩描繪的人物故事及其場景都是固定的，有明顯指向和有限內含的，而空白則是不固定的，可以任意加入，任意選擇和再創的。當然，若是沒有重彩描繪及其固定指向，空白也就失去了意義。正如一張白紙全都空白便不成為畫了。若《射鵰英雄傳》中不說王重陽武功第一，甚至不寫東邪、北丐等高手的武功，那王重陽的武功人品的神秘也無從談起。

讓我們擴而大之，將金庸的小說看成是一幅畫卷（**當然是長卷巨幅**），那麼，我們也可以說金庸的小說是由重彩（**有時是工筆，有時是素描，有時速寫，有時大寫意**）與空白組成的。那麼，金庸在何處空白又在何處重彩，就顯出金庸小說敘事方法的玄奧了。

我們看到，金庸小說的敘事在時間上是跳躍的，而在空間上則是一些空白與一些場景的連綴。

這種敘事方式使金庸的小說真正超越了故事，而成為真正意義上的小說。因為這種空白與場景的連綴，不僅使故事保留了它本身的情節內容，同時又在更高的小說層面小被敘事所支配，從而形成了小說的獨特形式。

簡單地說，故事是一種連續不斷的，按時間排列的事件，雖然也允許一定程度上的時間的跳躍和跨越，但卻沒有空間上的空白與場景的選擇、跳躍、跨越性的連綴，另外，這種連綴方式又與一般意義上的小說不同，它的場景與一般的場景固然不大相同（**虛幻的與實有的交織，性格與武功技擊相交織等等**），更大的不同還在於它可以採取更為自由的連綴方式，如懸念、巧合、傳奇乃至神話方式等等。

最典型的例子莫過於我們在前面提到過的《雪山飛狐》。這部小說被視為金庸小說中的結構上最為精緻和完整的作品，而它恰恰也是採用空白與場景連綴方式再加上一些人物對敘事的加入而形成的。

前面我們曾經列舉了這部小說的故事線索，包括尋寶故事、愛情故事、復仇故事、歷史故事以及朝廷與江湖人物的衝突與聯繫……等等，而且，每一故事模式又分別由一組不同的人物故事組成。同金庸的其他小說一樣，若僅從它的故事線索來看，那它是十分豐富而又複雜的，讓人難以理清頭緒，更不知作者是如何將它結構起來的。不說別的，就說胡、苗、范、田這四家族一百多年的恩仇糾葛就讓人覺得難以理清，更不用說再加上百餘年後的這一天中發生的各種各樣的矛盾衝突了。

我在其他的地方曾經說過，這部小說是將百年歷史納於一日之中來敘述的。這也就是說那一百年來發生的故事（**主要是胡、苗、范、田四家的仇怨衝突及其發展歷史**）實際上是被壓縮在一日——即小說中所寫的清朝乾隆四十五年三月十五——這一特定的大場景之中。百年的時間不是按時間的順序逐一展示，而是在這一天的這一大場景中得以敘述的。

說是百年歷史，固然使我們知道了胡家與苗、范、田三家發生衝突和仇恨的原因和歷史線索，但那百餘年歷史的絕大部分都沒有被敘述，都留在空白之中，讓人自己去聯想。

而小說中所敘述的歷史其實只有幾個場景：

場景一：李自成死亡之謎。胡衛士假裝投敵的秘密及其深刻用心。苗、范、田三位衛士對胡的誤解，胡的死亡。

場景二：胡衛士的兒子逼得苗、范、田三人自殺，但三人並未說明真相，從而埋下禍根造成苗、范、田三家與胡家的百年對立的仇恨。

場景三：胡一刀、苗人鳳的滄洲之戰。這一發生在二十多年前的場景是百年歷史的最重要、最突出的場景，甚至也是整部小說最重要的場景。以至於作者說這部小說的主人公不是胡斐，而是他的父親胡一刀。

有趣的是，這百年故事的講敘，又是「一天的故事」中的一個場景，即寶樹和尚、大內衛士劉元鶴、天龍門諸人、陶氏父子、苗若蘭等人在雪山之巔的玉筆山莊中「講故事」的場景。這一講故事場景延續時間很長，占這一天中的大半天，所以這一場景不但是一天中的重要組成部分，甚至可以說是整部小說的最重要的部分。

這一天發生的事也可以劃為幾個片斷，即幾個場景：

場景一：天龍門、陶氏父子及劉元鶴等人為爭天龍寶刀而發生偷襲與反偷襲的混戰。寶樹應玉筆山莊莊主杜希孟之邀前來助拳（**對付胡斐**），他又將上述眾人請到玉筆山莊。

場景二：平阿四為胡斐及胡一刀報仇，將玉筆山莊索道炸斷，剩糧毀掉。於是眾人想明白真相，就在大廳之中大擺龍門陣，講述了百年糾葛，滄洲大戰以及天龍門內互相揭短等。

場景三：雪山寶窟中眾人發瘋地奪寶。

場景四：玉筆山莊的客房內，胡斐救苗人鳳（**苗人鳳被大內衛士及杜希孟、范幫生等人陷害、圍攻**）。苗人鳳見胡斐與苗若蘭躺在一張床上，於是發生誤會。

場景五：胡斐將苗若蘭抱起逃走，在一個山洞中互相表白愛慕，並敘述胡斐父母相愛的經歷，胡一刀夫婦與杜希孟的關係。

場景六：苗人鳳與胡斐決鬥。

至此小說完全結束。我們可以看出，這部小說是由幾個簡單的場景組成的。

而小說中敘述的故事，大部分都在「畫外」或空白處。小說中的所有場景，又以「講故事」的場景最為集中、突出，可謂是小說的「主場景」。

這些人物集中到玉筆山莊來，當然是各人有各人的目的，但作者卻想辦法將他們變成說故事與聽故事的人，大家七嘴八舌，每人一段。雖然主線不是十分吻合、統一，而且觀點也不盡一致，但大家所說的集中起來，也就是小說的主要內容了。

與這一場景相比，小說中的其他場景似乎反倒成了配景，其他人物（**包括講故事的、聽故事的及未到場的胡斐**）也似乎都變成了配角。

如前所述，這些人所講的故事，又有百分之八十以上集中在胡一刀與苗人鳳的滄州大戰上，所以，滄州大戰又是主場景中的主場景，主要內容中的核心內容。所以作者說小說的主角是胡一刀，這也可以理解。

小說的場景結構如下：

場景一　天龍門與陶氏父子奪刀

場景二（講故事）百年前滄州之戰寶刀之秘密

場景三　寶窟之醜劇

場景四	苗人鳳被擒又被救
場景五	胡斐與苗若蘭相見相愛
場景六	苗人鳳與胡斐之戰

這一張表，將《雪山飛狐》中所有的故事線索都包括在其中。

小說留給人印象最深的幾個場景是：

一、二十多年前胡一刀與苗人鳳之戰。

二、這一天最後的胡斐與苗人鳳之戰。

三、百年前苗、田、范對胡衛大的誤解。

四、天龍門內醜惡不堪。

由這幾點思考小說《雪山飛狐》的主題，我們不得不深思以下幾個問題：

一、苗、范、田與胡家的百年仇恨，起源於誤解，而他們的後代對這一誤解非但沒有消除，反而逐漸加深，豈不荒誕又悲哀？

二、胡、苗、范、田都是李自成的衛士，而范、田的後人居然投靠了清朝政府，豈不叫人悲憤又痛心？

三、小說中的兩場最精彩的對打，居然恰恰是在僅有的「好人」之間：在胡一刀與苗人鳳之間，在苗人鳳與胡斐之間。豈不荒誕悲哀憤慨又痛心之至？

那麼，這不能不讓人想到「窩裡鬥」三個字。更不能不讓人想到「這就是中國人」，「這就是中國人中的英雄」以及「這就是中國人的命運」這幾句話。

胡、苗、范、田四家族之間由誤會而導致的百年仇恨的歷史，豈不象徵著中國人的窩裡鬥的歷史？范、田等蛻化變質又變節分子的私欲和醜惡固是這窩裡鬥的根源，但胡一刀、苗人鳳這兩位英雄卻也未能改變自己的命運。相反，到最後，苗人鳳又激起了下一輪的英雄與英雄之間的惡鬥。

看到這裡真令人感慨萬端，還是讓我們回到空白與場景這一話題上來。

《雪山飛狐》將百年恩怨的歷史化入「講述歷史」的場景之中，將時間的流程化為空間場景中的空白和故事。講述的還是場景，而沒講述的線索則留給了空白。這是一種典型的結構模式和敘事方法，是使《雪山飛狐》獲得了成功的形式。

金庸的其他小說作品的敘事，也是採取了這一敘事方式——限於篇幅，下面的舉例就不再展開，而只限於某個場景或某個局部——例如《飛狐外傳》也是這樣，由一、商家堡場景；二、佛山場景；三、苗人鳳家；四、藥王谷；五、一路搶奪掌門人；六、北京奇遇；七、大鬧天下掌門人大會；八、脫險與離別：大結局……這幾個主要的場景組成。當然裡面還可以進一步細分。

再如前面所提及的《碧血劍》，也是一樣。它由以下幾個場景組成：一、袁承志救張朝唐；二、袁承志上華山；三、下山遇夏青青、溫家場景；四、南京掘寶、送寶、鬥強盜，鬥官兵；五、北京奇事；六、宮中之變；七、李自成進北京；八、袁承志離京上華山，再救張朝唐。……很多的故事線索都留給了空白。

寫到這裡，我想我們應該、也可以解開一個謎團了，那就是，金庸小說的情節線索如此豐富而又如此複雜，他是如何能結構在敘事之中的？

三

答案正是利用空白與場景的連綴方法。

更具體一點，就是金庸小說的場景的密度之大，以及功能之多，我們在一棵樹的橫斷面上，能看出這棵樹的年輪，從而可以瞭解它的生長的歷史。同樣，我們也可以在金庸小說的場景——它也像是小說的故事情節的橫斷面一樣——之中看到小說的年輪，歷史糾葛及其情節線索。

金庸小說的每一個場景中，都包含了許多人物，許多糾葛，許多衝突和許多故事情節，從而，它的功能也就多種多樣，例如《雪山飛狐》中的玉筆山莊的講故事場景，就包含了下述情節線索：

一、胡、苗、范、田四家族的來源及仇恨起因；

二、胡一刀夫婦曾作過解脫仇恨的努力，但因田歸農等人的陰謀而未得逞；

三、胡、苗之戰及胡一刀夫婦之死，又成了胡斐報仇的原因；

四、天龍門內的醜史；

五、南蘭的最後結束與田歸農之死；

六、寶刀與寶藏的秘密；

七、田青文與曹雲奇的醜事；

八、大內衛士的陰謀；

九、平阿四的復仇；

十、這一日大家來此的原因；

十一、奪寶的起點；

十二、胡斐初見苗若蘭……

差不多所有在場的人的個性及價值觀點，在這一場景中都通過他們的說故事及爭辯而得到了充分的表現。

這一場景的內容密度之大是驚人的，它的敘事功能的多樣性也是驚人的，金庸正是借此來敘述故事並結構情節，而將一些次要的東西留給空白，讓大家明白四大家族的前因及後果的梗概。

《飛狐外傳》中的「大雨商家堡」這一場景所包含的故事情節線索也是極多的。差不多除了佛山鳳天南與鍾阿四一家的衝突，及袁紫衣、程靈素二位姑娘之外的其他所有的人物及其故事線索都在這裡開始出現萌芽。

《碧血劍》中的袁承志押送珍寶，遇山東河北的強盜這一場景的功能是多樣的。

一、反映袁承志獻寶的決心與艱辛；

二、反映江湖強盜及江湖規矩；

三、阿九初見袁承志（**愛情起點**）；

四、程青竹介紹程本直及其與袁崇煥的關係，這是袁承志最想瞭解的，也是小說作者希望大家瞭解的；

五、強盜遇官兵、袁承志幫強盜殺官兵，不僅消解了他與強盜、及強盜與強盜之間的仇怨，使他當上「七省武林盟主」，而且與官兵的正面對敵，表明他明確地站到了李自成一邊。做出了自己的選擇。

《碧血劍》中袁承志到溫家的場景的功能如下：

一、袁承志與夏青青初識；
二、袁承志幫師兄師侄奪回黃金；
三、溫氏五老的強盜面目被揭示；
四、溫儀說故事，介紹夏雪宜其人；
五、溫儀介紹夏家與溫家的仇恨；
六、溫儀說夏雪宜與她的愛情故事及悲劇結局；
七、介紹了夏青青的人生背景；
八、袁承志初露鋒芒；
九、夏青青第一次愛的表白；
十、夏青青第一次吃醋；
十一、介紹黃真；
十二、安小慧與崔希敏的愛情；

十三、了結安小慧與袁承志之間的模糊狀態（**愛情的否決**）。

如果我們願意，還可以分得更細。只不過篇幅不能容納了。

綜上所述，我們對金庸小說的場景及其功能的特點應該有所瞭解。

一、金庸小說的場景（**主要場景**）都很大，人物很多，人物關係很複雜。因而它包含的情節線索的頭緒就多，密度就大，功能就多。金庸是場面調度的能手，無論多大的場景，他都能夠一一調度，條分縷析，一絲不亂。

二、金庸小說的場景，不僅是故事發展的一個特定的階段和結果，而且也是推動小說發展的因素。它不僅是小說敘事的「橫斷面」，也是小說敘事的主體形式。

三、金庸小說的場景與場景之間既有聯繫又有區別。聯繫是主人公的同一性，主要情節的發展線索串連而成的，從此場景到彼場景，可以視為主人公及主要故事情節的發展的不同階段。

它們之間的區別，不在於主要情節的發展階段不同，而在於它們所包含的——主要情節之外的——其他情節線索及其發展方向的不同。如溫家場景的重點之一，是敘述金蛇郎君夏雪宜的故事，而遇強盜場景的重點之一，則是敘述袁崇煥的往事及其英雄氣概。其他當然還有不同，如阿九的新出現使這一場景增加了一條新的愛情故事的線索。

四、場景與場景之間，除主要情節發展相連貫之外，其他的情節線索的發展並不一致，因為場景的側重點不同，所以在不同的場景中有某些情節線索在發展，而另一些線索則停滯。有些中途結束，有些中途才開始。有些在過渡，而有些則剛剛埋下伏線……有如一條大河，它的主流是朝某一相對固定的方向後浪催前浪地前進，但它還有支流，還有轉彎處。而且在主流的旁邊還有逆流、回流、漩渦等等，風向的變化，航船的影響，以及其他種種因素都會影響它的局部水流的方向，使這一段與那一段並不一致。

同一棵樹的所有橫斷面的年輪都是相同的（**只有因粗細不同而引起的紋路的大小不同**），而同一部小說中的不同場景之間的紋路卻不盡相同。

四

最後，讓我們再回過來看看空白。

在分析場景與場景之間的關係時，我們不涉及空白。場景的過渡和跳躍都會留下空白。但空白不僅僅可以容納不必說的東西。它也可以容納不能說以及不好說的東西。空白使作者省力，使作者藏拙，使作者有更多的精力創造更精彩的場景，而且空白還襯托這些場景。空白可以作為懸念的基礎，說到某一件事忽然不往下說（**空白**），那就是懸念了。空白當然還給讀者製造了參與的機會，留下了可供讀者懸念、想像、品味或創造的餘地。

這些都是空白的妙處。但空白的妙處及其價值卻不止這些。

在繪畫中，對空白的理解與對構圖的理解具有相同的重要性。甚至更為重要，因為構圖正是對空白的填充。空白不但是構圖的一部分，而且是它的基礎部分。

在小說敘事中，也可以這樣理解。小說的敘事，固然可說成是場景——空白——場景，但也可以說成是空白——場景——空白。也就是說，空白未必只是次要的、被動的，它也可以是主要的、主動的。這要看我們從哪個角度去理解。從敘事過程而言，沒有場景、情節及人物、故事等等，當然就沒什麼敘事可言。而從結構方法來看，對空白的處理，填充及構圖的形成則是以空白作為基礎，作為主要方面的。

讓我們舉例說明。《射鵰英雄傳》的敘事結構，從某種意義上講，主要是由三次比武之約連接而成的。

即一、丘處機與江南七怪打賭，各教一個徒弟，十八年後由徒弟之間比武決定勝負。這一比武在北京提前結束了，緊接著又定下第二次約會。

即二、金國王爺麾下的一批高手，如靈智上人、彭連虎、歐陽克等人約戰全真七子、江南七怪。這可以說是正、邪兩大陣營的大決戰。這一決戰引來了東邪黃藥師、西毒歐陽鋒、北丐洪七公等絕世高手。

即三、最後一次比武之約，是按武林的新規矩，舉行第二次華山論劍。

我們把這部長達四卷的小說的情節結構如此簡化，當然不能說特別嚴密，但大體上卻並不錯。那麼，這部小說的敘事，其實也就是對這三次比武之約的鋪墊和準備。換句話說，也就是對約與會之間的時間空白的填充。

即一、在郭靖與楊康比武之前的這十八年中，該寫些什麼？

二、在嘉興煙雨樓比武之前又發生了些什麼？

三、郭靖上華山比武論劍的資格如何取得（華山之會是超一流高手之約）？

對此三大塊空白的填充或構圖，就是這部小說的敘事目標和敘事途徑。這給作者出了三道難題，然而卻也提供了自由的天地。對填充這三塊空白的構想當然可以是多種多樣的，而金庸的小說《射鵰英雄傳》只是其中的一種，當然是較好的一種，他在幾塊空白中填進了一些精彩的場景，且使三大塊空白中的場景形成一幅完整的歷史人生畫卷。

小說《神鵰俠侶》也同樣由幾塊空白組成。一、楊過未遇小龍女之前；二、小龍女第一次離開楊過；三、小龍女第二次離開楊過；四、小龍女第三次離開楊過；五、小龍女第四次離開楊過（**這一次分離達十六年之久！**）六、最後的團聚、歸隱，又給郭襄留下無限的心理空白……金庸將四次分離與四次團聚寫得各不相同，起因不同，方式不同，性質不同，時間長度不同，場合不同……可謂精彩之極。我們就不一一進行具體分析了，總之，小說的敘事，也可以說是對空白的填充，及對空白的利用。

當然，在我們強調空白的重要性及其對空白的理解的重要意義時，不必對場景的重要性進行任何貶低。我們毫無必要人為地造成空白與場景之間的對立。我們也不能這麼做，因為這二者是相互依存，相互聯繫的，不可分離的矛盾統一體。上述之分，只是從不同的角度來看這統一體的不同的面。同時瞭解它們之間的一種複雜的關係。即一方面空白大於場景，場景只是空白中的構圖；而另一方面（**或另一層次上**）則場景大於空白，空白只是場景與場景之間及場景內部的一個組成部分。

總之，金庸小說是由場景和空白不斷連綴而成的，它的性質頗像是連環畫。畫與畫之間有聯繫、有發展關係，也有空白、有跳躍；畫與畫的連環也是空白與空白的跳躍。每一幅畫（場景）之中又有許多空白，而每一塊空白之間亦有許多潛在的畫。當然這只是一種比方，要說金庸的小說是連環畫，那也是非常非常複雜的連環畫，與一般的連環畫不可同日而語。

第五章
懸念與巧合

我們的思路是對金庸小說的形式與技巧進行從大到小、從內到外、從方法到過程的逐步研究和分析。

前面我們分析了金庸小說的大的構架，以及小說的情節線索的處理方法，它的內部結構及其結構的方法，這一章，我們要具體地進入金庸小說的敘事過程。

小說的敘事就是指寫小說的過程。即從小說的開頭到第一回到第二回……到小說的結尾這一過程。如果將一部小說比作一套武功，那麼小說的敘事就是像練武那樣從頭到尾，一招一式地將一套武功練出來，從開頭一招到最後的一招，組成它的套路。

金庸小說的開頭，我們已經分析過了。這裡首先要面對的問題是；金庸的小說是如何發展的呢？即金庸小說的敘事過程是怎樣的、金庸小說的敘事任務和目標是怎樣完成的、怎樣達到的？

武俠小說與一般的小說的最大的不同點，是它的傳奇性。這種特徵實際上規定了武俠小說敘事的目標，那就是要奇；同時它實際上也提供了小說敘事的基本方法，那就是傳奇，要製造傳奇的情節，敘述奇人奇事。

簡單地說，武俠小說也像其他的傳奇文學一樣，它的敘事過程要由兩個基本動力和手段來完成，那就是懸念與巧合。

進一步說，小說的敘事過程，是事件——懸念——巧合——新的事件——新的懸念——新的巧合——更新的事件——更新的懸念……這樣一種鏈條形式的形成過程。或者，我們說得複雜些，是事件——懸念——另一個事件——懸念的消解——巧合——新的懸念——新的事件——懸念的再次消解——再次巧合……這樣一種鏈條的形式。

武俠小說的敘事，對懸念與巧合的運用，也許遠不止我們上面列舉的那兩種形式，而是多種多樣，可以千變萬化。上述兩種形式只不過是它的基本模式而已。不同的作家有不同愛好和風格特點，因而有不同的方法組成不同的鏈條形式。但無論如何，事件、懸念、巧合這三者的鏈式結構總是難以改變的。

一個故事，哪怕是一個傳奇故事，將它平鋪直敘，從頭到尾地講述出來，總是難以吸引人的。要想吸引人，必須把它講述得曲折一些又坎坷一些，使它有起伏跌宕。正如一條花園小徑，若要求美，就不能將它鋪成寬廣筆直的通衙大道。而必須有曲折、有起伏，才能夠吸引人往裡看、往裡走。否則，一眼從這頭看到那頭，若非辦事需要，誰也不會在那兒徘徊留連。

曲折和起伏會造成此路不通的效果，或是此路已到了盡頭，或是山重水複疑無路，總之會引起人們的緊張和好奇，更想看看以後怎樣，如何走下去。這就是懸念了。然而路還須走下去，此路不通，那就開闢新路，此路到了盡頭，那就再拓展出一截；山重水複疑無路，那就讓它柳暗花明又一村。懸念總應該解除，否則故事就難以繼續發展，而解除懸念的方法，在武俠傳奇中常常是巧合。所謂無巧不成書，由山重水複到柳暗花明，需要巧合來幫忙。

懸念是將簡單的故事弄複雜的方法，將直的弄成曲的，將平坦的弄成起伏的。而巧合則相反，是將複雜的故事還原為簡單的方法。將曲的重新弄直，將起伏的重新拉平。就這樣，此起彼伏，彼起此伏，小說的敘事過程就完成了。這樣的小說，讀起來非一氣讀完為止不可，因為它總在吊著你的胃口，你欲知後事如何，只有乖乖聽它下回分解。

這沒什麼稀奇的。是一種古老又古老的方法，從人類開始講故事、聽故事時起，差不多就開始有了懸念和巧合。古代的說書藝人靠此謀生。今天的武俠傳奇的作者自然也是人人都會的。

然而，戲法人人會變，巧拙卻不相同。雖然武俠小說家人人都玩懸念、玩巧合，武俠小說作品中部部有懸念、有巧合，但懸念與巧合的方法不同、形式不同，效果也不同。

一

前面說過，懸念和巧合是古老的敘事方式。它們的敘事功能也是古已有之，人人皆備的。讓我們先來看看懸念。

懸念的功能無非是吊住人的胃口。它的基本形式有以下幾種。

一、間斷造成的懸念。

這是最簡單的一種懸念形式，也是說書人以及今日的寫書人的一種簡單的技巧。我們看古典小說，幾乎每一回的結尾，都要來一個間斷性的懸念，以吊住讀者或聽眾的胃口。比如「某某主人公走在大街上，忽聽有人喊他的名字，那人是誰」，在下回才見分曉。再比如小說中「花開兩朵，各表一枝」，表這一枝時，那一枝自然就懸在那兒。要想知道那一枝，必須先將這一枝看完，反之亦然。

二、曲折造成的懸念。

即某人要做一件事，比如報仇或伏魔，並不那麼簡單痛快地「來之能戰，戰之能勝」，而是要經歷種種艱難曲折，直到最後才能知道它的結果。這種懸念要比一般的間斷性懸念大得多，吊胃口的時間長得多，因而懸念的提出到懸念的解決的篇幅要大得多。

三、危機造成的懸念。

如果說間斷性懸念和曲折性懸念是作家敘事技巧造成的，屬於方法範疇，那麼危機造成的懸念，則是事件本身的起伏變化所造成的，屬於故事範疇。危機性懸念的功能是造成讀者心理的緊張和關注。它又分簡單的危機與複雜的危機。簡單的危機比如說「某某站在樹下，一條蛇正在樹上對他游來」，或「甲與乙比武，眼見甲敵不住乙，要死在乙的掌下」等等。

複雜的危機則是指一個更大的更複雜的事件造成的危機，且這種危機牽連較廣，要解決這一危機將要花去很多的時間。

四、神秘造成的懸念。

同危機性懸念一樣，它也屬於事件範疇。當然作者也可以「玩危機」和「玩神秘」，只不過弄不好會故作神秘、故弄玄虛或虛張聲勢。神秘造成懸念的原因在於引起人的好奇心乃至一些緊張、恐怖心理，從而同樣能吊住人的胃口。最簡單的神秘性懸念比如「出現了一個蒙面人」，或「出現了兩個乃至三個一模一樣的人。」複雜的神秘事件當然能造成更大的吸引人的力量。

五、綜合性懸念。

即由以上幾種懸念分別構成的某種較為複雜的懸念。比如說由間斷、曲折構成；由危機、神秘構成；或由間斷、危機構成；間斷、神秘構成；或曲折、危機，神秘構成；甚至間斷又間斷、曲折又曲折，危機又危機、神秘又神秘……總之可以組合成不同形式的懸念。

在新武俠小說中，頗有不少專門靠玩懸念吸引讀者，甚至有專門玩懸念的作家。而且，他們不玩間斷這種簡單懸念，而玩那種由危機、神秘、曲折而構成的綜合懸念，一玩到底。只不過，這種專靠玩懸念的作家作品的品質固不高，而它的吸引力也未必大。大約是物極必反加上玩火自焚的道理造成的。

很多玩懸念、玩神秘的作家，其實只有兩件法寶，一曰「易容術」，一曰

「迷魂藥」。即將易容術發揮到極致，以至於同一部書中出現五六個同一形象的人；或反過來同一人扮成五六個形象，豈不神秘至極？另一法寶「迷魂藥」則是造成人心智失常，做各種各樣的事自己都不知道或身不由己，成為他人的工具。如此，便神秘而又危機了。

如此之玩，玩得多了難免雷同重複，使人乏味；玩得久了則必然破綻百出，無法收拾。而讀者見得多了，反而見怪不怪，其怪自敗。這兩招既然不成，第三招又沒有了，作者和作品的吸引力也就蕩然無存。

金庸的小說敘事與上述作家作品不可同日而語。

金庸的小說中自然也有許許多多、各式各樣的懸念，作者自然也會利用這些懸念來推動敘事。但金庸的用法及效果都與他人大大的不同。

金庸小說的懸念有以下幾個特徵：

（一）不「玩」懸念

金庸小說中有大量的懸念，但作者卻不玩弄懸念，不把它當做小說的支柱。這使金庸的小說更沉著、更大氣而又不失其精彩與吸引力。

能說明問題的有以下幾點：

西。

（A）金庸小說中沒什麼「易容術」與「迷幻藥」之類的製造神秘和懸念的東西。

（B）金庸小說的開頭大多平淡，並不製造什麼懸念和奇境。

（C）金庸小說的敘事的真正的內在推動力，不是作者人為的懸念，而是人物性格發展的需要。金庸小說吸引讀者的是人物個性的魅力，以及讀者對這一人物命運的深切關心。金庸小說中的懸念大多為事件本身的發展所造成的，而非人為地造成的，更沒有那種生硬的編造。

懸念的製造，無非是要強化作品的吸引力，因而一般的作者往往對懸念大加強化，不斷地提示懸念的存在，不斷地推波助瀾。而金庸的小說敘事則常常相反地淡化懸念，甚至故意地轉移讀者關注的焦點（懸念），力求人物和情境本身能發揮正常的藝術功能和藝術魅力。

（二）「後懸念」

說金庸一點也不玩懸念，那也不對，在他的小說中，至少玩了兩次。只不過玩法與眾不同。別人玩懸念是讓讀者來看小說，而金庸玩懸念則是為了讓讀者去想。來看與去想，有著方向性的不同。也就是說，一般的作者都是將懸念放在小說的靠前的位置，由懸念——懸念的解決構成敘事及其小說的情節。而金庸卻在兩部作品中將懸念置於小說的最後，且作者並不提供任何答案。我們只好稱之為「後懸念」了。

一個是小說《雪山飛狐》的結尾處，苗人鳳與胡斐正在決鬥，胡斐等到了苗人鳳的劍法的一個破綻，砍下去他就贏了，不砍下去他就要死。作者在這一關鍵的地方結束小說，最後來一句話是說胡斐「這一刀劈下去還是不劈？」從而留了一個大大的懸念給讀者。

另一個例子是小說《俠客行》的結尾，主人公石破天在他的養母梅芳姑自殺後，再也無人知道他的身世秘密，從而不知道「我是誰」？小說的最後一章的題目便叫《我是誰？》

上述兩例，是大反常規的做法。《雪山飛狐》的開頭，是杜希孟莊主大肆邀人來對付「飛天狐狸」胡斐，苗人鳳也是被邀的對象。也就是說，這使大家都期待著最後的這一場大打，小說中間千曲百折，已經物是人非了，最後倒也真的是打了，只是打的原因已經完全不同，打的性質也完全不同。但這一架沒打完就結束小說，不是使讀者的期待落空了麼？

同樣，小說《俠客行》的開頭，主人公流浪風塵，在找他的媽媽（那時他是

找梅芳姑），到小說的最後，才知道他的這個媽媽還是個處女，不可能是他的生母，因而到結束還在找媽媽。開頭找的是一個具體的人（**梅芳姑**），而最後倒不知道要找誰了。這當然大反常規。

可是，這兩段「後懸念」的藝術功能效果，是任何懸念或「前懸念」所不可比擬的。

《雪山飛狐》中胡斐的那一刀劈下去還是不劈？頗像是哈姆雷特的 To be or not to be 一樣讓人難以抉擇。它不但是勝或敗的抉擇，而且也是生或死的抉擇。這是它的第一種功能。小說這樣懸念，讓讀者去想，讓讀者自己去為它選擇答案，無疑更突出了這一刀、這一仗的悲劇性。即不僅關係到胡、苗本人的勝敗生死，而是同時關係到另一個人，一個美麗、天真、純潔、善良、無辜的少女的命運，即苗若蘭的命運。胡斐不劈，苗若蘭失去情人；胡斐劈下，苗若蘭失去父親（**而且多半也不再可能與殺父仇人相親相愛**），無論如何都是悲劇，所以在這一意義上，劈或不劈都是一樣。

第三層功能，再回到胡、苗身上來，我們在小說中看到，兩場精彩而殘酷的拼鬥，恰恰是發生在好人和英雄中間，胡一刀與苗人鳳，胡斐與苗人鳳，從而，使這一拼鬥全然失去了意義，顯示的只是命運的殘酷與人物的無能。也就是說，無論劈與不劈，無論誰勝誰生誰敗誰死，這兩個人都是真正的失敗者，都得承擔悲劇的後果……而這種深刻的悲劇意義，正是由對「劈與不劈」這一懸念的抉擇和思索中產生的，而這一意義正是小說的深刻的主題。

《俠客行》中的《我是誰》的結局也是具有深刻意義的。第一層，是故事本身的邏輯結果，即梅芳姑死後，確實不知誰是主人公的父母。第二層，讀者大約隱隱能猜到他是石清與閔柔的兒子，但卻沒有任何靠得住的證明。永遠只能是猜測而已。進而，主人公自始至終都沒個正式的名字，他所有的稱呼都是冒名的，而他所有的身分都是他人的替身（**包括在梅芳姑家裡，他也是梅芳姑心目中的某個人的替身，所以她稱他為「狗雜種」**）。

第三層次，那就是哲學層次中的「我是誰」的問題了，世界上每一個人都面臨這一問題，人類自古以來就面臨這一問題：我是誰？我從哪裡來？我要到哪裡去？……這像哈姆雷特的著名問題以及胡斐的問題一樣都是永恆的問題，永遠無法得以解決。如此，作者不懸念又能怎樣？當然，作者不懸念可以將主人公判給石清做兒子，但那樣一來，小說的問題不存在，小說的主題就不免要大大地受影響了。

（三）「反懸念」

所謂「反懸念」，就是不按正常的方式去利用懸念和處理懸念，而是按照與常規方式相反的一種方式去處理它。這種反懸念方式，又分為兩個部分：前一個部分是將自然的懸念盡可能地淡化、甚至消解掉，給出一個明確的結果，使懸念不再成其為懸念。後一個部分則是在讀者壓根兒就想不到的時候，又奇峰突起地舊事重提，造成一種使人目瞪口呆、驚心動魄的效果，即在沒有懸念的地方寫出比懸念更使人震驚和關注的情節。

例子之一，是《神鵰俠侶》中的郭芙與楊過的關係。先是郭靖有意要將郭芙許配給楊過，而黃蓉又不同意，這就造成了一種懸念效果。讀者都關心這一懸念的結果，因為按常規，應該是「曲折性懸念」，即好事多磨。郭芙終歸還是要嫁給楊過的。

讀者大約也會這樣想。可是小說的情節發展卻出乎人們的意料之外，不僅黃蓉反對，郭芙、楊過也根本不同意。郭芙先是愛上了武氏兄弟倆，而無法抉擇，後來又愛上了耶律齊，總之是非但一點也不將楊過放在心上，反而見了他就討厭，甚至多次傷害他。楊過則鐵了心要小龍女做妻子，而對程英、陸無雙、公孫綠蕚以及小郭襄也不無情義，唯獨對郭芙沒有半點心思，於是大家逐漸接受了這一結果，一個懸念就此消解。

其實這已大破常規，因為郭、楊二家關係非凡，第一代楊鐵心、郭嘯天是正；第二代郭靖與楊康是反；第三代楊過與郭芙則理應是合，可小說作者偏偏不讓他們合。事情就這麼過去了，那也沒什麼。大家都已認命，不再期待。然而到小說的最後，忽然又大爆冷門，揭露了郭芙對楊過的刻骨銘心的愛，而這愛連她自己都一直不知道。這真是平地一聲雷。

例子之二，是《倚天屠龍記》中的殷離與張無忌。

殷離愛張無忌，而張無忌也發誓要娶她為妻，問題是他倆童年相識，到青年再相見時，卻並不知道對方的底細，甚至連真名實姓也不知道。一方曾改名為蛛兒，一方曾改名為曾阿牛，這發誓許婚者是曾阿牛對蛛兒，而不是張無忌對殷離，於是就形成了一個大懸念。

更複雜的是，張無忌身邊有四個少女，個個他都喜歡，那麼，到底娶哪一個呢？進而，張無忌到最後已知道蛛兒就是殷離，而殷離到死時也不知道曾阿牛即張無忌。這就使得這一懸念更加懸而又懸、撲朔迷離了。

但作者的處理卻大出人們的意料之外。殷離被打傷、進而又被害死，這使殷離的故事已結束了，懸念也自然而然地消解了。張無忌呢？殷離死了，小昭走了，趙敏殺了殷離後也走了，所以他也不用選擇，順理成章地要與周芷若訂婚。他的婚姻的懸念也就至此消解。可是，小說並未結束。趙敏與周芷若善惡顛倒，張無忌最終反而與趙敏相愛了，這可謂是在沒有懸念處生出奇變。

更大的奇變則是殷離的死而復活——這是誰都想不到的一個情節——之後，似乎大有再造緊張懸念之勢，因為她已知張無忌是曾阿牛，而且得到過張無忌的婚約。但她卻又以一種任何人都想不到的方式消解這一奇變引起的新的懸念，即她表示只愛她心中的那個少年時的張無忌，而對已經長大成人的張無忌則只有感激而沒有愛情，於是她自然要離開張無忌，尋找她的心上人張無忌……

以上兩個「反懸念」的例子，我想不用多做解釋，大家都瞭解它的價值和妙處。這說明了作者雖不「玩懸念」，而這種「反懸念」寫出來，卻比任何懸念都更加精彩絕倫。

（四）用功在懸念後

前面所說的「後懸念」與「反懸念」是正常懸念的變招，是絕活，那就不可多得，也不可多玩。金庸不玩懸念，但他的小說中其實還是充滿了懸念。金庸的每一部小說中，我們都可以隨意地找到許許多多的懸念來。他的小說也是由一個、幾個或一連串的懸念構成的。不然，我們讀金庸的小說，也就不會廢寢忘食，通宵達旦了。

奇妙的是，我們受著一連串的懸念的牽引，一步步地隨之走入小說中，走入小說的深處，但似乎不覺得有懸念的存在，這才是金庸小說的真正的獨特之處。在人人都會、人人都玩的一門功夫上，能顯示出自己的獨特性，正如小說《天龍八部》中的玄難大師和蕭峰以一套人人都會的「太祖長拳」對打，演示出多少武士一生夢寐以求的至高境界，這才是真正的絕頂功夫。

金庸是一位真正的懸念大師。他的懸念並不讓人感覺到是懸念，正像是一名高明的導演，戲劇與電影中處處有他的手筆，卻又不讓人感到他的存在。

金庸的高妙之處，在於：

一、他不玩弄懸念，因而不把這種技巧暴露在小說敘事之中，使人有突出的感覺。

二、他不依賴懸念，因而有沒有懸念，他的小說的敘事並不真正的受到根本性的影響。

三、他不渲染懸念，因而凡有懸念之處，他都幾乎輕描淡寫，甚至一筆帶過讓讀者轉入新的視角，繼續自己的閱讀。

四、所有的這一切，也許還是因為他有一種特殊的內力，將它施之於懸念之後，從而自我消解，使懸念不露痕跡地消失在小說的進程中，似乎它從來就沒有真正的存在過。

金庸小說懸念的構成，其實包括兩個部分，用武俠小說的行話說是技巧部分和內力部份。而用文學理論的語言來說，則是結構部分和「解構」部分。

每一個懸念都要求得到充分明白的解釋或交代，正是懸念和解釋構成小說的敘事。金庸的小說當然也不例外，不同的是，他在後面的解釋和交代中運用了自己的內力將前面的懸念結構進行解構。

讓我們來看一些例子。

最簡單的例子是前面曾經舉過的《神鵰俠侶》一書中的小龍女跳下絕情谷這一事件。

那時楊過以及讀者誰也不知道小龍女是跳下了絕情谷，甚至派人下去找也並沒有找到。小龍女的下落，自然就成了一個懸念。黃蓉解釋「十六年後」這話時，編造了一個南海神尼的神話（謊話），於是這一懸念實際上已消解了一大半，因為大家都相信黃蓉的話（包括讀者），從而不再為小龍女的下落而擔心了，關於小龍女的懸念已不復存在。剩下的只是對南海神尼這一神秘人物的一點好奇，但又因為這一人物並不出場，所以這點好奇心簡直談不上好奇。

作者對此懸念的處理、真正的功夫花在後面，即小龍女的真實去向的設計。是南海神尼救去了，還是跳下絕情谷？這兩種選擇自然是後一種更好。

一是它可以留下伏線，以便楊過在明白「世上並無南海神尼」之後而發瘋發狂，從而充分地表現出他的個性及對小龍女深刻無比的愛。

二是留下奇峰突起的餘地，讓小龍女的再次出現有出人意表的藝術效果。

三是跳下絕情谷才能表現出小龍女的主動性，表示出她對楊過的超凡的愛以及她的個性。在我們看到小龍女與楊過重新團聚時，前面的懸念就被真正的消解了，被「解構」了。

更好的例子，是《天龍八部》中的喬峰出場不久的一個大懸念。

喬峰是丐幫幫主，英雄中的英雄，品德武功都是世間少有的。然而丐幫之中卻有人發動叛亂，企圖廢除喬峰的幫主地位。進而，叛亂雖被平息，更大的危機接著出現：已經退休的徐長老邀請了許多前輩英雄前來要廢除喬峰的幫主之職，並證明他是遼國契丹人，而不是中原漢人，如此，喬峰的身世問題，就成了一個大懸念，是喬峰，還是蕭峰？這使他陷入了極大的危機之中，不僅是生存環境的危機，更是心理的危機。

過不多久，神秘的事件一件接一件地發生了，喬峰每想找一個知情人瞭解他的身世，那個人必定在他找到之前即被殺害。如是，懸念中又加入了新的懸念，危機中又加入了無比的神秘。他的身世之謎不久終於被解開：他是契丹人，是蕭峰，而不是喬峰。第一個懸念解除，第二個懸念卻並未解除。即，誰殺了喬三槐夫婦、玄苦大師以及許許多多的人？誰扮成蕭峰殺死了這些人並阻止他瞭解真相、又讓他承擔殺人的罪名？

這一懸念一直籠罩著此後的情節。直到小說的最後幾回才得以解開。這一懸念顯然有著極大的敘事功能。然而作者並沒有把自己的功力花在這一懸念本身，而是花在對這一懸念的解構性敘事上。小說中的神秘事件（**即有人冒充蕭峰殺人**）不久就消失了，這一懸念沒再被提起，甚至似乎已被作者淡忘了。

其實此後小說敘述有關蕭峰的其他情況，恰恰是對小說最後的解構的鋪墊。那冒充他殺人的人並不是什麼神秘人物，而是他的父親，與他形象極為相似，自然使別人產生誤會，以為是蕭峰。蕭峰之父蕭遠山甚至連冒充的念頭都沒有，他是要報仇。

懸念徹底消失了，也得到了很好的解釋。

金庸並沒有故意的裝神弄鬼，而是世事本身的神秘莫測。然而到此還不是金庸的目的，金庸的目的有三個層次。

一、是通過蕭峰的經歷表現人世間「有情皆孽，無人不冤」的可怕情形。

二、通過蕭峰引出蕭遠山被殺的故事，進而既引出了遼、宋兩國之間的民族仇恨的背景，也引出蕭遠山雁門關被害的真正的主凶慕容博，這不僅結構了故事，更是深化了主題。因為從慕容博——玄慈——蕭遠山——蕭峰這一故事發展的線索中，我們恰恰看到了「有情皆孽，無人不冤」的深層原因，即「王霸雄圖，血海深恨」。

三、最後一層，蕭峰歸遼之後當了南院大王，但卻反對遼王的南征，並為之獻出了生命。這使中原好漢們感到十分不解：他為什麼要這樣做？於是，在更深的層次上提出了他的身世問題，即他是遼是宋、是契丹是漢、是蕭峰還是喬峰這並不重要，重要的是他為天下蒼生的和平與生存而做了犧牲，是為了遼也為了宋，為了契丹人也是為了漢人。

從而對前面的「喬峰身世」的懸念在更深的層次上進行了解構：前面的懸念及其事件、故事情節（**喬峰身世、誰殺了人**）都是無意義的，或者說都是無價值的。真正有價值的、有意義的是蕭峰的犧牲，這烘托出小說的最後的主題層面，即「慈悲喜捨，破孽化癡」。這不僅是對蕭峰經歷的解構，也是對小說的整體的解構。

現在，我們明白了，作者利用懸念要達到的目的，不僅是使故事講得神奇，更是為了使故事講得深刻。不僅是追求好奇，更是為了追求耐看，所以，我們說，金庸的功夫真正體現在對懸念後面的情節安排以及深層意義的發掘上。懸念本身不算什麼，它很快就會消失得無影無蹤，很快就會被解構。

金庸花在對懸念的解構上的功夫與篇幅，比花在懸念本身的功夫和篇幅要多數十倍。以至於當我們合起小說之後，再也記不起懸念本身，而是不斷地回憶起主人公在痛苦人生中的種種悲情感受，深深銘刻著主人公的痛苦而又崇高的俠義個性。

小說《笑傲江湖》一開頭就寫《滅門》，神秘的懸念，讓讀者驚訝。卻不是為這懸念本身驚訝，而是為作者大反常態而驚訝，因為這部小說的開頭並不是金庸的風格，倒像是後來的古龍、陳青雲等人的風格。金庸也會這麼寫嗎……可不久，我們就明白了，作者並沒有讓這一懸念繼續懸下去，到第二回就將它消解了，讓神秘的滅門事件結束掉。

然而，這部小說中對余滄海、左冷禪、岳不群、任我行等人為了爭霸江湖而不擇手段、無所不用其極的性格和行為心理，花了十倍百倍的功夫進行揭示與刻劃。相比之下，余滄海對福威鏢局的滅門只不過是一個小小的把戲，小小的序幕，根本算不上什麼。而那一神秘的危機所造成的懸念和恐怖，早已被小說內在主題的更深刻的恐怖和震撼力所取代和淹沒。

這種「懸念後」與前面的「後懸念」的意義和功能都是一樣，只是形式不同。這樣「正懸念」與前面的「反懸念」也是一樣，只不過一正一反罷了。金庸不玩懸念，但卻比那些專門玩懸念的人更有懸念大師的風度氣質和智慧技能。之所以如此，只因內力的差異。具有深厚內力和高遠境界的金庸不願意玩弄懸念的技巧、招式上的花哨，而只是使出這種古老的招式來展示出小說家夢寐以求的境界來。

二

讓我們再來看一看金庸小說中的巧合。

懸念與巧合與傳奇等等是難解難分的。只是為了敘述的方便，我們不得已而分之。

武俠小說的魅力主要來源於它的奇，而它的奇則又主要來源於巧。郭靖被蛇纏住，不得已而以牙還牙，沒料到因禍得福，平添了不少內力，且從此百毒不侵。小龍女自殺，跳進絕情谷，不料絕處逢生，治好了傷毒，十六年之約居然美夢成真。張無忌的寒毒如何得治，這本是絕大懸念，世上最好的醫生胡青牛治不好，世上武功最高、學識最淵博的張三丰治不好，還有誰能治好？不料他被人追殺，跌下懸崖，遇逢了起死回生的天堂之路……這些都是奇，都是巧。無奇沒有味，無巧不成書。金庸小說奇巧之至。

奇巧之書固然好看，弄不好就會讓人難以置信。世界上哪有那麼多奇、那麼多巧？更不必說武俠小說中的那些奇中之奇、巧中之巧了。看起來，上述故事似乎都是「不可能的」。蛇血能百毒不侵？跌落深谷能不死？哪來什麼《九陽真經》？更甭說會縫合在一隻九十多歲的老猿肚皮之中了。

單獨地看起來，是這樣的。武俠小說是傳奇，是童話。作者是有意的欺騙，讀者則是有意的自欺，雙方約定俗成，他怎麼說，我怎麼信。

然而奇巧也像懸念一樣，有高低巧拙之分。單獨地挑出一個細節來，看不出金庸的奇巧與其他作家作品中的奇巧有什麼不同，甚至表面上看起來，奇巧在金庸小說的敘事過程中的作用與形式，也與在其他作家作品中沒多大的不同。但若是整體地去看，深入地去看，金庸小說的奇巧的運用，與其他作家作品對奇巧的運用相比，有著極大的差異。

這一差異在於，金庸能使小說中的奇巧從不可能發生的變為可信的；將不可思議的奇巧運用得讓人思、讓人議，而且還必須思、必須議。

從某一角度看，金庸對奇巧的運用，比其他作家作品更多見、更廣泛、更奇巧。

讓我們以《俠客行》、《鹿鼎記》二書為例。

金庸的《俠客行》一書，可謂是奇中之奇，巧中之巧。整個一部小說全由一連串不可思議的奇事巧合而成。小說主人公的經歷，比任何一部《奇遇記》都奇巧。從他的出現到小說的結束，幾乎可以說無一不奇，無一不巧；從他的個性到他的命運，亦是奇巧之極，然而，當我們看完這部小說之後，卻又感到這部書天衣無縫，而且——在藝術真實這一層面上——相當可信，並引人深思。

這部小說的結構十分嚴謹，懸念的運用也十分高明，簡直滴水不漏。主人公的經歷始終處於神秘的氛圍和強烈的懸念之中。具體地說，從他流浪到侯監集這個小鎮，從地上撿起一個燒餅開始，他就不幸被捲入江湖紛爭之中，從此被人拉入或推入一個接一個的圈套。小說的敘事，就從這裡開始。即：

一、吃出「玄鐵令」，被玄鐵令的主人拉入自己的圈套。

二、才出虎穴又入狼窩，他被長樂幫的貝海石等人拉入另一個圈套。

三、長樂幫的圈套被揭露，他自己又主動走入俠客島的迷離之境。

四、最後他因禍得福，卻又陷入「我是誰」的疑問和困惑。

有趣的是，上述的過程不僅充滿了懸念（**每一個圈套及每一個迷途都是懸念**），充滿了奇異，更充滿了巧合。

小說中的種種巧合，我們不能一一列舉，僅從主人公受難不死這一線索中，我們就可以看出金庸小說的巧合屬於什麼性質，以及巧合背後的名堂。這又可以分為兩段。

第一段是玄鐵令主人謝煙客揚言誰得到他的玄鐵令，都可以求他辦一件事，不論什麼事都成。且謝煙客決不對玄鐵令得主一指加身。小說的主人公得到玄鐵令，一來他不知怎麼回事，二來他自小就習慣了不求人（**這是他的養母梅芳姑逼他養成的習慣，正是梅芳姑一生的愛情悲劇及其變態心理的表現**），而謝煙客則千方百計地引誘主人公求他辦一件事，當然越簡單的事越好。於是，小說出現了一連串喜劇性的巧合：

一、謝煙客將主人公帶到饅頭鋪，以為主人公一定要求他付錢買饅頭，不料他自己並無碎銀，反倒是主人公替他付了錢（**主人公的錢則是閔柔送的**）。

二、謝煙客引誘主人公求他打棗，沒想主人公爬到樹上替他摘棗。

三、主人公遇長樂幫高手圍攻大悲老人，居然出面阻止，謝煙客以為定會求他幫忙，沒料到主人公寧可自己死了，也還是不求人，結果九死一生，居然安然無恙。

如此一連串的巧合，使謝煙客的願望落空，主人公照樣不求人。主人公謹記著梅芳姑的話：「人家要給你的，你不求他也會給，人家不給你的，你求也無用，反倒自討沒趣。」

以上一連串的事件，看似巧合，但表現了人情世態的許多本質性的內容。進而，謝煙客一計不成，又施一計，教主人公練功，從純陰、純陽的路子各走極端，本來是非死不可的，但主人公吉人自有天相，居然又一一躲過難關，最後竟然因禍得福。

具體因為四件事使他巧躲死關：

一、主人公心地純淨，有如白紙，所以因沒有雜念，而至一時不會走火入魔。

二、正當走火入魔之際，適逢長樂幫的貝大夫等人前來迎接幫主，而謝煙客又恰恰練功勞累，無力與爭，長樂幫救了主人公，當然並不是出於好心，而是要將他當成赴俠客島的替罪羊。而貝大夫久病成良醫，又剛好懂得一點救人之道。

三、丁璫誤以為主人公是她的「天哥」，將她祖父丁不三的冰火酒偷給他喝，使主人公進一步脫險。

四、最關鍵的一下，是長樂幫屬下堂主展飛在主人公的膻中穴上猛踢一腳。這一腳若是踢在旁人身上必會致人於死，而展飛也正是想踢死主人公，原因是他也以為主人公是石破天（石中玉），而石破天勾引了他的妻子，於是他要報仇。沒料到他的那一腳非但沒將主人公踢死，反而差一點要了自己的命；主人公的傷痛不但危機解除，而且倒成就了一身深厚無比神妙莫測的內功……這一切當然都是作者安排的巧合，結果總是出人意料。

可是，我們看到主人公從危機之中一步一步地解脫，每一步都有其關乎人性、人情、人物個性及人物關係的豐富內涵和深刻寓意。主人公之所以命大不死，是因為他心地純淨；貝海石要找的替罪羊，丁璫和展堂主都把他當成另一個人，從而一個要愛，一個要恨；這實際上是寫了另一個人（石中玉）的形象和故事。那個人也是小說的尚未出場的主要人物。所以說上述之巧合，乃是作者運用之妙法。

《俠客行》從頭到尾都充滿了巧合，主人公似乎幸運之極，總能因禍得福。大難不死反而遇難呈祥，但這些情節的發展過程，卻無半點人工的痕跡，倒似命運的安排。不過每一處巧合卻又都包含了深刻的人性揭露和物理推斷。在更深的一個層面上，主人公的命運不巧或不幸之極：他開頭就要「找媽媽」，到最後還是沒找到，以至於不知道「我是誰」。他不求的，人家（命運）倒是都給予了他；而他想求的，總也無法得到，命運總是如此刻薄作怪。

小說《鹿鼎記》的主人公韋小寶也像《俠客行》的主人公一樣處處因禍得福，時時遇難呈祥。然而這一小說及其主人公的種種巧合，與其說是命運的安排，倒不如說是人物個性的突出表現及人物的特種功夫所致。

韋小寶之所以能夠遇難呈祥，固然有命運巧合的因素在起作用，但更主要的是他的隨機應變、招搖撞騙、阿諛奉承、油滑狡黠，善於攀親道故、裝孫子做奴才、溜鬚拍馬、見機行事。

這一人物像是一個幸運的賭徒，他賭的每一注、每一場都是贏多輸少、虛驚而實惠，固然是賭運奇佳，更不能忽視他賭性之大，賭技之高以及玩鬼花樣之巧。

因此，韋小寶這一人物及《鹿鼎記》這部書，與其說是情節線索之巧，不如說是人物性格之巧，與其說是作者敘事之巧，更不如說是作者的思想深刻、對歷史的洞察超乎常人、常情、常形。正如作者在該書的《後記》中所說：在康熙時代的中國，出現韋小寶這樣的奇人是「完全可能的」。因而，這部《鹿鼎記》的大巧，是洞見了這種可能性，並充分地表現了這種可能性，既然有韋小寶這種巧人，那就必然會有一連串的巧事發生。

「卑鄙是卑鄙者的通行證」，韋小寶持有各種各樣的通行證，幸運通行證；皇帝核發的通行證；卑鄙行為通行證；狡猾個性通行證；阿諛奉承通行證；賭博特許通行證……那麼，他在小說中暢通無阻，事事通順湊巧，又有什麼做不到，讀者又有啥想不通的呢？

認真地說，《俠客行》與《鹿鼎記》二書，不僅提供了巧合的典型範例，而且也提供了懸念的典型範例。如《俠客行》中一個又一個的圈套，一個又一個的謎團的出現，這是典型的懸念。《鹿鼎記》中的主人公則一次又一次地遇到危機，一次又一次地被派往緊張、神秘、危險的工作中去，這也是典型的懸念。

也就是說，《俠客行》、《鹿鼎記》二書是由懸念與巧合編織而成的。在這兩部書中，作者對懸念和巧合的運用，達到了爐火純青的境界。值得我們研究，也值得我們學習。它們與一般的作家作品的懸念與巧合的不同，更值得我們深思。

第六章 刻意與任意

我們一直沒有涉及金庸小說的構思與運作的具體方法與技巧，以及金庸小說的章回構成及發展的套路與招式，一直沒有進入金庸小說的敘事過程。對於這一敘事過程的探索，將有助於我們真正地瞭解文學創作——小說敘事的某種真相或奧秘。

我們平時將構思一詞想得過於機械了，以為從作品的立意到結構乃至章句都已在「構思」中完成了。

其實並非如此簡單機械。這牽涉到構思與創作中的刻意與任意的關係問題。

我們以為作家的小說創作是完全刻意的產物，即完全是按自己規劃好的某種套路和招式去完成的，從而我們只要能找出這一作家作品中的套路與招式的「拳經劍譜」及其不傳之秘，我們每一個人都可以照章辦事，照葫蘆畫瓢，大過其作家創作之癮。其實這種想法大錯而特錯了。

越是有獨創性的作家作品，它在創作的過程中，任意性就更強，刻意性及其發揮的作用相對更小。而武俠小說創作的任意性更是比其他的小說大。金庸這位有獨創性的武俠小說作家的作品創作，其任意性就更大了。如是，我們又怎能照葫蘆畫瓢呢？

一

小說創作與工匠們的製作，最大的不同點就在於它不僅包含了刻意性，而且還包含了任意性，在創作過程中，作家的任意發揮和自由創造起著極大的作用。這種創造曾被我們神化為天才的創造，至少說成是神秘的靈感的創造，它的真正的動力是內力與心靈的激情。這種修養、內力、激情是在作品創作中起關鍵性作用的，然而它又看不見摸不著。所以有人說功夫在詩外，正是這個意思。詩歌創作的功夫，在詩歌的形式（**技巧**）之外。從詩的形式及構成技法上是不可能尋出詩歌創作的真諦的。

對此，金庸本人有過類似的精闢的闡述。不過不是專門談文藝創作，而是在小說的武功傳授的描寫中展示出來的。例如在《倚天屠龍記》一書中，張三丰教張無忌太極劍，當著大家的面，先演示了一遍，問張無忌看清楚了沒有，記住——忘記——了沒有。眾人要求張三丰再演示一遍，張三丰就再演示了一遍。

然而，使眾人大為驚訝的是，張三丰第二遍演示的招式與第一次所演示的招式竟然沒有一招相同。這叫人不能不糊塗。而更叫人糊塗的是，張三丰不是讓張無忌「記住」這些招式，而是要他「忘記」這些招式，等到張無忌說他全都忘記時，張三丰說：「不壞，不壞！忘得真快！你這就請八臂神劍指教吧！」最令人吃驚的，是張無忌用一柄木劍與「八臂神劍」方東白的鋒利無比的倚天劍對擊，居然真的勝了方東白。

看起來，這簡直是一個不可思議的神話，然而，作者卻有他的道理。書中解釋道：

……這兩把兵刃一是寶劍，一是木劍，但平面相交，寶劍和木劍實無分別，這無忌這一招乃是以己之鈍，擋敵之鋒，實已得了太極劍法的精奧。要知張三丰傳給他的乃是「劍意」，而非「劍招」，要他將所見到的劍招忘得半點不剩，才能得其精髓，臨敵時以意馭劍，千變萬化，無窮無盡。倘若尚有一兩招劍法忘不乾淨，心有所囿，劍法便不能純。……（第廿四回）

以上這一段我們在以前的書中也引述過。那是論證金庸小說的武功描寫的學術性及其方法論思想。既然是方法論思想，那就不僅與武術與武學相關，而且也應該與藝術與文學有用。這是我們理解金庸小說的一把鑰匙。即必須注意它的劍意，而不可過於拘泥它的劍招。因為招式上可以任意施展，千變萬化、自由發揮的。只要得到劍意的精髓，劍法便完全可以、而且可能下一次所使與上一次不同。甚至連一招都不同也無不可。

太極拳的拳理是「用意不用力，太極圓轉，無使斷絕。當機得勢，令對手其根自斷。一招一式，務須節節貫串，如長江大河，滔滔不絕」。太極劍也是這樣。至於如何節節貫串，那是一個小問題。明白了拳理劍意，又有深厚的內力和高水準的悟性，即便是任意揮灑，也會自然而然地做到節節貫通的。

金庸所寫的武學的道理是這樣，金庸小說創作的方法也是這樣。劍意相當於小說的立意，其中固有刻意要表現的內容、要追求的審美目標，而且也包含了小說的發展目標、情節發展的方向。至於通往目標的途徑以及具體的發展路線，那是可以依意而為、自由發揮的。

在金庸的小說創作中，我們是不是可以設想，同一部小說，讓作者來創作第二次，也會像張三丰演示太極劍那樣沒有一招相同呢？這種設想的可能性不是不存在的。因為第二次創作與第一次創作，其思想狀況、心理狀況、情緒狀況等等都會有具體的不同，那麼作者的發揮也就會有區別。從而使小說創作的套路與招式情況都不會完全相同。

對於這種靈活的結構技巧和敘事方法，金庸有深刻而獨到的見解，也有豐富的創作經驗作為依據。所以，在他的小說中，不只一次地在武學教育中表述出這種深刻的「武功招式結構原理」。這其實是與文學結構方法和敘事技巧的道理完全相同的。說它是由文學原理轉化為武學原理，也無不可。

小說《笑傲江湖》中有這樣一段：

……那老者（**按指風清揚**）搖頭嘆道：「令狐冲你這小子，實在也大不成器！我來教你。你先使一招『白虹貫日』，跟著便使『有鳳來儀』，再使一招『金雁橫空』，接下來使『截劍式』……」一口氣滔滔不絕地說了三十招招式。

那三十招招式令狐冲都曾學過，但出劍和腳步方位，都無論如何也連不起來。那老者道：「你遲疑什麼？嗯，三十招一氣呵成，憑你眼下的修為，的確有些不易，你倒先試演一遍看。」

他嗓音低沉，神清蕭索，似是含有無限傷心，但語氣之中自有一股威嚴，令狐冲心想，「便依言一試，卻也無妨。當即便使一招「白虹貫日」，劍尖指天，第二招「有鳳來儀」便使不下去，不由得一呆。

那老者道：「唉，蠢材，蠢材！無怪你是岳不群的弟子，拘泥不化，不知變通。劍術之道，講究行雲流水，任意所之。你使完那招『白虹貫日』，劍尖向上，難道不會順勢拖下來嗎？劍招中雖沒這等姿式，難道你不會別出心裁，隨手配合麼？」（第十回）

以上一段說得更明白了，劍術之道有二，一是根本之道，曰「行雲流水，任意所之」；二是方法之道，曰「別出心裁，隨手配合」。

這當然也是文學之道，在武俠小說創作中尤為適用。

在金庸的小說中，我們也可以找到大量的例證。

金庸小說敘事中的有些章節和故事，看起來簡直無法接下去寫，正像令狐冲碰到的難題一樣。但金庸既然得了「別出心裁，隨手配合」的方法之道，這種小小的難題就無法把他難住了。比如《神鵰俠侶》中的小龍女受了重傷，又中了劇毒，必死無疑，同時楊過也中了情花之毒危在旦夕，但楊過得到情花之毒的解藥之後，卻不願服下，而是丟到絕情谷底的深潭之中，表示決意要與小龍女同赴黃泉。這時黃蓉雖然已想到情花附近生長的斷腸草或可以毒攻毒、治好情花之毒，但楊過連解藥都不服，更不用說試那沒多大把握的斷腸草了。只要小龍女不治，楊過也決不會獨自求生。

眼見著這一對男女主人公就要雙雙死去，小說就要「沒戲」，無論如何也難以接下去——而小說到此結束又顯然不行——的時候，金庸便施出了別出心裁、隨手配合的絕技來，將故事續了下去，不但天衣無縫，而且一石三鳥。

金庸讓小龍女跳下絕情谷去（**她明知自己要死，長痛不如短痛，且她死了反而能讓楊過活下去**），卻在石壁上留言「十六年後，在此重會」。她的話的原意，是「十六年後又是一次生命」之意，相當於男人說「十八年後又是一條好漢」，即來生再見。而聰明的黃蓉居然即時虛構出南海神尼十六年赴大陸一次的神話，如此，楊過便不能不信黃蓉的話，也不能不聽小龍女的遺言，於是楊過活下來了。

而絕情谷底的小龍女居然也絕處逢生，寒潭之水與寒潭之魚非但沒要她的命，且治好了她的病，從而客觀上替黃蓉圓了謊，讓楊過十六年後跳進深谷，與小龍女真的重會了，這樣，本來接不下去的地方，不僅接下去了，而且還為以後重會埋下了伏線，進而又充分地表現了楊過與小龍女的愛情至死不變，感天動地。這不是一石三鳥麼？

像這樣的例子多極了。小說《倚天屠龍記》中張無忌中了玄冥神掌，無法可救，而又被朱長齡所追，跌下懸崖，那是死上加死，眼見沒戲了。但作者舉重若輕，隨手配合，寫到張無忌跌下懸崖後，落在一個平臺，又鑽入一個石洞中，以逃避朱長齡，而石洞之外，居然別有天地。

這一變招，有以下的功能：

一、張無忌逃脫了朱長齡的追殺（石洞小窄，朱無法鑽過）。

二、張無忌在無意之中給一老猿治傷，得到了一部《九陽真經》，解釋了「經在猴（肚）中」的秘密，續上了前書。

三、學了《九陽真經》，治好了張無忌的玄冥神掌的寒毒。

四、學了《九陽真經》使張無忌的內功達到了人所未及的高度，為他回歸江湖提供了保證，為學習其他的高深武功打下了基礎，埋下了伏線……

以上是金庸隨手配合的例子，而且別出心裁地治好了小龍女、張無忌的不治之症。這就是作者的功力了。而不能從技巧上去照葫蘆畫瓢。

不錯，寒潭之水使小龍女死裡逃生，並兼有療傷去毒之功效，這是離奇之事：而「經在猴肚中」也是聞所未聞。但這有什麼，武俠小說本就是傳奇故事，免不了要離奇，免不了要巧合的啊。

二

金庸小說的「劍意」，是要刻畫人物的性格，揭示人性的奧秘，探討歷史的真相。

每一部小說的具體的「劍意」，當然有所不同，因為每一部小說的主人公的性格不同（**這也是作者有意追求的**），而且每部小說的主題也不同（**這當然也是作者安排的**）。

如果說金庸小說有刻意的地方，即在創作之前就構思好並立下明確目標的地方，那就是主人公的性格和小說的主題（包括人物命運主題、歷史主題等等）了。而如何來表現人物的性格，如何實現小說的主題——即如何敘事、如何安排小說的情節結構，那就是自由任意的天地了。行雲流水、任意所之、別出心裁、隨手配合，這是金庸小說敘事的「十六字方針」。當然任意並非胡為，而是要在刻意追求的基礎上，完成小說的立意，要按劍意行事。

有不少的作家倒也發揮了任意性的特點，但因為沒什麼立意，只一味的任意，那就使故事越寫越奇、越寫越玄、越寫越荒誕不經，而在結構上亂七八糟，無路可尋，在情節上破綻百出，使人難以卒讀。

金庸的小說與那種信口開河的小說當然不可同日而語。因為它的任意是有立意作為基礎、目標、支柱和參照的。

例如《射鵰英雄傳》，是立意要寫一個心地厚道的青年成長為一代為國為民的英雄俠士，小說中的郭靖就是作者選中的主人公。

郭靖的天性、心地、品德，都是沒得說的，他人本老實，而又在民風淳樸的蒙古草原上長大，所以自然而然就厚道誠實而又心懷寬廣。但他有一個缺陷，那就是愚笨，四歲才學會說話，幹什麼事就比別人遲鈍些，這就造成了一個大難題，為國為民的大俠，不僅要有德，而且也非有才不可，有德而無才的大俠在江湖上早被人打死了，那還談得上什麼為國為民？所以，郭靖學武想要成為一等一的高手，就是小說敘事的主要內容、主要難題了。

他怎麼才能成為高手呢？且看金庸隨手配合：

一、江南六怪教他，他笨，沒學了多少本事，但把身體練得壯實無比，這也算是一個基礎。

二、因為江南七怪與丘處機打賭各教一個徒弟，全真派掌門馬鈺心地善良而又境界高遠，不僅不幫師弟，反過來教郭靖兩年的全真派正宗內功，這又為郭靖打下了內力基礎，這是在郭靖無知無覺中進行的（**可見他笨**）。全真派武學是天下正宗絕學之冠，郭靖受此內功之教，幸運可想而知。

三、郭靖盜藥被蛇咬了，性命至關之際也去咬蛇，本來是禍卻又因禍得福，因為那蛇是長白參仙老怪用各種補藥餵養了二十多年的「藥蛇」，不僅從此內力大增，而且百毒不侵。

四、郭靖人老實，而且大方、誠懇，感動了黃蓉，黃蓉聰明伶俐，又會做菜。而武學大宗師洪七公偏偏極貪口腹之欲，黃蓉便用烹調高手藝換得洪七公教郭靖「降龍十八掌。」這掌法簡單明瞭，正合郭靖的性子，從此郭靖登上了一個嶄新的臺階。

五、到了桃花島上，老頑童無聊之際，與郭靖說話遊戲。郭靖無意中救了他的命，他便要與郭靖結拜兄弟，又教郭靖雙手互搏、空明拳以及天下絕學《九陽真經》（**又恰巧這《九陰真經》的下卷是陳玄風的胸皮上刻的，郭靖無意中得到，也不知什麼東西，老頑童卻是知道的。**）老頑童這一教，本不過是為了取樂。

六、郭靖出生入死，經歷了無數坎坷，但卻也因此而觀摩和學習了許多高手的武功與技擊。如全真七子、東邪、北丐、西毒、南帝以及《九陰真經》，天下絕學竟無一不窺。他的見識不高，但卻極廣。

七、最後一點，郭靖很笨，但卻不懶，可謂勤奮之極，而又堅韌超人，人家練一日，他練一個月，人家不練了，他還在練，再苦再累也不退縮、不放棄。於是勤能補拙，終於成為一代高手中的高手……

以上幾乎將《射鵰英雄傳》的情節從頭到尾敘述了一遍。

我們看到他的學藝，大半靠機緣湊巧，得遇明師，而且學遍天下絕藝，小半靠自己堅韌不拔，而教他的師父，卻又無一是正常拜師的，有的是因為打賭，有的是因為吃菜，有的想開玩笑，有的是要救人治傷，有的是拼命搏擊……如是，各種情況都出現了，而且自然而然地串連起來了，郭靖學藝終於獲得了成功，他的性格也同時充分地顯示出來了。

郭靖練武成功的道理可謂無懈可擊，而他學武的經歷則又精彩紛呈。而所有的這一切，並非完全出於刻意的安排，至少有一些是在創作過程中即興而又任意的發揮出來的。既如行雲流水般的流暢，而又入情入理，無懈可擊，這才是不說家的真正的高妙之處，是作者創作小說的真正的絕招秘術的表現。

作家的創作構思，不大可能在事先就將作品的每一個情節、每一條線索、甚至每一個細節都想好了才去寫。所謂成竹在胸，也不是說心裡真有一棵成形的竹子，而是對竹子有深切的、真實的、多方面的瞭解，並且有一種特別的情感態度，才能畫得出竹子來，畫中的竹子也不可能與長在土裡的竹子一模一樣，而是畫家創作出來的藝術形象，必須形神兼備。如按照葫蘆畫瓢的方法去畫竹子，那就不是什麼藝術創作了。所以胸有成竹這句話不能那麼理解。

武俠小說的創作，更不可能將小說的一枝一葉都想好了再寫。因為在金庸寫作武俠小說的時候，都是採取邊構思邊寫邊發表的辦法，報紙、雜誌或一天一續、或一期一續，等不得作者構思的成竹在胸，所以，金庸小說的創作方式，也規定了他只能有一部分的刻意，而另一部分則只能邊想邊寫、任意地即興發揮。

三

作品的立意及其刻意追求的東西固然重要，固然有價值。但作者即興發揮、任意創造出來的情節、場景、細節，其實更重要，也往往更精彩。這道理就如李白寫詩是任意所之地流出來，湧出來，從而有如天籟之音，而賈島、孟郊等人儘管刻意求精，以至於郊寒島瘦，反覆推敲，卻寫不出真正第一流的詩篇。寫詩的道理是這樣，寫小說的道理也是這樣。

比如梁羽生，他的才華與學識與金庸不差上下，學識上甚至更為豐富，但他的小說卻沒有達到金庸那樣的水準，原因何在？

原因在於他的寫作往往太刻意了。不說別的，就說他對「俠」的理解以及對「俠」的重視、固執，從而導致了他小說創作的「俠」的形象的典範人格特徵過於刻意，以至於成了「高、大、全」式的人物。他的小說寫來寫去都是圍著這個來，儘管人物都長得帥氣，能文能武，腰上配劍，口中吟詩，但越是那樣，便越使人感到枯燥無味。一來是作者的才華和靈性得不到充分的發揮，二來總是一套模式刻了又刻、印了又印，大同小異，豈不叫人乏味之至？

梁羽生在創作《雲海玉弓緣》時，對主人公金世遺的要求放鬆了些，不再刻意地要把他寫成高、大、全式的人格典範了，所以這部小說就好看了不少，水準就更高。原因無他，不過是刻意減少而任意性增多（**包括讓主人公的性格的任意發展**）罷了。

刻意與任意是相對而言的。僅有刻意而無任意，那固然會使作家變成工匠；而僅有任意而無立意與刻意，則又會使創作變成了瞎編。中國的作家（**包括純文學作家與通俗文學作家**）的毛病在於太刻意求工，以至於縛手縛腳，幾乎喪失自由的靈性和想像力的翅膀。而港、台新武俠作家作品的通病，則往往是任意得過了頭。以至於使人不知所云。

金庸的創作成就的取得，重要的原因之一，就在於將好的立意與任意性的發揮結合得恰到好處，天衣無縫而又相得益彰，所以，要學習金庸的創作，絕不可僅從招式、套路、技巧等外在形式及其細微末節入手，而必須從內力、修養、劍意等更本質的方面學習。那得自己去練。

最後，我們必須說明的是，這一節的討論，著重於方法，而沒有更多地涉及這種方法在具體創作過程的運用。大約會有些「死心眼」的朋友想要瞭解；金庸的小說中哪些是刻意的東西、哪些是任意的發揮？進而，恐怕還要問：刻意和任意的「比例」應該是多少才為合適……老實說，對於這兩個問題，我一個也回答不上來。

金庸小說中哪些是刻意、哪些是任意，我只能說，主要人物及其性格與命運、小說的主題及其主要的發展方向，這兩點是必須先有立意的，或可稱之為刻意的部分。而具體的故事情節中哪些是先想好、哪些是臨時想出來的，屬任意範疇，那可就不知道了，那只有天知、地知、作者自己知道。

另外，小說中的一些具體的細節，小說某一場景的具體組織和表述，以及小說表述的語言，這些屬於任意範疇，不可能預先一一想好。但其他還有更多的東西是刻意或任意，那就不知道了。

至於比例，也只能說刻意地搭好小說的框架，將小說的主要情節想好，這是必要的。而且想得越成熟越好。其他具體的敘述則可留給具體創作過程中的即興發揮、任意施展可也。再準確的比例，那就說不出來了。其實也沒有必要知道。因為在不同的作品中，這種比例都可能是不同的，怎能一概而論？而且，每位作家的創作都有自己的風格特點，和自己獨特的創作習慣。因而刻意與任意之間的分寸和比例自然也就因人而異了。

小說創作之難，在於要麼是放不開，要麼是放得開而收不攏，總在兩個極端徘徊。武俠小說也是，要麼因為太刻意了，而讓人看頭知尾，了無情趣，要麼是太過任性，而讓人不知所云，難以卒讀。

金庸小說之妙，也就在於它放得開而又收得攏，收放自如。從而就自然流暢，一瀉千里，如長江大河、節節貫通、滔滔不絕。

第七章 整體與細節

金庸小說敘事的高明之處，不僅在於其注重整體的結構安排，而且表現在其細節的豐富。細節的描寫不僅可以豐富作品的內容，充實作品的形式，而且還能增強作品的真實性與生動性。

一般說來，武俠小說作家是不太注重細節描寫的。因為武俠小說的主體是傳奇故事，而小說的讀者所要求的往往也只不過是如此，即情節的曲折離奇，所以作者也就省心省力，乾脆小搞或不搞什麼細節描寫，以免吃力不討好，再說，更多的作者被故事情節的構思弄得精疲力盡，狼狽不堪，也沒那個精氣神來為細節費心了，就是想為細節費心，又還沒那個才能和功力。

金庸卻不一樣。在金庸小說的敘事過程中，對細節的描寫十分注重，細節的安排十分巧妙得當，而細節描寫本身則十分精彩生動。這使金庸的小說比起一般的武俠傳奇故事，簡直不可同日而語。它不僅超越了故事層面而成為真正的小說，而且超越了一般小說的水準，而達到一個更高的藝術境界。

金庸小說敘事的細節描寫，有如下的功能及其特點。

一、豐富性

金庸小說的細節之豐富，這是有目共睹的。看其他作家作品可以看頭知尾，而且只能沿著一條故事情節的通道往前走。而看金庸的小說則不同，幾乎每個章節，甚至每個片斷中，都含有豐富的細節描寫。這些細節，像是金庸小說「風景線」中的花、草、樓、亭、石、松、泉、霧，雖不是故事情節的主幹，但有它與無它，情形大不相同。前面我們曾經說到金庸小說步步皆景，其中大部分的景致，恰是由一些細節組成的。

金庸小說的豐富細節，不僅使它具有故事性，而且還有文學性、藝術性，進而還使之具有一種文化性。據說不少世居海外的老華僑，將金庸等人的武俠小說用以作為對兒孫們進行中文教育的「教科書」，自然不僅因為金庸的小說是由中文文字寫成的，也不僅是因為它們是中文文學的妙品，而且還因為它們在某種意義上稱得上是中國文化的「大百科」。

金庸的小說不僅敘述了精彩的傳奇故事，不僅刻劃了人物形象，不僅揭示了深刻的思想主題，同時還展示了中國文化的各個方面。金庸小說中包含了中國文化的典章文物、歷史掌故、醫卜星相、琴棋書畫、詩歌樂舞、飲食服飾、儒佛道法……等等豐富的內容，可謂三教九流，無所不包。

而這些豐富的文化內容，又包含在其小說的細節描寫之中。金庸將他的小說造成了文化的博物館，但又處置得當，結合在小說的敘事之中，不顯山不露水，絕無賣弄學問或拋書袋之嫌，而是恰到好處、天衣無縫。

例子太多，我們反倒不知舉哪些更為合適。反正金庸小說中俯拾皆是，我們就信手拈來。下面按照一定的類別，略舉一二。

一、琴。《書劍恩仇錄》中乾隆化名東方耳在杭州彈琴，其琴焦尾。陳家洛也應邀彈奏一曲，乾隆聽出了琴聲中的殺伐之聲與不平之氣及大漠風光。《倚天屠龍記》開頭崑崙三聖何足道彈《空山鳥語》、《百鳥朝凰》古曲。

二、棋。《碧血劍》中袁承志跟木桑道長學圍棋，《天龍八部》中的圍棋珍瓏；《笑傲江湖》中敘述「嘔血譜」。

三、書。《神鵰俠侶》中的朱子柳將書法融於武功，真、草、隸、篆各種碑帖皆用以為武功套路，大戰霍都王子。《倚天屠龍記》中張三丰創「書法屠龍功」，《笑傲江湖》中孤山梅莊的禿筆翁書《裴將軍帖》。

四、畫。《書劍恩仇錄》中乾隆遊西湖，參與西湖妓女花魁競選，贈畫，江浙名士沈約、鄭板橋等人評畫論書。《射鵰英雄傳》中黃蓉評畫。《笑傲江湖》中丹青生作畫。《鹿鼎記》中韋小寶畫烏龜，畫字。

五、詩。《射鵰英雄傳》中黃蓉、郭靖遊太湖，黃蓉與陸乘風吟詩、唱詞。《神鵰俠侶》開頭江南少女唱詞。《倚天屠龍記》開頭何足道彈唱《詩經》古歌。《連城訣》中「唐詩劍法」，《俠客行》中的「俠客行武學」。《鴛鴦刀》中「夫妻刀法」由愛情詩句組成。

六、曲。《書劍恩仇錄》中妓女唱小曲。小說《碧血劍》中妓女唱小曲。《鹿鼎記》中韋小寶唱「十八摸」……

七、歌。《書劍恩仇錄》中回疆美女喀絲麗以唱歌代替說話，唱出嘉峪關民歌。《天龍八部》中蕭峰唱「亡我祁支山……」契丹歌曲。《白馬嘯西風》中哈薩克民歌。

八、舞。《書劍恩仇錄》中木卓倫部青年跳「偎郎舞」。《白馬嘯西風》中阿曼跳舞。

九、儒。《射鵰英雄傳》中黃蓉多次引述孔孟經典。

十、道。《書劍恩仇錄》中《莊子・養生主》及「庖丁解牛掌」。《倚天屠龍記》對武當派的描寫。《射鵰英雄傳》對全真派的描寫。

十一、易。《射鵰英雄傳》中的「降龍十八掌」及《易經》卦爻辭；神算子瑛姑按《河圖》與《洛書》布置住處。《天龍八部》段譽，演易算卦，「凌波微步」按《易》卦方位排列。《笑傲江湖》中的「獨孤九劍」的《易》學精髓。

十二、佛、禪。《天龍八部》段譽、虛竹講經。《倚天屠龍記》中謝遜念《金剛經》、《笑傲江湖》中儀琳講《百喻經》。

十三、明教、明教史。詳見《倚天屠龍記》。

十四、醫。《倚天屠龍記》中胡青牛行醫，張無忌看《黃帝內經》、《西方子明堂灸經》、《太平聖惠》：《鐵灸甲乙經》；《孫思邈千金方》以及《帶脈論》、《子午針灸經》等。

十五、藥。《飛狐外傳》中程靈素論藥、治病、療傷、解毒。《倚天屠龍記》張無忌學藥。

十六、毒。《碧血劍》中五毒教之「五毒」。《倚天屠龍記》中「毒仙」王難姑之毒。《天龍八部》中星宿海派之毒。

十七、酒。《笑傲江湖》中綠竹翁教令狐冲品酒，祖千秋「論杯」，丹青生請令狐冲「評酒」。

十八、花。《連城訣》中的菊花展。《天龍八部》中茶花論。《鹿鼎記》中慕天顏對韋小寶說「四相譬花」的典故，保護了揚州的名勝芍藥花。

十九、名山。《笑傲江湖》中對華山、泰山、嵩山、恆山、衡山、峨嵋、青城……等名山的山景風物的描寫。《射鵰英雄傳》中丘處機對郭靖講解華山賭棋亭的故事。《天龍八部》對無量山的描寫。

二十、典故。《射鵰英雄傳》中的黃蓉故事，岳飛故事，「碎挼花打人」故事，《鹿鼎記》中雪中奇丐故事，明朝正德皇帝故事。《書劍恩仇錄》中阿凡提故事。《白馬嘯西風》中的高昌迷宮故事。

廿一、算。《射鵰英雄傳》中瑛姑學算，黃蓉講解《算經》「十九元」：「仙、明、霄、漢、壘、層、高、上、天、人、地、下、低、減、落、逝、泉、暗、鬼。」以及「九宮、八卦、七十二數」等等。

我們實在無法一一列舉，諸如天文、地理、火藥、兵器、武術，以及天地會、拜火教、丐幫，以及兵書、經學、文物、風俗……等等，實在難以盡述。就是上面所列，也是掛一漏萬，比如琴是一種樂器，而金庸小說中的樂器還有《書劍恩仇錄》中的余魚同的笛：韓氏兄弟的琵琶，《射鵰英雄傳》中黃藥師的簫，歐陽鋒的箏……等等。

下面讓我們從《射鵰英雄傳》中引述幾段，看一段金庸小說的細節描寫的文化特徵。

例一，小說的第十五回中，黃藥師要與郭靖為難，黃蓉急得說出「永不相見」的話以威脅父親，解脫了郭靖的危難。再次相見時，情形如下：

……郭靖躡著腳步，悄沒聲的走到她身後，月光下望過去，只見她面前放著兩個無錫所產的泥娃娃，一男一女，都是肥肥胖胖，憨態可掬。郭靖在歸雲莊上曾聽黃蓉說過，無錫泥人天下馳譽，雖是玩物，卻製作精絕，當地土語叫做「大阿福」。她在桃花島上就有好幾個。

這時郭靖覺得有趣，又再走近幾步，見泥人面前擺著幾隻黏土捏成的小碗小盞，盛著些花草之類，她輕聲說著：「這碗靖哥哥吃，這碗蓉兒吃。這是蓉兒煮的啊，好不好吃啊？」郭靖接口道：「好吃，好吃極啦！」

黃蓉微一驚，回過頭來，笑生雙靨，投身入懷，兩人緊緊抱在一起……

上面這個細節，在其他的作家作品中，或許只用一句「郭靖終於找到了黃蓉」便打發了。但金庸卻如此細緻地描寫黃蓉月下玩泥娃娃這一細節，看似與故事情節發展不相干，但這一細節的安排，卻具有多種意義。即：

一、黃蓉是一個少女，貪玩，玩泥娃娃理所當然，且表現了她的性格；

二、黃蓉玩「扮家家」又表現了她對郭靖的深情，讓人深為感動（**這已與主線相關了，而且關係極深**）；

三、黃蓉玩泥娃娃，作者順手介紹了無錫的文化特產「大阿福」；

四、郭、黃分手與再會都是在太湖周圍，無錫附近，那麼介紹無錫的文化特產便一箭雙鵰，既介紹了玩物，又介紹了地理環境……

總之，像上面引述的這種細節，看起來似乎毫不起眼，又似乎沒用，實際上金庸小說的藝術魅力的形成，卻是不可或缺。

再看看小說的第三十回，黃蓉被裘千仞打傷，瑛姑指點郭、黃去找一燈大師（**即南帝**）求治。但一燈大師的弟子漁、樵、耕、讀四人卻加以阻攔。書中寫到黃蓉對付漁人的辦法，先是用娃娃魚來收買，其次是讓郭靖盜船；對付樵子的辦法，是唱歌給他聽；對付耕者的辦法是幫他脫困，然後以其人之道還治其人之身。第四關是最後一關，對付讀書人朱子柳的辦法，是猜謎語、對對子，外加一頓冷嘲熱諷。

上述一連串的細節，組成了「黃蓉闖關求醫」這一情節。一般的書中，大可以略去不提，只說黃蓉「連闖數關」便可。金庸如此娓娓寫來，入情入理。有情有景；既符合故事情節，又符合人物性格；不僅機智巧妙，而且充滿了文化趣味，實是武俠小說中難得之極的華彩文章，其中包含了《論語》、《孟子》的章句和解釋，甚至包含對《孟子》的譏諷批評；包含了詩、謎、聯等等中國文人雅士的生活中常見的文化娛樂形式。

這一番「文對」，實在比一般的「武鬥」要精彩十倍，也難寫十倍。但作者卻寫來得心應手、巧妙連環，如信手拈來而各盡其妙。其實，小說中的這些詩謎、對聯以及最後的譏諷孟子之詩，既非黃蓉所創，亦非黃藥師所創，而是作者取自明代馮夢龍所著的《古今笑史》一書。金庸也將前人書籍中的資料運用於小說之中，如此得心應手又天衣無縫，實在讓人嘆服。

上述細節所組成的情境，幽默生動、真實可信，既表智慧、又刻畫性格。不僅具有文化趣味，而且又還推動情節的發展，一舉數得，妙不可言。

二、真實性

金庸小說的細節，不僅豐富了小說的內容及其文化趣味，同時還增強了作品的真實性。

武俠小說本是些傳奇故事，金庸的作品自然也不例外。但金庸的小說常常又使人覺得真實可信，其重要原因之一，就在於作品提供了大量的真實細節。小說的情節是傳奇的，而小說的許多細節則是真實可信的，這造成了金庸小說的傳奇而不失其真實的特殊風貌。

梁羽生在談到武俠小說之不易寫及武俠作家的文化修養時說過，一位好的武俠小說作家應該有豐富的學識，從而寫出和尚就不光是會一句「阿彌陀佛，善哉善哉」。要寫出真實的和尚，至少要懂得一些佛教的經典及其他有關知識。這一點梁羽生做到了，金庸也做到了，而且做得更好。其他作家就難以望其項背了。

前面的例子中的書生朱子柳，若不是通過讀《論語》、出詩謎、出對聯等細節的展示，如何能真實地刻畫他的書生形象及書生性格？他若不是書生，則小說中的那些當然也就失去了存在的依據和價值。

說到和尚，《天龍八部》中的虛竹在同天山童姥一道逃到西夏王宮的時候，他說「阿彌陀佛，這裡有一座大廟。」這一句話，一個簡單的細節，使我們知道，只有真正的和尚，而且還是一個沒見過世面的呆和尚，才會將王宮聯想成大廟。這位虛竹在還俗之後，當了靈鷲宮主人，但說話還經常不自覺地帶出「我一個出家人……」之類的話，可見作者用心之細，筆觸之準確。

《鹿鼎記》中，韋小寶出生成長都在揚州妓院，他進清朝王宮時也產生過「這是妓院」的聯想，這不僅與虛竹把王宮當成大廟有異曲同工之妙，而且韋小寶的這一聯想，還有更深刻的象徵價值。

小說《射鵰英雄傳》將東邪黃藥師的女兒黃蓉寫得神乎其神，伶俐之極，她的聰明智計在金庸的小說中是數一數二的。但她也有不明白的事，而且是旁人看來也許最為簡單的事。即洪七公說參仙老怪信了採陰補陽的邪說找許多處女來，破了她們的身子，黃蓉就不明白「怎麼破了處女身子」。問：「是殺了她們嗎？」又問；「是用刀子割耳朵鼻子麼？」……這一細節就極具真實性。

黃蓉雖然聰明，但卻不是生而知之，更不是什麼都知道。她自小由父親養大，桃花島上除了幾名啞僕之外，又沒有其他的女性，她從來沒聽說過男女之事，當然就不可能知道什麼叫破了處女身子了。小說中寫她與郭靖相好，但覺和他在一起時心中說不出的喜悅甜美，只要和他分開片刻，就感到寂寞難受，她只知男女結為夫妻就永不分離，是以心中早把郭靖看作丈夫，但夫妻間的閨房之事卻是全然不知。

其實莫說是從小沒母親的黃蓉，就是二十世紀、父母雙全的少女不知男女之事的也大有人在。所以說，這一細節看似隨便，卻是寫黃蓉的形象不可缺少的。

還有一個細節，是裘千丈冒充裘千仞，說黃藥師死於全真七子之手，黃蓉乍一聽這話，即暈了過去。後來又用「蘭花拂穴手」拂中裘千丈的穴道，喝道：「到底我爹爹有沒有死？你說他死，我就要你的命。」

聰明無比的黃蓉，這時居然如此糊塗、如此蠻不講理而一廂情願，雖是問人訊息，卻又不許他說黃藥師死了，這怎能打聽到真實的消息？可是黃蓉就這麼幹了。唯其如此、才顯得格外的真實，黃蓉雖然有點江湖經歷，畢竟未經過生死關頭的考驗，聽到父親的死訊，自然心神大亂，並企圖將自己的願望強加在報訊人的頭上了，好在裘千丈本身確是在撒謊，只想乘亂逃走，不料反而被扣住了。等到他的謊言被拆穿，說洪七公一個月前與他比武並輸給他時，黃蓉才證實他是在說謊；因為一個月前黃蓉、郭靖恰好與洪七公在一起。

這時，小說中又有一個細節：

黃蓉大喜，縱上前去，左手抓住他胸口，右手拔下了他一小把鬍子，嘰嘰而笑，說道：「七公會輸給你這糟老頭子？陸師兄、梅師姐，別聽他放……放……」她女孩兒家粗話竟說不出口。

朱聰接口道：「放他奶奶的臭狗屁！」（第十四回）

上面這一細節，也是真實而又生動的。看起來似乎可有可無，但若無這一細節，黃蓉形象就沒有那麼鮮明而又飽滿了。

小說中對郭靖的描寫，也有許多精彩細節。例如他與黃蓉在太湖上遊覽，任由小舟隨風飄行，不覺已離岸十餘里，只見數十丈外一葉扁舟停在湖中，一個漁人坐在船頭垂釣，船尾有個小童。書中寫道：

……黃蓉指著那漁舟道：「煙波浩淼，一竿獨釣，真像是一幅水墨山水一般。」

郭靖問道：「什麼叫水墨山水？」

黃蓉道：「那便是只用黑墨，不著顏色的圖畫。」

郭靖放眼但見山青水綠，天藍雲蒼，夕陽橙黃，晚霞桃紅，就只沒有黑墨般的顏色，搖了搖頭，茫然不解其所指。（第十三回）

這一細節又生動又真實，既寫了景又寫了人。郭靖若是懂什麼是水墨，那才怪哩。小說如此寫出，可見作者是何等細緻。

再如：

……郭靖陡然見到六位師父，大喜過望，搶出去跪倒磕頭，叫道：「大師父、二師父、三師父、四師父、六師父、七師父，你們都來了，那真好極啦。」他把六位師父一一叫到，未免囉嗦，然語言誠摯，顯是十分欣喜。（第十四回）

正是這一一叫到，才真實而又充分地顯出了郭靖的性格的本分、誠實和笨拙。若非如此，那就不是郭靖了。

寫人是這樣，寫事也是這樣。小說中經常出現：「這一日來到京東西路襲慶府泰寧軍地界」之類的話，看起來不起眼，但對於小說的真實性而言，卻是相當重要的。因為小說有明確的時代背景，而每一時代的行政區域的名稱並不相同，路、府、軍的概念就是明、清之後所沒有的，金庸特意寫到這一點，無疑增加了歷史地理的可信性。

不像一般的作者壓根兒就不理會這一點，甚而寫出來也漏洞百出，如溫瑞安的《白衣方振眉》一書中，將「淮北第一家」的匾掛到了蕪湖城中，錯將江南置於淮北，一下子位移了數百里，不免叫人感到可笑，如此失真，那就因小失大，不如不寫了。

再如《書劍恩仇錄》中寫到陳家洛出嘉峪關時的情形：

……不一日已到肅州，登上嘉峪關頭，倚樓縱目，只見長城環抱，控扼大荒，蜿蜒如線，俯視城方如斗，心中頗為感慨，出得關來，也照例取石向城投擲。關外風沙險惡，旅途艱危，相傳出關時取石投城，便可生還關內。行不數里，但見煙塵滾滾，日色昏黃，只聽得駱駝背上有人唱道：「一過嘉峪關，兩眼淚不乾，前邊是戈壁，後面是沙灘。」歌聲蒼涼，遠播四野。（第十二回）

倘若在其他書中，多半只「日夜兼程，這一日過了嘉峪關」一句加以打發了，絕不會像上面這樣來上一段。不僅景物分明如在目前，而且一次投石的細節、一支駱駝背上的歌聲，傳播出蒼涼之意，悲壯之情。那就大不相同了。這一段使我們身臨其境，彷彿已置身關外大漠黃沙之中，日色昏黃，古風撲面。

三、生動性

金庸小說敘事中的一些細節的運用，使人物、情節以及整部作品都顯得更加充實而又生動。在豐富性和真實性的舉例之中，我們其實已經同時看到了生動性的一面。

合適的細節的選用，不僅豐富和充實了小說的敘事，也不只是使小說的傳奇故事具有真實性的功能，而且同時使作品變得生動、充滿藝術趣味。

《書劍恩仇錄》中，天山雙鷹夫婦得知陳家洛愛上了喀絲麗，拋棄了他們的愛徒霍青桐，氣憤不已，決意要殺了陳家洛。老夫婦倆無意中碰到陳家洛、喀絲麗，看到這一對年輕璧人純情可愛，不像是奸惡之徒，且他倆也在追趕尋找霍青桐，並無弄虛作假的意思。老夫婦決定試一試再說。

喀絲麗天真無邪，見到姐姐的師父，歡喜之極，渾不知自己和心上人隨時都有被他們殺掉的危險。喀絲麗纏著天山雙鷹與他倆玩堆沙遊戲，堆一個沙柱，每人削下一塊，誰將沙柱削倒，誰就輸了，就要出一個節目。小說中寫道：

……陳正德依言去挑，手上勁力稍大，沙柱一晃坍了，蠟燭登時跌下，陳正德大叫一聲。香香公主拍手大笑。關明梅與陳家洛也覺有趣。

香香公主笑道：「老爺子，你唱歌呢還是跳舞？」

陳正德老臉羞得通紅，拼命推搪。

關明梅與丈夫成親以來，不是吵嘴就是一本正經的練武，又或是共同對付敵人，從未這般開開心心地玩耍過，眼見丈夫憨態可掬，心中直樂，笑道：「你老人家欺負孩子，那可不成！」

陳正德推辭不掉，只得說道：「好，我來唱一段吹腔，販馬記！」用小生喉嚨唱了起來，唱到：「我和你，少年夫妻如兒戲，還在那裡哭……」不住用眼瞟著妻子。

關明梅心情歡暢，記起與丈夫初婚時的甜蜜，如不是袁士霄突然歸來，他們原可終身快樂。這些年來自己從來沒好好待他，常對他無理發怒，可是他對自己一往情深，有時吃醋吵嘴，那也是因愛而起，這時忽覺委屈了丈夫數十年，心裡很是歉然，伸出手去輕輕地握住了他手。

陳正德受寵若驚，只覺眼前朦朧一片，原來淚水湧入了眼眶。關明梅見自己只露了這一點兒柔情，他便感激萬分，可見以往實在對他過分冷淡，向他又是微微一笑。（第十六回）

以上這一段，都是因削沙遊戲這一細節而起。這一感人的場面，卻又包含了幾個生動的細節。誰也料不到，二老二少四人玩削沙遊戲竟然玩出了這麼一種結果，不僅使天山雙鷹這一對幾十年的「怨偶」重歸於好，而且也使陳家洛、香香公主的性命危機消於無形。天山雙鷹情歸於好，又怎動得了殺人的心思？更何況要殺的又是一對璧人、遊戲夥伴。這兩位年輕人的遊戲，說起來正是二老重歸於好的媒介。進而也成了他們自救的媒介。

一場血光之災，居然在遊戲喜樂之中完全被消除了。可以說這一遊戲改變了他們四個人（**其實還應包括袁士霄、霍青桐**）今後的命運。

《天龍八部》中的譚公、譚婆夫婦與天山雙鷹夫婦的情形一樣，都是妻子以前的情人糾纏不休，從而使夫妻生活陷入永久的危機，丈夫吃醋，妻子發怒。關明梅的前情人是袁士霄，而譚婆的情人則是她的師兄趙錢孫。小說中寫到丐幫退休徐長老邀他們前來證實現任丐幫幫主喬峰的身世。其中提到少林寺方丈玄慈寫給丐幫前幫主的一封信，徐長老要譚婆寫信將趙錢孫召來，就是為了要證實玄慈信中所寫的事實，因為趙錢孫正是此事的當事人之一。

書中寫道：

……徐長老再問一聲：「趙錢孫先生，咱們請你來此，是請你說一說信中之事。」

趙錢孫道：「不錯，不錯。嗯，你問我信中之事，那信寫得雖短，卻是餘意不盡，『四十年前同窗共硯，切磋拳劍，情景宛在目前，臨風遠念，想師兄兩鬢雖霜，風采笑貌，當如昔日也。』」

徐長老問他的是馬大元遺書之事，他卻背誦起譚婆的信來。徐長老無法可施，向譚婆道：「譚夫人，還是你叫他說吧。」

不料譚婆聽趙錢孫將自己平平常常的一封信背得熟極如流，不知他魂夢中翻來覆去的已念了多少遍，心下感動，柔聲道：「師哥，你說一說當時的情景吧。」

趙錢孫道：「當時的情景，我什麼都清清楚楚。你梳了兩條小辮子，辮子上紮了紅頭繩，那天師父教咱們『偷龍轉鳳』這一招……」（第十五回）

以上趙錢孫背錯信，說錯事兩個細節，乍看起來不禁使人大笑，但隨之而來的必是為他的深情和癡情而感動。這兩個小小的細節，把趙錢孫對師妹的一腔癡情表露無遺。趙錢孫對師妹顯然是深情無比，而師妹對他亦是情有所鍾，這兩人怎麼會陰差陽錯，沒成眷屬呢？小說中並未細寫。但卻又有所交代。譚公得知妻子居然寫信給師兄趙錢孫，而自己並不知道，不免大喝其醋，說道：「背夫行事，不守婦道，那就不該！」

……譚婆更不搭話，出手便是一掌，拍的一聲，打了丈夫一個耳光。

譚公的武功明明遠比譚婆為高，但妻子這一掌打來，既不招架，亦不閃避，一動也不動的挨了她一掌，跟著從懷中又取出一隻小盒，伸指沾些油膏，塗在臉上，頓時便消腫退青。一個打得快，一個治得快，這麼一來兩人心頭怒火一齊消了。旁人瞧著，無不好笑。

只聽得趙錢孫長嘆一聲，聲音悲切哀怨之至，說道：「原來如此，原來如此。唉，早知這般，悔不當初。受她打幾掌，又有何難？」語聲之中，充滿了悔恨之意。

譚婆幽幽的道：「從前你給我打了一掌，總是非打還不可，從來不肯相讓半分。」

趙錢孫呆若木雞，站在當地，怔怔的出了神，追憶昔日情事，這小師妹脾氣暴躁，愛使小性兒，動不動便出手打人，自己無緣無故地挨打，心有不甘，每每因此而起爭吵，一場美滿姻緣，終於無法得諧。這時親眼見到譚公逆來順受、挨打不還手的情景，方始恍然大悟，心下痛悔，悲不自勝。（**第十五回**）

譚公「挨打不還手」這一細節，居然包含了他與妻子婚姻生活的大秘密，同時當然也就包含了趙錢孫失去情人的大秘密：趙錢孫數十年來自怨自艾，總道小師妹移情別戀，必有重大原因。殊不知對方只不過有一門「挨打不還手」的好處。

這聽起來似乎又覺好笑，又覺荒唐，但想起來卻倒覺得大有可能，而且具有某種普遍意義。男女情感的成敗，並不都是由重大原因及其大事變決定的，有時挨打還手與挨打不還手這兩種簡單的態度和方式，就足以決定一個人的終身大事。從而，這一細節的表現力是巨大的，也是極生動的。

說到細節的生動，我們不能不提《鹿鼎記》一書。小說中圍繞主人公韋小寶的經歷而敘述的一些細節，無不生動之至。例如小說中康熙要韋小寶去少林寺出家做和尚，帶幾千人馬，順便將王屋山的匪盜滅了。康熙交代，要韋小寶下去將圍剿王屋山的進軍計畫交上來，這可是君命難違，又分明要韋小寶的好看。

都知道他是一位不學無術的傢伙，只會溜鬚拍馬，是一個小丑弄臣而已，哪裡有什麼真才實學可以提出軍事方略？可是，這件事居然沒有難倒韋小寶。他記起了一件事，即他前往神龍島公幹途經天津時，眾軍政官員前來迎接，對他無不奉承，只有一個大鬍子軍官對他不理不睬，這給韋小寶留下了深刻印象，記住了這位大鬍子，只可惜忘了他的名字，如今君命緊急，又使韋小寶想到了大鬍子，於是叫兵部將天津武官中的大鬍子全部請到北京，結果請來了幾十位大鬍子，那位他熟悉的大鬍子趙良棟也在其中，韋小寶便將趙良棟留下，讓他出謀劃策，結果果然神機妙算，使康熙心悅不已。

韋小寶的這一奇招，揭開了十分簡單，那就是他自己沒什麼本事，所以要靠溜鬚拍馬為生；他由此推斷出一個規律：「凡溜鬚拍馬的多半和他一樣沒什麼本事，凡有本事的人多半不會溜鬚拍馬，或凡不會溜鬚拍馬之人多半有些本事。」這一規律應用到趙良棟頭上，果然十分對頭，趙良棟沒有對韋大人大溜其鬚，果然是有些本事的。這一細節，不僅使韋小寶再一次轉危為安，度過難關，而且揭示了多少官場秘密以及人才悲劇。

歸辛樹夫婦受人之騙，殺了天地會的紅旗香主吳六奇，心裡著實後悔。一心想殺了康熙，作為對天地會的交代和報答。韋小寶百般阻撓都無用，最後擲骰子又輸了，他師父陳近南說這是天意，要韋小寶「老老實實」地向歸辛樹夫婦詳說皇宮裡的情形，供他們刺殺康熙時參考。韋小寶心念一轉，有了主意。他要給康熙寫一封告密信，讓他的好朋友小玄子（康熙）早做準備，於是便說了一通漂亮話，走進自己的書房。——

……這伯爵府是康親王所贈，書房中圖書滿壁，桌幾間筆硯陳列，韋小寶怕賭錢壞了運氣，書輸二字同音，這「輸房」平日是半步也不踏進來的。這時候來到案前坐下，喝一聲：「磨墨！」早有親隨上來侍候。

伯爵大人從不執筆寫字，那親隨心中納罕，臉上欽佩，當下抖擻精神在一方王羲之當年所用的蟠龍紫石古硯中加上清水，取過一錠褚遂良用剩的唐朝松煙香墨，安腕運指，屏息凝氣，磨了一硯濃墨，再從筆筒中取出一枝趙孟頫定造的湖州銀鑲斑竹極品羊毫筆，鋪開一張宋徽宗敕製的金花玉版箋，點起了一爐衛夫人寫字時所焚的龍腦溫麝香，恭候伯爵夫人揮毫，這架子擺將出來，有分教：

鍾王歐褚顏柳趙

皆慚不及韋小寶。

韋小寶掌成虎爪之形，指運擒拿之力，一把抓起筆桿，飽飽的蘸上了墨，忽地拍的一聲輕響，一大滴墨汁從筆尖上掉將下來。落在紙上，登時將一張金花玉版箋玷污了。

那親隨心想：「原來伯爵大人不是寫字，是要學梁楷潑墨作畫。」卻見他在墨點左側一筆直下，畫了一條彎彎曲曲的樹幹，又在樹幹左側輕輕一點，既似北宗李思訓的斧劈皴，又似南宗王摩詰的披麻皴，實集南北二宗之所長。

這親隨常在書房伺候，肚子裡倒也有幾兩墨水，正讚歎間，忽聽伯爵大人言道：「我這個『小』字，寫得好不好？」那親隨嚇了一跳，這才知伯爵大人寫了個「小」字，忙連聲讚好，說道：「大人的書法，筆順自右至左，別創一格，天縱奇才。」

韋小寶道：「你去傳張提督進來。」那親隨答應了出去，尋思：「不知伯爵大人下面寫一個什麼字。」可是他便猜上一萬次，卻也決計猜不中，原來韋小寶在「小」字之下，畫了個圓圈，在圓圈之下，畫了一條既似硬柴，又似扁擔的一橫，再畫一條蚯蚓，穿過扁擔。這蚯蚓穿扁擔，乃是一個「子」字。三個字串起來，是康熙的名字「小玄子」。「玄」字不會寫，畫個圓圈代替。（第四十二回）

以上這一大段文字，是由一個細節展開的，敘述韋小寶寫字，寫的是「小玄子」三個字，為的是要去報訊。但作者在此鋪張開來，便成了上面所寫的生動幽默，讓人笑得肚子痛的場景。韋小寶伯爵大人才高八斗，可就是不大會寫字，因此寫字對他而言，自是一件重大的壯舉，其過程亦必隆重而又漫長，所以作者非如此寫不可。

以上一段，有很多的功能。

一、韋小寶寫字之隆重，之排場，所以「鍾王歐褚顏柳趙，皆慚不及韋小寶」。

二、韋小寶所用之物，盡是前輩大書法家的寶貝極品，不僅言其豪華富貴，同時又與他的書法形成鮮明對比。他用這些大師們的遺物，寫出如此拙劣的字來，大師們若是有知，顯然要再次氣死。

三、韋小寶雖不學無術，但居然有人將這些文化至寶送來給他，足以讓他汗顏，而又讓天下才士寒心。韋小寶有寶不會用，而會用之人又到哪裡去尋這些寶貝？

四、韋小寶的字從右到左，別出心裁，以圓圈代「玄」字，以蚯蚓穿硬柴為「子」字，這種獨創性更是前無古人，後無來者。

五、在這一場景之中，若無那位親隨的「聯想」和奉承，那就遺憾得很了。聽說那幅自右至左的畫兒居然是一個「小」字，他分明嚇了一跳，卻能立即說出讚譽之詞，高讚韋大人「天縱奇才」，這門功夫真是妙絕。不是侯門親隨，決計無此本領。韋小寶於溜鬚之道才思過人，有無數絕招，不料其親隨也如此了得。真是近朱者赤，近墨者黑，叫人不得不佩服。

作者以調侃的筆墨，將韋小寶寫字這一細節，鋪排誇張得如此妙絕，其內涵之豐富、情景之真實、氣韻之生動，真讓人欲讚無詞。韋小寶固然了不起，金庸更了不起。沒有金庸，又哪來的韋小寶？

金庸小說中的精彩細節成千上萬，當然遠不止我們上述列舉的這些。我們列舉的，只不過是在金庸小說中信手拈來的一些普通的細節，約略表示些大致的意思罷了。

金庸的小說敘事，不僅整體上波瀾壯闊而又嚴謹周密，而且在細節上也豐富充實、真實生動。其「大處」之妙與「細處」之妙相得益彰，因而為其他的武俠小說作家所不及。

如果沒有細節，小說就不成其為小說，而還原成故事了；而沒有精彩的細節描寫，金庸小說的藝術魅力和成就便會減少一半以上。我們甚至很難設想金庸小說將這些細節省略刪除之後會是什麼樣子。

關於細節的作用和意義，我們在前面已經說到，故事如骨骼，而細節則如血肉毛髮眉眼，只有好的骨骼與好的膚髮血肉結合起來，才是真正美麗的生命形象，才能使作品充實而生動。

在以後的有關章節中，我們還會涉及小說敘事中的細節描寫的意義和作用。

第八章 語言與敘事

敘事離不開語言。

人們說「文學是語言的藝術」，這話說得好。詩歌、散文、戲劇等固然是語言的藝術，小說敘事同樣也是語言的藝術。同一件事以不同的語言來進行敘述，會有很大的不同。敘事離不開語言，則語言的藝術顯然是敘事藝術的一個極重要的組成部分。

在《金庸小說之謎・言語篇》中，我們對金庸小說的語言特點作了一些概括。

我們當然還可以從其他的角度來看金庸小說的語言特色。比如，從小說的抒情、寫景、敘述幾方面來看；也可以從其準確性、簡潔性、生動性幾方面來看；可以從雅語與俗語幾方面來看，也可以從敘述、描寫、狀物及人物語言等方面來看；還可以專門討論作家作品的語言風格、獨創性等等。

要全面而準確地分析一位作家的語言特色及其敘事語言技巧，只有多方面進行考察和分析。

金庸小說的語言，看起來似乎並不惹人注目（**當然主要原因之一是讀者只注意「故事」，而不注意敘事的語言本身**），似乎沒什麼特點，至少似無古龍、梁羽生的小說語言那麼有特點。只要看到那種幾個字、一句話占一行的簡潔的排列形式，及那種格言警句式的表述，我們立即就會想到這是古龍的語言風格。而那種吟詩填詞，風雅優美的語言美的追求，則是梁羽生的功夫了。

金庸的小說語言有什麼特點呢？它甚至不那麼惹人注意，至多不過是準確而圓滿地完成敘述任務而已。似乎是這樣，然而並不盡然。

金庸小說的語言，之所以看起來沒什麼突出的特殊，那是因為作者並不追求風格的單一性，而是進行不同方式的敘述探索，不斷改進和創造自己的敘述方式及語言風格，同時不斷地拓展語言的疆域，豐富小說的形式美感。

下面我們就來看一看金庸小說的語言究竟有些什麼樣的特點。

一、雅語與俗語

金庸小說語言最重要、最突出的特點之一，是它的「音域」廣闊。就像歌唱家從最低音到最高音之間有著廣闊的音域一樣。金庸小說的語言，在雅語與俗語之間也開闢了異常廣闊的天地。這也是金庸小說能夠雅俗共賞的原因之一。

金庸的小說雅語則極雅，俗語則極俗，二者之間有著廣闊的空域可供作者施展自己的才華和語言天賦，用以表達自己的思想、情感及寫景、敘事、畫人、狀物、言心。而雅語與俗語卻又能完美地統一在小說敘述的過程中，統一在小說的語言形式中。

所謂「雅語」，是指一種優雅的、高級的、凝煉的、藝術的語言，它具有一定的文化積澱，因而呈現某種典範性、書面性（不同於日常口語）等等特點。

所謂「俗語」則是指一種相對於雅語而言較鬆散、寬泛、粗淺、通俗的，帶有某種民族性、地域性（比如方言）、行業特點的非規範化的、口語化的語言形式。

雅語與俗語，當然是相對而言。也只能是相對而言的。

例如詩的語言，尤其是古代格律詩，可以說是雅語的典型形式，一般的曲、尤其是小曲則通常是俗語的結晶，而詞這種形式則處於雅俗之間。進而，詞和曲本身又分化為雅語和俗語兩大類，有雅詞、俗詞，也有雅曲、俗曲。元人馬致遠的名曲《天淨沙》「枯藤老樹昏鴉，小橋流水人家，古道西風瘦馬，夕陽西下，斷腸人在天涯」早已被書面化了、文人化了，被當成了典範，因而它雖是曲，但卻是雅曲，是雅語的一種。而另一些民間傳唱的，「上不得臺面（書面）」的曲子，如《相思五更調》、《十八摸》（這是韋小寶最喜歡的曲子）等等，則是典型的俗曲，是民間俗語。

金庸的小說中常引用前人的詩詞名作，或作為小說的開篇，或讓書中人物吟誦，這多半是雅語一類，以增人物及作品本身的風雅韻致。但也有一些詩、曲是俗語形式的，如《碧血劍》中袁承志、夏青青在南京秦淮河上聽歌妓所唱的曲子，《鹿鼎記》中韋小寶經常哼哼的《十八摸》等等，顯然都是俗得不能再俗的曲子。

再如《書劍恩仇錄》中，香香公主初見陳家洛時以唱代說的那幾句：「過路的大哥你回來，為什麼逃得快？口不開？人家洗澡你來偷看，我問你喲，這樣的大膽該不該？」及「過路的大哥哪裡來？你過了多少沙漠多少山？你是大草原上牧牛羊？還是趕了駝馬做買賣？」……這幾段也都是俗語。回人喜愛唱歌，平時說話對答，常以歌唱代替，出口成韻、風致天然。所以小說寫到這裡，非「唱」出幾句不可。因為這種唱述乃是一個民族的言語特點，或可稱為一項民俗，要想傳神，必須先出其形。

《射鵰英雄傳》的開頭寫從北方逃難來的說話人（說書人）張十五的表演，其中講講唱唱，當然都是典型的俗語。諸如「陰世新添枉死鬼，陽間不見少年人」；「花容月貌無雙女，惆悵芳魂赴九泉」；「為人切莫用欺心，舉頭三尺有神明。若還作惡無報應，天下凶徒人吃人」……等等，雖似聯語詩句，但依然是俗語範疇。

詩、詞、曲的運用，無疑豐富了金庸小說的語言，並且為之增添了許多韻致。其中的雅詩、雅詞、雅曲與俗詩、俗詞、俗曲的恰到好處的分別運用，則進一步開拓了詩詞韻致的表現領域及方法途徑。

不過，詩、詞、曲的運用，無論雅俗，都只是金庸小說的一小部分。甚至是極少的部分。絕大部分當然是散文敘事語言形式。

散文語言（即「說話」語言）也照樣有雅語與俗語之分，例如《書劍恩仇錄》中的一段：

……回族商人從回部到關內做生意，事屬常有，陸菲青也不以為異。突然間眼前一亮，一個黃衫女郎騎了一匹青馬，縱騎小跑，輕馳而過。那女郎秀美中透著一股英氣，光彩照人，當真是麗若春梅綻雪，神如秋黃披霜，兩頰融融，霞映澄塘；雙目晶晶，月射寒江。

陸菲青見那回族少女人才出眾，不過多看了一眼，李沅芷卻瞧得呆了。她自幼生長西北邊塞，一向也沒見幾個頭臉整齊的女子，更別說如此好看的美人了。那少女和她年事相仿，大約也是十八九歲，腰插匕首，長辮垂肩，一身鵝黃衫子，頭戴金絲繡的小帽，帽邊插了一根長長的翠綠羽毛，草履青馬，旖旎如畫。那黃衫女郎縱馬而過，李沅芷情不自禁的催馬跟去，目不轉瞬的盯著她。（第一回）

上述黃衫女郎自然是「翠羽黃衫」霍青桐了。作者寫陸菲青看她與李沅芷看她用了不同的筆墨。陸菲青看她，用的是雅語，而李沅芷看她則用的是通俗口語，所謂「麗若春梅綻雪……」云云，用的是四六駢文形式，是寫美人的雅語，也是一種老套子，而「那少女和她年事相仿……」云云則是實話實說。

之所以如此，那也是有原因的，原因之一是陸菲青文武全才，雅量高致，而李沅芷則出身武官之家，且本人又驕憨喜武，所以就有了雅俗之分；原因之二，則是陸菲青是男人又是老輩男人，看姑娘只是一瞥而過，當然不好意思多看，因而只看出了一個大致印象，朦朧之美或氣度之美，所以就「麗若春梅綻雪……」云云，其實是虛的；而李沅芷雖女扮男裝，但依然是女的，女人看美女，當然非看得清清楚楚，包括她的穿戴打扮在內都一一看到，如此清楚，便再不能「四六」了。

再如《射鵰英雄傳》中的一段對話：

……黃藥師道：「小女蒲柳弱質，性又頑劣，原難侍奉君子，不意七兄與鋒兄瞧得起兄弟，各來求親，兄弟至感榮寵。小女原已先許配了歐陽氏，但七兄之命，實也難卻。兄弟有個計較在此，請兩兄瞧著是否可行？」

洪七公道：「快說快說。老叫花不愛聽你文縐縐的鬧虛文。」

黃藥師微微一笑，說道：「兄弟這個女兒，什麼德言容工，那是一點兒也說不上的，但兄弟總是盼她嫁個好郎君。歐陽世兄是鋒兄的賢阮，郭世兄是七兄的高徒，身世人品都是沒得說的。取捨之間，倒教兄弟好生為難，只得出三個題目，考兩位世兄一考。哪一位高才博學，小女就許配於他，兄弟決不偏袒。兩位老友瞧著可好？」

……洪七公想：「你這黃老邪好壞，大夥兒都是武林中人，要考試居然考文不考武，你幹麼又不去招個狀元郎做女婿？你出些詩詞歌賦的題目，我這傻徒弟就再投胎轉世，也比他不過。嘴裡說不偏袒，明明是偏袒了個十足十。如此考較，我的傻徒兒必輸。直娘賊，先跟老毒物打一架再說。」

當下仰天一笑，瞪眼直視歐陽鋒，說道：「咱們都是學武之人，不比武難道還比吃飯拉屎？你侄兒受了傷，你可沒傷，來來來，咱們代他們上考場罷。」也不等歐陽鋒回答，揮掌便向他肩頭拍去。(第十八回)

上面這一段孰雅孰俗，一目了然，一邊是「賢阮高徒」的雅調，一邊是「吃飯拉屎」的俗詞。之所以要如此，是因為兩人的身分、教養、性格、氣質各不相同，黃藥師風雅自命，洪七公則不避俗。

再進一層，我們又可看到，黃藥師的話並沒有將雅調推向極至，而洪七公的俗詞之中也夾雜著幾許通行的官話。這當然是黃藥師、洪七公面對對方說話，要相互做些遷就。否則黃藥師的話洪七公不懂，而洪七公的話則又會讓黃藥師聽不入耳。

其實，雅話俗說，俗話雅說，雅俗交融互通，自由生動活潑，才是金庸小說語言的特點，和他敘事言語的秘訣。

也就是說，我們不能將上述的例子中的雅語與俗語分開來，而恰恰是要看它們是如何結合交融成為一種新的、特殊的語言形式的。

二、景語與情語

先賢王國維先生說詞、曲語言的意境，是「寫情則沁人心脾，景則在人耳目，述事則如出其口。」

武俠小說自然是以述事為主，但敘事過程中，免不了要寫景、抒情。從寫景、抒情之中，我們自可以看出作者的藝術修養和功力，從其「情語」與「景語」之中，可以看出小說語言的表現力及其美感特徵。

金庸小說的景語令人稱絕，絕對是在人耳目，使人有身臨其境之感。讓我們隨意看一兩段。

……一路曉行夜宿，過玉門、安西後，沙漠由淺黃變為深黃，再由深黃漸轉灰黑，便近戈壁邊緣了。這一帶更無人煙，一望無垠，廣漠無際，那白馬到了用武之地，精神振奮，發力奮跑，不遠處出現了一抹崗巒。轉眼之間，石壁越來越近，一字排開，直伸出去，山石間雲霧瀰漫，似乎其中別有天地，再奔近時，忽覺峭壁中間露出一條縫來，白馬沿山道直奔了進去，那便是甘肅和回疆之間的交通孔道星星峽。

峽內兩旁石壁峨然筆立，有如用刀削成，抬頭望天，只覺天色又藍又亮，宛如潛在海底仰望一般。峽內岩石全係深黑，烏光發亮。道路彎來彎去，曲折異常，這時已入冬季，峽內初有積雪，黑白相映，蔚為奇觀，心想：「這峽內形勢如此險峻，真是用兵佳地。」（第十三回）

以上是寫陳家洛路過星星峽的情景。作者的筆下景色，像是電影——而且是彩色電影——一樣逐漸展露在我們面前。先是遠景，而後中景，再後是近景，歷歷分明。而景中的色彩也隨之變化，準確細緻，層次清楚。淺黃、深黃、灰黑、烏黑、藍天、白雪，交相輝映。而沙漠、戈壁、岩石、一線天種種狀貌如在目前。

再接著看一段：

> ……眼前一片大湖，湖的南端又是一條大瀑布，水花四濺，日光映照，現出一條彩虹，湖周花樹參差，雜花紅白相間，倒映在碧綠湖水之中，奇麗莫名。
>
> 遠處是大片清草平原，無邊無際的延伸出去，與天相接，草地上幾百隻白羊在奔跑吃草。草原西端一座高山參天而起，聳入雲霄，從山腰起全是皚皚白雪，山腰以下卻生滿蒼翠樹木。
>
> 他一時口呆目瞪，心搖神馳。只聽樹上小鳥鳴啾，湖中冰塊撞擊，與瀑布聲交織成一片樂音。（第十三回）

這還是陳家洛眼中的景色。不過有了以下的變化。一、從壯美之景變成了幽美之景；二、從動景變成了靜景；三、前者是由遠及近，此處則是由近觀而遠眺，由局部而整體；四、前者萬籟俱寂，是孤獨之景，而此處則有白羊跑動，小鳥鳴啾與湖中冰塊、瀑布織成樂音。可以說這是配樂之景色。

由以上兩例，我們足可看出作者寫景的才能，以及其景語的多樣、豐富的表現力和感染性。繪其形如在耳目，寫其神則激動心脾。

再看金庸的情語。

從整體上看，中國文學的抒情形式多於敘事形式，詩、詞、曲等文學形式都是長於抒情的。奇怪的是，中國敘事文學中卻很少擅長抒情，小說的敘事中很難得有純粹的情語。這大約是中國人的情感比較含蓄、內向，而不善於在敘事中直接的表達；另一原因可能是中國敘事文學長於白描，而短於抒情的傳統的影響。

在這一層次上，我們不難發現，金庸小說中也少有純粹的抒情段落。至少比景物描寫要少得多。即便有，那也不外乎採取兩種形式，一種是「借古」形式，一種是「借新」形式。

所謂「借古」，即借古典文學的抒情名作來表達小說中人物的感情，借詩、詞、歌、賦來表達小說形式難以表達的情感內容。例如《射鵰英雄傳》中東邪黃藥師誤信人言，以為女兒黃蓉淹死在海中，書中寫黃藥師笑了一陣，舉起五簫擊打船舷，唱了起來，聽聽他唱道：

「伊上帝之降命，何修短之難哉？或華髮以終年，或懷妊而逢災。感前哀之未闋，復新殃之重來。方朝華而晚敷，比晨露而先晞。感逝者之不追，情忽忽而失度，天蓋高而無階，懷此恨其誰訴？」……「天長地久，人生幾何？先後無覺，從爾有期。」……（第廿二回）

上述黃藥師的情感表達，就是借前人曹植的詩來完成的。恰好曹植死了女兒，做了兩首哀辭，其情感之悲哀濃烈，倒也正合黃藥師之用。黃藥師學究天人，曹植之詩自然是熟悉的，乍聞噩耗，唱將出來以洩悲痛，那也是完全可能的。

再如小說中，黃藥師知道郭靖要娶華箏，而黃蓉卻又對郭靖纏綿萬狀，任黃藥師聰明至極、武功高強，這等人間情愛的糾葛與悲傷也無可化解，所以他只能長嘆一口氣，吟道：「且夫天地為爐兮，造化為工！陰陽為炭兮，萬物為銅！」這又是借前人賈誼的文章來抒發自己的感慨。

然而，此法實在不可多用，因為黃藥師學究天人，而其他的人則未必是這樣，用得多了就失效了，所以，作者又只好借新文藝小說語言形式來抒發人物內心的情感。最典型的例子是《飛狐外傳》中胡斐在程靈素死後的那一段「內心獨白」。書中是這樣結尾的：

……在那無邊無際的黑暗之中，心中思潮起伏，想起了許許多多事情。程靈素的一言一語，一顰一笑，當時漫不在意，此刻追憶起來，其中所含的柔情蜜意，才清清楚楚的顯現出來。

「小妹子對情郎——恩情深，

你莫負了妹子——一段情，

你見了她面時——要待她好，

你不見她面時——天天要十七八遍掛在心！」

王鐵匠那首情歌，似乎又在耳邊纏繞，「我要待她好，可是……可是……她已經死了。她活著的時候，我沒待她好，我天天十七八遍掛在心上的，是另一個姑娘。」

天漸漸亮了，陽光從窗中射進來照在身上，胡斐卻只感到寒冷，寒冷……（第二十章）

上面這一段抒情也很動人，黃藥師心傷愛女之死，借古人詩賦來表達；而胡斐心傷義妹之死，則借王鐵匠的情歌來襯托。如果說黃藥師之唱大有古雅之意，則胡斐的心思卻多少有些「新文藝腔」，用那麼一次兩次固無不可，但用得多了，就不大好了，因為這種「新文藝腔」的語言形式與小說敘事的語言風格並不統一和諧。小說《白馬嘯西風》中馬家駿死後，李文秀也有一段類似的「新文藝腔」的抒懷文字，那篇小說整體上的風格是抒情的而非敘事的，整體上都有一股「新文藝腔」，那又當別論。

關於「新文藝腔」的問題，我們在後文中還要論及。

除以上或借古調、或借新腔兩種語言形式來抒情外，在金庸的小說中，用得最多的，還是與小說整體語言風格統一並符合人物身分的個性化的抒情語言形式。

例如《碧血劍》中何紅藥探訪夏雪宜的葬身之處時，書中有一段細膩的情感描繪：

……何紅藥心中突突亂跳，數十年來，長日凝思，深宵夢迴，無一刻不是想到與這負心人重行會面的情景，或許，要狠狠折磨他一番，再將他打死，又或許，竟會硬不起心腸而饒了他，內心深處，實盼他能回心轉意，又和自己重圓舊夢，即便他要打自己一頓出氣，那也由得他，這時相見在即，只覺身子發顫，手心裡都是冷汗。

……她回頭厲聲問青青道：「他哪裡去了？」

青青哭著望地下一指，道：「他在這裡！」

何紅藥眼前一黑，伸手抓住青青手腕，險些兒暈倒，嘶啞了嗓子問道：「什麼？」

青青道：「爹爹葬在這裡。」

何紅藥道：「哦……原來……他……他已經死了。」這時再也支持不住，騰的一聲，跌坐在金蛇郎君平日打坐的那塊岩石上，右手撫住了頭，心中悲苦之極，數十年蘊積的怨毒一時盡解，舊時的柔情蜜意陡然間又回到了心頭，低聲道：「你出去吧，我饒了你啦……」（第十九回）

這樣一段曲折而又生動的情感變化，無論是用古詩賦或新文藝腔來表現，都不可能有真正的效果。因為何紅藥的情感是複雜的而不是單純的。是變化的而不是靜態的，是微妙的而不是直露的。所以這樣的情是「抒」不出來的，而只能「敘」出來，只能通過小說家在人物的行為、表情、心理的細微變化的描寫中表現出來，這樣的例子在金庸的小說中倒有不少。可以說是金庸小說「情語」的第二種形式，也是用得較多的形式。

更多的是景語與情語的結合。

正如古人所云：「登山則情滿於山，觀海則意溢於海」，真正的景語是離不開情的，而好的情語亦常常投射在景色之中。金庸小說的情語與景語，常常是相互交融的。

先看一個景中見情的例子。

《神鵰俠侶》的開頭就是：

……時當南宋理宗年間，地處嘉興南湖。節近中秋，荷葉漸殘，蓮肉飽實。

這一陣歌聲傳入湖邊的一個道姑耳中。她在一排柳樹下悄立已久，晚風拂動她杏黃色道袍的下擺，拂動她頸中所插拂塵的萬縷柔絲，心頭思潮起伏，當真亦是「芳心只共絲爭亂」。只聽得歌聲漸漸遠去，唱的是歐陽修另一首「蝶戀花」詞，一陣風吹來，隱隱送來兩句：「風月無情人暗換，舊遊如夢空腸斷……」歌聲甫歇，便是一陣格格嬌笑。

那道姑一聲長嘆，提起左手，瞧著染滿了鮮血的手掌，喃喃自語：「那又有什麼好笑？小妮子只是瞎唱，渾不解詞中相思之苦、惆悵之意。」

在那道姑身後十餘丈處，一個青袍長鬚的老者也是一直悄立不動，只有當「風月無情人暗換，舊遊如夢空腸斷」那兩句傳到之時，發出一聲極輕極輕的嘆息。（第一回）

以上是小說開頭的一段風景描寫，江南八月，少女採蓮，輕舟蕩漾，歌聲甜美飛揚，這是江南特有的美景。然而在小說中，這一風景只是另一層次的風景的襯托。穿杏黃道袍的道姑（李莫愁）和穿青袍的老者（武三通）本是觀景之人，但同時又正是風景中人，而且他們倆的微妙的表情和歎息，正是這一風景的主要畫面。少女的歌聲及採蓮的情形，那只是一種強烈的對比和襯托。那是「自然風景」，而道姑與老人的歎息則是「人文風景」了。這種雙重風景的對比與反差，正是由人物的情感滲入所造成的。這是景語之中包含了情語。

另有一種相反的情況，是情語之中包含了景語，或情語借景語來表現。如《飛狐外傳》中袁紫衣道出她身世真相，原來她是一個緇衣芒鞋的尼姑，且發過大誓不再還俗，因而雖與胡斐兩情相悅，卻又不得不斷然分手。小說的最後，袁紫衣走了，書中寫道：

……胡斐望著她的背影，那八句佛偈，在耳際心頭不住盤旋。他身旁那匹白馬望著圓性漸行漸遠，不由得縱聲悲嘶，不明白這位舊主人為什麼竟不轉過頭來。（第二十章）

這一段應是描寫胡斐的傷痛和悲哀的情話，卻被作者寫成了一段景語。乍看起來似是離題，細品之後才覺真味。胡斐遭受義妹程靈素的新喪，又碰上了情侶的絕情遠別，這一切都超過他所能理解和接受的範圍。因而圓性（即袁紫衣）遠別之際，雖有千愁萬恨、千頭萬緒、千言萬語，又如何能說得出來？如何能寫得出來？

當此生離甚於死別之際，作者抓住了他的情感的最突出的表現方式，那就是茫然、發呆、犯愣、弄不清楚怎麼回事，啞口無言、措手不及，一切都不知從何說起……這一切凝成了一個「風景」，即「望著她的背影，那八句偈語，在心頭不住盤旋。」

可是，這樣收束，似又嫌分量不夠，於是作者又在這一風景上加了一筆，寫那匹由袁紫衣騎來交給胡斐的白馬「望著圓性漸行漸遠，不由得縱聲悲嘶，不明白這位舊主人為什麼竟不轉過頭來」。這一鏡頭，真正催人淚下。馬猶如此，人何以堪！書中只寫了馬的「情懷」和風景，比寫胡斐一千句還要打動人、感染人。

像這樣的例子不難找到。《雪山飛狐》的結尾處，苗人鳳逼著胡斐以性命相搏，苗人鳳並不知道胡斐是胡一刀、胡大哥的兒子，而胡斐也不能確定苗人鳳是否他的殺父仇人。這兩個人的比武拼命，無論誰勝誰敗、誰死誰傷，都會給苗若蘭帶來不可挽救、也不可彌補的悲痛和遺憾。因為她瞭解真相，而又愛著這兩個正在拼命的男人。作者如何描繪她的情懷呢？

苗若蘭站在雪地之中，良久良久，不見二人歸來，當下緩緩打開胡斐交給她的包裹。只見包裹裡幾件嬰兒衣衫，一雙嬰兒鞋子，還有一塊黃布包袱，月光下看得明白，包上繡著「打遍天下無敵手」七個黑字，正是她父親當年給胡斐裹在身上的。

她站在雪地之中，月光之下，望著那雙嬰兒的小衣小鞋，心中柔情萬種，不禁癡了。

這一段有些出人意料，本應是人物情語情懷的描述，卻寫成了一種溫柔的風景；胡、苗二人正在拚命相搏，而苗若蘭卻在那兒擺弄什麼小衣小鞋。然而，這樣寫比別樣的寫法更加真實、生動，也更加感人。

一是苗若蘭並不瞭解苗人鳳、胡斐為何要以死相拚，她不瞭解男人，也沒有看見他們相拼的現實場景，所以她只能做自己的事；二是苗若蘭是一個天真無邪的姑娘，她以為、更希望這兩個男人只是比武較量，凡事胡斐讓她父親一步也就罷了；三是苗若蘭當此情景，除了將胡斐的包袱打開，還能做什麼呢？那包袱中其實包含了兩種秘密。一是她父親的「打遍天下無敵手」的包袱皮裹著嬰兒的衣、嬰兒的鞋，這表明苗人鳳與胡斐的關係曾非同一般的親密。另一個秘密則是苗若蘭心中的秘密，如此良夜、月色之中，看到心上人兒時的衣物，自然柔情萬種，進入一種陶醉的情境，不禁癡了。

上面的那一段描寫，故意在苗人鳳與胡斐生死相搏的緊張關頭忽然一鬆，描寫出這樣一段風花雪月般的風景，張後之弛，兩相映襯，使緊張的更加緊張，柔和的更加柔和，而柔和映襯著緊張，使苗、胡二人拼鬥的悲劇意義更加強烈；緊張中的柔和則又使苗若蘭的情懷更加感人，她的命運更加讓人揪心懸念。小說中將深深的關注和情語都藏蘊於淡淡的風景描寫之中，其作用和感染力只有比純粹的情語更加強烈，功能更加豐富。也更加出境界。

如是，我們可以看到，在金庸成熟的敘事語言中，景語與情語往往是合二而一的。情語即是景語，景語亦是情語。上面的幾段景中情、情中景的例子就是最好的說明。這就比單獨的寫景或單獨的抒情更上一層樓，高了一個層次。實際上，金庸小說中純粹寫景或純粹抒情的段落並不多見，多的正是景中藏情、情溢於景的二合一的描寫敘述。

我們可將景與情的範圍擴大，小說中的景，不僅只是自然風光、人文景觀，而且還包括人與事的敘述。人物的行為、表情、動作的種種細節，事件的發生、發展、衝突和結局，都可以看成是一些場景、一種風景。而人物的情感、人物之間的情感關係、作者的情感以及對生活、世界、人生的種種感受亦皆成情境，皆化為情語。

在擴大了的景和景語、情和情語之中，我們發現，這二者其實密不可分。固可在理論上一分為二，而在作者的筆下則往往合二而一，是一種東西。金庸善於造景，也善於寫情，更善於寫景中情、情中景，他的語言的表現功能和再現功能得到了空前的統一，描寫與敘事成了一回事，這就構成了語言的藝術。

三、官話與方言

寫小說要用官話來寫，這沒啥稀奇。作者的敘事語言以及人物的說話，都按大家聽得懂，看得明白的普通話規範來寫。官話或普通話是相對於方言土語而言的。

武俠小說幾乎無一例外是用官話寫成的。不少作家作品所用的語言甚至是現代的普通話。好在看小說的人並不在意這個。只要故事精彩，人物出個性就行。

金庸小說也大多如此。只不過，偶爾又犯犯規、破破戒，讓其人物來上一句兩句、一段兩段方言。這本是遊戲筆墨，調節一下氛圍、活躍一下語言，但這樣一來，卻使金庸小說的語言，增添了一種真實性，而且更加豐富生動、別有情趣。

武俠小說的人物來自天南地北、五湖四海。這給人物語言的選擇和運用提供了機會和餘地，一方面，這些人物雖來自不同的地域，但因為他們都在外面跑，所以大都會世上流通的官話，這沒啥稀奇。這給作者敘事和描寫的官話選擇提供了基礎，也使讀者很容易就能讀懂。另一方面，這些人物來自不同的地方，平時與人交流，不免總帶些方言土語的習慣和尾巴，這也沒啥稀奇。只是一般的作者沒想到這一點，或即便想到了也不去管它，或想去管它又沒那種語言基礎去寫好它。

金庸的小說語言的與眾不同的特點之一，就是注意到了人物方言習慣和土語特點，並在恰當的地方、可能的（力所能及的）範圍內加以適當描述，從而大大增強了人物語言的真實感，同時也使小說語言情趣盎然。這在他的《書劍恩仇錄》中就已露痕跡。如紅花會中的蔣四根是一位廣東人，在小說中說話不多，平時說話還不怎麼，一旦急了起來，廣東話便一串一串的往外冒。這想必使廣東讀者讀來感到親切，而聽不懂廣東話的讀者則同樣大感有趣。

作者從廣東人的方言寫起，或許是信手而為的。不過這一偶然的興會，卻也有其獨特的依據，即廣東人總是說不好官話（時至今日，廣東人中說普通話說得好的也還是少見）。再則作者地處香港，不少讀者都是說廣東話的，若不來一兩段廣東話，作者似乎沒盡到責任。因而讓蔣四根先生來上一兩句，聊盡娛樂之責。

《笑傲江湖》中的開頭，四川青城派的人來到福建，要找福州城福威鏢局的麻煩，只一開口，便「龜兒子」與「先人板板」，這大約是四川人的一種語言標誌，作者信手寫來，使小說的氛圍更加真實也更加熱鬧。而小說的主人公林平之來到湖南衡山城，則滿耳都是「哈聲哈氣」，該地人說話總是「哈你家」起頭，如此一筆，則又於風趣之中見了地域色彩。雖一兩句方言，一點土語習慣，只是些表層的東西，但有此無此，其藝術效果卻大不相同。

《飛狐外傳》中的方言運用，就又進了一個層次。這一回不完全是純屬興會、娛樂，而是作者刻意的安排和運用，具有不可缺少的敘事功能。那就是小說中的「血印石」的故事，利用了廣東方言中的「吃鵝」與「吃螺」的誤會，引出一樁血案，進而引出小說的一條主線。在這裡，「鵝」與「螺」之誤，就不僅是一種調侃，而是一個關係重大的情節依據了。

小說《天龍八部》中的第十一回，寫阿碧的一口吳儂軟語，蘇州土白，如「介末真正弗巧哉！慕容公子剛剛前日出仔門，大師父早來三日末，介就碰著公子哉」；「兩位大爺啊來到蘇州哉，倘若無啥要緊事體，介末請到敝處喝杯清茶，吃點點心。勿要看這只船小，再坐幾個人也勿會沉格」……

最有趣的還是作者的那段夾在文中的按語：

（按：阿碧的吳語，書中只能略具韻味而已，倘若全部寫成蘇白，讀者固然不懂，鳩摩智和段譽加二要弄勿清爽哉。）

這幾句按語也是用略具韻味的蘇白寫成，與小說敘事敘語言完全一致。更重要的當然還是這段按語表明了作者對方言的運用是極注意分寸的把握的。上面之所以要寫一通阿碧的吳語，正是具有多種表現功能的。

一、阿碧不同於常走江湖的武林人物，而是土生土長的蘇州女孩，所以她的官話水準當然比武林人物要差。再說蘇州人的官話水準又比其他地方（**尤其是北方**）來普遍差些，方言習慣特點更突出些。

二、阿碧的語言的另一種功能，是要讓主人公段譽進行藝術欣賞，段譽久居雲南大理，初入江南之境，勢必大感新奇。人物的語言習慣當然也是他感到新奇的一個方面。「江南女子，一美至斯」，其實是「八分容貌，加上十二分的溫柔，便不遜於十分人才的美女」。而十二分溫柔中，語言的溫柔又占了一大半。所以非如此寫阿碧語言不可。

三、寫阿碧的「江南女子，一美至斯」，其實是為寫女主角王語嫣鋪墊。一個阿碧已然使「向來癡」的段譽大加讚賞，而比阿碧更勝十分的王語嫣就不可能不使段譽「從此醉」啦。其方言之語氣溫柔，在其中有很大的作用。

四、儘管如此，書中還是注意了分寸，讓書中人聽得懂，讓讀者看得明白。這又是有理由的，因為阿碧雖是土生土長的蘇州姑娘，卻又是武林世家的侍婢，平素見的人多，官話聽得多，所以說話雖不免仍帶方言土語，但也帶上了官話，從而不僅讓人聽得懂，且倒成了一種個性化的語言，書中的阿碧，是十二分溫柔到底的。

說到方言的重要性，無過於《鹿鼎記》一書了。

相對於作者以前的作品而言，這部小說更像是歷史小說，因而寫實的要求更加明確。小說的主人公韋小寶一生際遇傳奇，起於茅十八帶他到北京，被皇宮太監海大富抓住，他又殺了小太監小桂子並取而代之。韋小寶扮演小桂子的唯一的難點，就是語言。因為韋小寶在殺了小桂子的同時害得海大富雙目失明，無法看出小桂子與韋小寶是否一個人，但他的耳朵並未失聰，韋小寶的那一口「辣塊媽媽王八蛋」、「乖乖龍的冬，豬油炒大蔥」的揚州方言，如何瞞得過人？他不僅要改妓院中話為皇宮中話，更要改揚州話為北京話。

小說中對韋小寶的揚州話，尤其是揚州市井間的罵人話寫得活靈活現、痛快淋漓，煞是好看，但也正因如此，便是自己給自己出了難題，自己向自己挑戰。韋小寶如何學會北京話的？這在一般的武俠小說中根本不成為問題，然而在金庸的這一部書中卻是相當重要。

但小說畢竟是要以傳奇為本，總不能細寫韋小寶學語言的過程。作者的應付之法，是在不動聲色之間完成這一轉變過程，從而克服韋小寶的方言危機的。先是讓他少說話，不說話（**聰明的韋小寶自己意識到了開口就露餡**），然後是細心地模仿別人的說話，如小說中有這樣的敘述：

……韋小寶大喜，道：「成了，明兒我準能贏他。」這個「準」字，是日間賭錢時學的。（**第四回**）

這幾乎是漫不經心的一筆，便解決了韋小寶如何說話的危機。上面那一句話中，又何止是一個「準」字是北京話？其中「成了」以及「明兒」也都是北京話，其表述方式也是符合北京話的特點的。與「辣塊媽媽」式的揚州話頗不相同。只這一個細節，我們便能舉一反三，幾個月一過，韋小寶的「京片子」必能學成。

金庸在這部小說中使用方言，並不是純粹鬧著玩兒的，因為這是敘事需要，所以作者也就迎難而上，自己給自己出難題。製造危機而後克服危機，原是金庸先生的拿手好戲，在語言方面，他也有與眾不同的表現。設若這部小說中的韋小寶沒那口揚州罵人話，又沒那口學來裝腔做勢的京片子，則作品的魅力恐怕要減色不少。有了方言土語及其轉變過程，情形自是大不相同。

當然，所有的方言、土語都只是點到為止。正如作者在《天龍八部》中所解釋的，若是全部改用蘇白或其他的方言土語，則讀者就「弄勿清爽哉。」再說，作者也不可能學盡天下方言，說遍世間土語，他沒這個能力，也只有略具韻味，便見好就收，小說中的絕大部分人說的，都是不必作者操心，也不必讀者費心的官話。

我們要指出的是金庸能點到，便已大為不凡，而見好就收，又恰合藝術分寸，既能藏拙而又能揚長，使小說人物的語言增添了許多意想不到的趣味。這雖是作者的雕蟲小技，但能於不意之間見於細微末節，那正是大師的風範與手法了。其意義不可不知。

四、古典白話與現代文言

王國維先生給文學的藝術境界定了三項指標，一是寫情則沁人心脾；二是寫景則在人耳目，三是述事則如出其口。在這三項指標中，第三項看起來太過容易，簡直與頭二項不大相配。述事則如出其口，這又有什麼高明了？

然而，這一簡易——看似簡易——的指標的重要性，對敘事文學（如小說）而言，遠遠超過了前二項。而它的難度也同樣比前二項更甚。

「述事則如出其口」這一藝術法則的重要性及其意義，甚至可以動搖我們對五四以來的新文藝創作的評價基礎。每一個現代中國人對於五四新文化運動及其白話文運動的意義都是深信不疑的。對新文學成就的估價也毫不猶豫地大投贊成票。這固然沒什麼不對，但其中卻忽視了一個極為重要的問題，即「歐化文風」問題，當然這決不僅僅是歐化的問題，也不僅僅是文風的問題。

五四新文化運動提倡白話文，正是要實現「敘事如出其口」這一重要文學語言法則，將文人書生及其藝術從言、文分離的古典文言中解放出來。這一解放與革命的意義是巨大的、而且是空前的。可是，人們沒有注意到，中國人，尤其是近代以來的中國人愛走極端的老毛病在這裡又發作了。不少五四新文化運動的先驅們衝擊了古典文言的規範，卻又選擇了歐化文言的新的參照系，甚至以此為基礎形成了一種新的規範。

這看起來沒什麼不對，比如將歐洲世界的先進的標點符號系統、語法觀念、修辭技法引入中國的語文革新之中，就起了巨大的積極作用，它推動了中國語文革新運動的迅猛發展，並使打倒文言的目標得以實現。

可是，實際上，我們的五四新文化運動的語文革新的目標並未真正的實現。實現的只是一種假目標，而中國的新文學在某種意義上可以說是才出虎穴，又入狼窩。我們的語文規範從一種言文分離的古典桎梏中解放了出來，卻又不知不覺或心甘情願地投入了歐化的懷抱，從而形成了一種新的言文分離，即中國語言與外國文法及規範之間的分離。

我們的文章以及敘事文學看起來是現代化了，卻是歐化的現代化，實質上變成了一種十足的「現代文言」，它與中國人的口語之間的距離，不亞於古典文言與口語的距離，甚至更遠。以至於林語堂等人要大罵當時的許多新潮作家筆下的「中文」是「鳥語」與「屁話」。

除了魯迅、林語堂等語言藝術大師們之外，包括郭沫若、茅盾、巴金等一大批名震一時的文學巨匠，都或多或少地陷入了「新文言」之中，並且遺害幾代人。因為後代的作家將這些文學巨匠的作品當成經典，自然也就將他們的新文言的規範奉為法旨圭臬了。

再後一代的讀者、學生們，對此新文言則更是習以為常，正如古代的書生對文言文習以為常一樣，我們以為這種現代的、歐化的「文言」就是「中國人的語文規範」，甚至壓根兒就不去想一想，這些新文言與我們的口語之間存在多大的差距。進而，即使我們意識到了這種差距的存在，也以為口語是口語，文學語言是文學語言，「藝術」的神秘將我們嚇得啞口無言。要學就學那種「藝術語言」，那種「述事如出其口」的規範，怕早已過時了。

時至今日，我們仍可以從當代作家的敘事文學作品中，看到這種新文言的存在和發展，甚至到了一種惡性膨脹的程度。言與文的分離彷彿司空見慣、自古皆然。以至於我們在小說中、電影中、戲劇中、電視劇中，聽那些人物說話若不像做報告，就像抒情詩，要麼也是大講格言之類的深刻話，總之是人物說話也「書面化」、「藝術化」及「文言化」了。而小說家的敘事語言的規範，亦是越來越「藝術」，也越來越像「文言」了。林語堂所說的「是何鳥語、是何屁話」的新式歐化文言的變體，非但沒有絕跡，相反更加繁榮，成為一時的時尚。小說家、電影家不自覺地認為讓人看不懂，聽不懂就是藝術，才像藝術。

老作家汪曾祺的復出和年輕作家阿誠的出現，曾使中國文壇出現過很大的驚訝。大家分明感到了他們的巨大的魅力和特殊的風格，卻又知其然而不知其所以然，以為汪曾祺和阿誠之美，僅僅是「道家風骨」，很少有人注意到這兩位作家的「述事如出其口」的語文規範及其藝術境界。

不少的作家已經意識到了語文規範問題，也有一些作家從汪曾祺、阿誠等作家的敘事語文中學到了許多東西。遺憾的是，文學評論界以及語文研究界卻至今很少有人真正地意識到這一問題，關注這一問題和研究這一問題。

倒是傳統的通俗文學保持了一種口語與文章統一的傳統，並且在不斷地豐富和發展著言文統一的規範。唐傳奇、宋元話本、明清小說以及近、現代通俗文學一脈相承，正因為它們並不追求「高雅」與「藝術」，才得以在形式上始終面對聽眾和看官，保持著言文統一的風範。五四新文化運動一股勁地反對古典文言文，卻或多或少地以為「文言文」是中國語文的唯一的規範，而忽視了中國文學史中的通俗文學及其白話文的傳統由來已久。

後代的學生，甚至以為「白話文」是從五四以後才開始流行的，是一種新文化的產物，以為古人說話都是「之乎者也哉」，卻不知白話相對於官話與文言，早已存在，並且自成體系地發展著。至少有千年以上的歷史了。古代的說話藝人（後來叫說書藝人）都是直接面對讀者（觀眾、聽眾）的，所以述事非如出其口不可，非通俗易懂不可。

這絲毫也不奇怪。這正是中國漢語文的生命之源，是漢語文發展變革的肥沃土壤及其根據地。奇怪的倒是，我們忘記了這一點，忽視了這一點。西化之風使我們對「傳統文化」全然失去了自信，甚至失去了自知。

與三、四十年代的「純文學」及其某些林語堂先生所謂「鳥語」和「屁話」的文體文風相對的，是通俗文學如武俠小說的白話文的民族風格的形成。胡適、劉半農等白話文運動的先驅正是從古典白話文中汲取了營養和經驗、自信和勇氣，他們對通俗文學的成就給予了前所未有的好評及肯定，只可惜對他們眼皮下的新的通俗文學如武俠小說卻缺乏瞭解，甚至保持了一種中國文人傳統的輕視。實際上，無論是平江不肖生的武俠小說、張恨水的言情小說還是其他人的通俗文學作品，在語文規範上都是白話文的佳品。是言文統一及其民族語文的某種曲範。

梁羽生、金庸等人繼承了這一傳統典範。他們寧取中國傳統的民族風格的古典白話，也不取多少與口語分離的現代文言。這種選擇正是他們敘事獲得成功的基礎。然而它的重要意義卻很少被論及。

需要說明的是，梁羽生、金庸的敘事語言規範的建立，並不是簡單的復古，其實他們也借鑒了許多新文藝的技法和形式，甚至也熟悉和借鑒了西方文學的觀念與方法。只不過，他們的敘事語言的基礎卻是堅持繼承民族語文的——古典白話文的——傳統，在這一基礎上加以革新和發展，他們的革新和發展是相對於堅持古典白話及其民族語文傳統這一基礎而言的，決非憑空的重建，更非對歐化文言的簡單模仿。這與現當代純文學作家截然不同。

金庸在選擇自己的敘事語言規範時，是自覺地以傳統的白話文為基礎和參照系，而盡可能擯棄那種不倫不類的新文言（**新文藝腔**）的。

在《飛狐外傳》一書的「後記」中，作者有這樣一段話：

……這部小說的文字風格，比較遠離高中國舊小說的傳統，現在並沒有改回來，但有兩種情形是改了的；第一，對話中刪除了含有現代氣息的字眼和觀念，人物的內心語言也是如此。第二，改寫了太文藝腔的、類似外國語文法的句子。

上面這段話，我們可以視為金庸敘事語言規範選擇的自我注釋和自覺的宣言。一、自覺地以中國古典小說的傳統為基礎、依據、參照系；二、擯棄新文藝腔及類似外國語文法的句子。即保持言文統一、述事如出其口，保持民族語文的傳統風格及其審美韻味。

或許有人以為，金庸的武俠小說寫古人、古事，當然要同傳統的語言規範和形式，摹仿古典白話小說的敘事，因而刪去書中人物對話及心理語言中的「現代氣息的字眼和觀念」。這樣想當然沒什麼不對的。只是忽視了金庸小說的語文規範的更重要的意義及其更本質的特徵。打個不恰當的比方，不少人寫古代人事也可以用新文藝腔及外國語文法的句式來寫的；而金庸寫現代人生活的文章也照樣會用這種民族傳統的口語化白話文。這才是它的真正價值和意義所在。也是值得我們深思和研究的。

總之，古典白話與現代文言是兩種不同的語言規範。古典白話的規範的重點不是古典，而是白話，它也不僅適合於古人古事，而且也照樣適合於現代人事的敘事。古典白話的特點，有三，一是口語化，二是民族風格，三是藝術韻味。

古典白話是以口語（白話）為基礎的，但並不是所有的口語都可以成文，更不是所有的白話都是自然的文學作品，同樣需要有作家的加工改造和藝術修飾。民族化的特點其實包含在「古典」二字之中，古典白話是一個民族的語言文字經過千百年的積累發展、淘汰、改造之後形成的，並不是一次運動所能創造出來的，更不是一二專家設計出來的一種新式體系。而作家的藝術功力的大小深淺，當然會影響到文學語言韻味的大小深淺。我們說金庸小說語言不僅通俗易懂、如出其口，而且又具有古樸生動、韻味豐富的美學特徵。

說了半天理論，或許還不如看一段金庸小說更能說明問題。讓我們隨便翻出一段來——

……歐陽鋒數日惡鬥，一宵苦思，已是神衰力竭，聽他連叫三聲「歐陽鋒」，突然間迴光反照，心中陡然如一片明鏡，數十年來往事歷歷，盡數如在目前，也是哈哈大笑，叫道：「我是歐陽鋒！我是歐陽鋒！你是老叫花洪七公！」

兩個白髮老頭抱在一起，哈哈大笑。笑了一會，聲音越來越低，突然間笑聲頓歇，兩人一動也不動了。

楊過大驚，連叫：「爸爸，老前輩！」竟無一人答應。他伸手去拉洪七公的手臂，一拉而倒，竟已死去。楊過驚駭不已，俯身看歐陽鋒時，也已沒了氣息，二人笑聲雖歇，臉上卻猶帶笑容，山谷間兀自隱隱傳來二人大笑的回聲。

北丐西毒數十年來反覆惡鬥，互不相讓，豈知竟同時在華山絕頂歸天。兩人畢生怨憤糾結，臨死之際卻相抱大笑，數十年的深仇大恨，一笑而罷！

楊過霎時間又驚又悲，沒了主意，心想洪七公曾假死三日三夜，莫非二老又是假死？但瞧這情形卻實在不像，心想：「或許他們死了一會又會復活。兩位老人家武功這樣高，不會就死的。或許他們又在比賽，瞧誰假死得久些。」

他在兩人屍身旁直守了七日七夜，每過一日，指望便少了一分，但見兩屍臉上變色，才知當真死去，當下大哭一場，在洞側並排挖了兩個坑，將兩位武林奇人葬了。洪七公的酒葫蘆以及兩人用以比武的棍棒也都一起埋入。

只見二老當日惡鬥時在雪中踏出的足印都已結成了堅冰，足印猶在，軀體卻已沒入黃土。楊過踏在足印之中，回思當日情景，不禁又傷心起來。又想如二老這般驚世駭俗的武功，到頭來卻要我這不齒於人的小子掩埋，什麼榮名，什麼威風，也不過是大夢一場罷了。

他在二老墓前恭恭敬敬地磕了八個頭，心想：「義父雖然了得，終究是遜於洪老前輩一籌，那打狗棒法使出之時，義父苦思半晌方能拆解，若是當真對敵，那容他有細細凝思琢磨的餘裕？」歎息了一陣，覓路往山下而去。

這番下山，仍是信步而行，也不辨東西南北，心想大地茫茫，就只我孤身一人，任得我四海飄零，待得壽數盡了，隨處躺下也就死了，在這華山頂上不滿一月，他卻似已度過了好幾年一般。上山時自傷遭人輕賤，滿腔怨憤。下山時卻覺世事只如浮雲，別人看重也好，輕視也好，於我又有什麼干係。小小年紀，竟然憤世嫉俗，玩世不恭起來。（第十一回）

以上一段是我們從金庸小說《神鵰俠侶》中信手摘出的。金庸小說的敘事語言的規範及其特點，我們都可以從這一段中見出。

這一段書有敘事（**北丐、西毒之死**），有描寫（**二老的笑和少年楊過的心情心態心思**），也有議論（**楊過對二老的評價感慨及作者對楊過的議論**）。有景語、也有情語，有人物對話也有人物心理活動的描寫及人物自言自語，當然也有作者的夾敘夾議。一般的讀者，大約不會注意到這段情節的語言，只被北丐西毒兩位當世絕代高手名家的奇異的死法所震驚。

在某種意義上，這也正是作者語言敘事的目的所在，「看不見語言及其技巧」正是作者的高明之處。當然看不見並不等於沒有。從上面的一段書中，我們首先應該瞭解到「述事如出其口」的特點及其成就。不論是描寫、敘事、議論，不論是情語、景語、心語或人物對話，作者都寫成了朗朗上口的文法形式，完全可以讀出來。而且會在朗讀中感受到它的抑揚頓錯的節奏和韻律之美。

其次，是描寫與敘事的統一。描寫在敘事之中，既不脫節，也不跳格，描寫是白描，敘事是簡潔的，組成了一種古樸、幹練而又富有韻味的藝術境界。洪七公與歐陽鋒兩位白髮仇敵，在華山絕頂相抱大笑，一笑而逝，笑聲兀自在空山飄蕩、足跡也凍成了雕塑，如此情境很難說是單純的敘事或描寫，而只能說是二者的有機結合。

再次，是景語與情語的統一。情語在景語之中，這一點我們在前一節中已經專門論及，上面這段書只是再次證明了金庸寫景蘊有深情，寫情則投射於景的語言特點與成就。楊過又驚又悲，沒了主意，先是懷疑北丐西毒為假死、後又睹物思人、浮想聯翩，萬千感慨盡發於一哭一磕頭之中。華山絕頂的寒冷和孤獨正映襯了楊過的心境與情緒。暗示了他的人生觀的一次昇華和轉折。

其四，夾敘夾議的方法和形式，也正是中國古典白話小說敘事語言的特點。比之敘而不議，它顯得更親切、更貼近；比之議而不敘，它又顯得更生動，更有韻味。關鍵是要把握好敘與議之間的分寸。書中的最後一節既是敘又是議，既是交代又是作者及主人公的情感抒發，寫得極為得當。

最後，我們還是要回到「述事如出其口」上來。金庸小說語言敘事的口語化，固非文言，亦非普通的白話，而是對白話口語的提煉和對文言形式的超越，達到了一種返樸歸真的藝術境界。成了一種地道的藝術化了的口語白話，可以說是「發纖濃於簡古，寄至味於淡泊。」只有真正的世事洞明、人情練達而且語言技法圓熟，才有可能達到這種如出其口，而又出口成文，出口成藝術的高境界。

五、規範語言與風格獨創

文學作品的語言規範與作家的獨創性及其風格之間的關係問題，一向是一個看似簡單而實際上令作家、評論家及學者、理論家都感到頭疼的問題。

作家的創作敘事必須遵守某種語言的規範，這是不用多說的。比如用漢語創作，就必須遵守漢語的詞法、句法、文法及其他的規則，要使人能看得明白，看得習慣。進而，在漢語的文法形式中，至少又可以分為三種不同的語文體系，一種是古典文言，一種是現代歐化文言，一種是古典白話（**當然還應該有現代白話的語言體系，而且是最迫切需要建立的一種規範體系，只是目前還不夠成熟，故不提**）。要用文言文形式，就要合乎文言文的規則，「之乎者也」不能用錯，這是起碼的。其他體系也是這樣。不用多說。

既然大家都用同一規範、遵守同一體系的共同原則，那麼何以又有作家的個人風格的存在及作家的語言創造性的可能呢？可是，在具體的作品中，我們又分明感到不同作家的不同語言風格的存在。

梁羽生的小說、金庸的小說和古龍的小說放在一起，明眼的讀者能很準確地將它們區分開來。且不說與金、梁差異較大的「古龍文體」，即便是文風類似的梁羽生與金庸的作品，也有許多明顯的區別。比如：一、梁羽生的小說語言有唯美的追求，而金庸則相對比較樸素平淡；二、梁羽生有抒情風格，而金庸則是敘事中追求韻味；三、梁羽生敘事相當的投入，如臨其境，而金庸的敘事則從容、超脫；四、梁羽生的語言優美如詩，而金庸的語言則幽默生動；五、梁羽生的語言風格比較單一，而金庸的語言風格及其個性特點卻難以一言而蔽之，變化較大，因文而異。……以上只是我們信手舉出的一些差異，梁文與金文的差異顯然不止上述幾點。

如何評價和總結金庸小說的語言的風格特點及其創造性成就，是一個十分值得研究的重大課題。不僅對金庸小說的藝術成就的研究和評價有重大意義，而且對當代漢語言文學的創作與研究都有普通的意義。

這是一個值得寫成專著的研究課題。在這裡，我們只能粗略地作些概括，而不能詳盡地進行分析。篇幅所限，能力更有限，那也只得如此了。

第九章 武打的敘事

武俠小說的真正與眾不同之處在於它的武打描寫。俠義、情愛、傳奇故事，我們在其他類型的小說中也可以看到，唯有武功和打鬥才是武俠小說獨一無二的因素。

武打的敘述和描寫是武俠小說的重要支柱，也是讀者關注的熱點。近代以前，人們稱這類小說為「俠義小說」，那時人們對武打的興趣還沒有後來那麼明顯。到了現代，人們稱這類小說為「武俠小說」，不僅有了「武」字招牌，而且將它放到了俠字之前。

進而，在一般的讀者群中，人們乾脆稱這類小說為「武打小說」。而在電影、電視方面，人們亦把武俠電影、電視通稱為「功夫片」……由此，我們不難看出武打在讀者中的地位和影響。

這也不奇怪，梁羽生先生在一九五二年開始寫作《龍虎鬥京華》，其重心就在於一個鬥字，而其目的則正是為了滿足當時廣大讀者的「好鬥」心理。因為一場比武挑起了人們對武打的興趣，新武俠小說這才應運而生。

不過，關於這一點，往往是只能看而不能說的。這與中國人的特殊的道德心理有關，許多事情做做不妨，說則不可。對於武打也是這樣。武打雖是讀者的熱點，但卻是評家的盲點。沒人願意為它多費口舌。

武打只可看不可說的原因有二，一是新武俠也好，舊武俠也罷，其中的武功打鬥無不是誇張虛構而成，不免有離奇與荒誕的成分；其二是，沾了一個打字，難免與暴力扯上關係，隨意地打殺人命，這既不符合傳統的道德心理，也不符合現代的法律意識，更何況其中不免有恐怖、殘酷、血腥的場景，這足以使正人君子視為罪惡的淵藪。因此，武打的描寫不論如何精彩、如何吸引人，都不可能得到人們的好評。甚至得不到公正的評價和分析。

評家是這樣，作者甚至也是這樣。武俠作者也不大瞧得上這個「武」字。例如新武俠小說的泰斗梁羽生先生就多次指出：「武俠小說，有武有俠，俠是目的，武是達到目的的手段」，因此，武只不過是「俠之餘」，甚而「寧可無武，不可無俠。」

梁先生的話不難理解，也很有道理，只不過與實際情況有那麼一段距離。「無俠」的武俠小說倒可見到，而「無武的武俠小說」則一部也沒有。梁先生也沒寫出過無武的武俠小說。

再如新武俠小說的另一主將古龍，他說「武功是用來殺人的，而不是用來給人看的」，雖然不反對武功的描寫，但卻創造出一種「無招」的武功，大大減少了打鬥的觀賞性。

梁羽生和古龍代表了武俠小說家的兩種潮流，「寧可無武，不可無俠」是理想主義的或是古典主義的，而「用來殺人，不給人看」則是實用主義的或現代主義的。他們的共同點，是在觀念上明確表示出對武打的蔑視，對武打描寫的輕視。

金庸卻不是這樣的。

金庸沒說過寧可無武、不可無俠，也沒說過武功不是給人看的。因為明擺著，無武的武俠小說是不可能的，而武功打鬥在小說中恰恰是要給人看。

從而，在金庸的小說中，武功打鬥一向是作者精心策劃、設計和表現的重點。武打敘述和描寫所占的篇幅也大得驚人。在金庸的小說中，武打的篇幅平均為整部小說的三分之一以上，而有的作品，如《飛狐外傳》等，武打的篇幅甚至超過了小說字數的二分之一。如果沒有專門進行統計，上述的比例簡直是難以叫人相信的。

恐怕很少熟讀金庸的人能準確地說出金庸小說中的武打所占的篇幅。這不難理解，武打固然是最好看的，但也是最記不住的、最容易忘記的。也許越是好看的東西就越容易忘記，所以不知不覺地讀完了，卻不知比例幾何。當然，一般的讀者也沒有必要知道書中武打的篇幅有多大，只要不覺其「長」就表明它是好的。若是平庸乏味的武打描寫占了如此之大的篇幅，讀者反而會留下印象：「這是什麼玩意兒呀。」

金庸小說中的武打描寫當然不僅是多，而且是好。對此，筆者在《金庸小說之謎》和《金庸「武學」的奧秘》兩部書中已經作了不少評述。不過，在上述兩部書中，大多是從閱讀、接受的角度進行評述，很少從創作、敘事的角度進行分析；而且，上述兩書對金庸小說中出現的武功進行了抽樣分析，而對小說中的打鬥的描寫卻很少涉及，上述兩書對金庸小說的武功描寫的學術、思想價值給予了應有的評論，而對其武打敘事的藝術方法、特徵及其成就卻沒有專門地研究。這正是我們在這一章中所要討論的。

在開始討論之前，我想有必要對武打描寫的必要性及其意義說幾句。

武俠小說一般不被重視，不被文學界、學術界接納，原因有很多，其中之一，恐怕就是因為小說中有很多的武打描寫。進而，即便是承認武俠小說並喜歡武俠小說的人，對其中的武打描寫也是保持謹慎的沉默，只看不說。內心對它是不以為然的，喜歡看是另外一回事。

其實，讀者需要武打、喜歡看武打，這就是武俠小說中必須有武打描寫的最好的理由。

通俗文學本來就是應讀者的需要而產生的，讀者需要什麼，作者就寫什麼，說它是以銷定產，那也無妨。指責它是渲染暴力，那是沒有根據的，世界上有那麼多愛看拳擊的觀眾，對奧運會的拳擊比賽如醉如癡，那不更是「赤裸裸」的暴力嗎？相比之下，武俠小說中所寫的，要含蓄得多。指責它是渲染恐怖與血腥，那是因人而異的，固然有不少武俠作家喜歡描寫殘酷血腥的場景（**其他作品也有類似的情況**），但卻不能以偏概全，指責它是荒誕不經，則更是沒有道理，傳奇文學可不是充滿虛構和誇張嗎？

也許，更普遍的是對武打描寫的意義的懷疑。它的必要性是找到依據了，對它的指責也可以駁斥，但即便這樣又如何呢？武打描寫的意義究竟何在呢？更不必說研究武打描寫有什麼意義了。換句話說，它有什麼樣的藝術價值呢？

首先，是它能吸引人，能引人入勝。就算像梁羽生所說，俠是目的，武是手段，那也要通過武打這種手段去實現俠義的價值和目的。而對於讀者，則需要通過武打情節的吸引，使他們對武俠小說中的其他因素產生興趣，若無武打吸引人，再崇高的目的或思想內容也無法實現。

其次，是它的獨立的觀賞價值。這在金庸等優秀作家的作品中顯示得更充分。

再次，是對作家的藝術才華的一種考驗，它是作家的創造性與想像力的最充分的體現。

作為一種娛樂性文學類型，武俠小說及其武功技擊的描寫的娛樂功能和價值是顯而易見的，它的「副作用」則要比拳擊賽小得多。當然，高下之分、優劣之分不僅是存在的，而且是普遍存在的、相去不可以道里計的。

其他人的作品且不去說它，讓我們看一看金庸小說的敘述和描寫的方法、特徵和價值吧。

一、武打敘事的方法

金庸的小說成為新武俠小說的經典，殊非幸運。他對小說中的每一部分、每一章節，以及小說敘事的每一元素都十分重視，用心用力，而且保證做到別出心裁，花樣百出，令人心馳神醉、耳目一新。金庸小說中的武打敘事也是如此，若非具有真正的創造性與想像力，是絕難做到的。

武打敘事的基本方法當然是編，是虛構和想像的產物。關鍵在於編好編壞，以及編什麼，怎麼編。通常的方法有如下幾種：

一、**以武術為本**。這是一種較為寫實的方法。將中國的武術流派及其各自不同的武功招式一一寫來。好處是真實可信，壞處是拘泥刻板、觀賞性不夠。最典型的例子是現代武俠小說作家平江不肖生的《近代俠義英雄傳》和鄭正因的許多小說。

二、**以法術為本**。這是一種古典的浪漫筆法，好處是令人感到奇妙莫測，壞處是巫氣較重，神仙鬼怪似的人物令人難以置信。典型的例子是現代武俠小說家還珠樓主及其《蜀山劍俠傳》等。

三、**以現代科學技術為本**。大寫模擬現代科技的聲、光、化、電交織的武器及功夫，令人眼花繚亂。這是一種新的勢頭。對電影、電視影響較大。好處是更接近現代人的生活，壞處是失去了武打本身的趣味。

金庸的方法在上述幾種方法之間，法乎其眾，得乎其上。可以說是以藝術為本。

金庸小說中的武打設計和敘述，結合了武術、法術及某種程度上的科學技術等方法之長，另創新招，發揮自己的想像力和創造性，描繪了一幅又一幅精彩的武打藝術的畫卷。

在其他的文章中，筆者曾多次舉出金庸小說處女作《書劍恩仇錄》中的陳家洛的「百花錯拳」的例子，以說明金庸武打描寫的特點。這一拳法的特點，是既有傳統武術的基礎，又有作者的大膽的藝術想像。從而，與其說這一套拳法是一套武功，更不如說它是一種藝術境界，同時它又有學術的價值（**不同於法術、巫術**）。

這一套武功出現在金庸小說創作的第一部書中，標明作者自創作之初就對小說武打描寫的獨創性有明確的追求。實際上，這套著名的「百花錯拳」可以列為金庸武功打鬥描寫的方法論總綱。即「出其不意，似是而非。百花易敵，錯字難當」。金庸小說的武打描寫的訣竅就是出其不意，似是而非。而對於讀者，則產生了百花易敵、錯字難當的效果。作者抓住了這個總綱，就輕而易舉地做到了「綱舉目張」。具體的方法，有如下幾個方面。

（一）「劍意」與「劍招」

「百花錯拳」的妙諦，在於將傳統武術的各派套路加以整合與虛構，進行合理的想像和發揮。看起來是少林拳、八卦掌、查拳、綿掌……等等熟悉的傳統武術套路，而一經金庸的再創，則變成了似是而非的新套路，「錯」得令人眼花繚亂，卻又合情合理、奇妙非常。對傳統的武術進行似是而非的再創造，已成為金庸武功設計的一種基本方法。

小說《倚天屠龍記》第廿四回「太極初傳柔克剛」中，寫到張三丰創造出太極拳、太極劍並現教現賣，使張無忌武功陡進，當場擊敗趙敏手下的三大武功高手。這一戰例，正是作者對「百花錯拳」的更進一步的發揮。

太極拳與太極劍是我們熟悉的著名武術套路，但在作者的筆下，經過精心的再創造之後，已成為充滿想像力和奇異的藝術趣味的「藝術武功」。張三丰見張無忌雖學了太極拳術，但因時間倉促，且自身原來的武功較高，一時未能懂得太極拳的拳理，及時對張無忌說：「用意不用力，太極圓轉，無使斷絕。當得機得勢，令對手其根自斷。一招一式，務須節節貫串，如長江大河滔滔不絕。」

張無忌武功已高，關鍵處一點便透。聽了張三丰這幾句話，登時便有領悟，心中虛想著那太極圖圓轉不斷、陰陽變化之意，果然體會了太師父所教「圓轉不斷」四字的精義，隨即左圈右圈，一個圓圈跟著一個圓圈，大圈、小圈、平圈、立圈、正圈、斜圈，一個個太極圓圈發出，登時使對手跌跌撞撞，身不由己地立足不穩，猶如酒醉一般。

太極拳大展神威之後，張三丰又創造奇蹟，現場教授太極劍，當著對手的面臨陣授藝，開創了武術教學的奇蹟。進而，手持木劍的張三丰教張無忌太極劍的套路，居然不問「記住沒有」而問「忘掉多少」，這就更加奇妙！

最為奇妙的是，張三丰兩次示範的套路居然沒有一招相同，這叫人從何學起？而張無忌居然學會了，懂了，忘光了，而又將對手「八臂神劍」戰敗了！且是以一柄木劍戰勝了鋒銳無匹的倚天劍。

原來張三丰傳給張無忌的乃是「劍意」，而非「劍招」，要他將所見到的劍招忘得半點不剩，才能得其精髓，臨敵時以意馭劍，千變萬化，無窮無盡。倘若有一兩招劍法忘不乾淨，心有拘囿，劍法就要鈍。

看起來張無忌始終在持劍畫圓，除了張三丰外，沒一個瞧得出他每一招到底是攻是守。這路太極劍法只是大大小小，正反斜直各種各樣的圈圈，要說招數，可說只有一招，然而這一招卻能夠應付無窮。

像上述這樣的太極劍與太極拳，讀者恐怕從未見過，現代的太極名家想也想不出來，然而你卻找不出多大破綻，一切似都合情合理，將「圓轉不斷」的太極之理充分地表現了出來，當然加上藝術想像和誇張。對此，金庸當然深明其理，因為一切都是他創造的。

我們列舉上面這個例子，目的不僅是欣賞一段武打設計與敘述的精彩片斷，更主要的是借此揭示一種在金庸小說的武打敘事中被普遍運用的方法。這一方法即是「只傳劍意，不傳劍招」，看起來只有一招，使出來卻又變化無窮圓轉不斷，如長河大江，節節貫通，滔滔不絕。換句話說，金庸的武打敘事的精彩之處，在於他精心創制「劍意」而又靈活掌握「劍招」，看起來變化多端，想起來卻又通俗易懂。這使得金庸小說中的武功打鬥既千變萬化，靈活多樣，卻又並不荒誕無稽、並非胡編亂造；既不相互雷同重複，又非無本無源。

所謂「劍意」，指武術的根本道理、基本原理，所謂「劍招」則是指武術的具體套路、形式、技巧。前者為綱，後者為目，綱舉則目張，只要抓住了綱，抓住了基本原理，則其目自張，武打的套路與招術自然就能千變萬化。

進而，我們把武打分解還原，即分為武功與打鬥兩個部分，那麼，武功便是綱，相當於「劍意」，而打鬥則是目，相當於「劍招」。「劍意」一旦確立，「劍招」的千變萬化就會隨之而來。金庸小說的武打敘事的成就，首先在它的武功設計的創造性及其藝術成就。而小說中的打鬥，則多半是其武功的展開及其略加變化的產物。

金庸小說的武打敘事的突出的特點之一，是每一部作品中的主要人物都有自己獨特的武功，這些獨特的武功當然是作者蓄意創造出來的，既不同於他人的，也不同於自己的其他作品。如陳家洛有「百花錯拳」及「庖丁解牛掌」，霍青桐有「三分劍術」；袁承志有「混元功」、「金蛇武功」及「漫天花雨」、「百變神行」等，郭靖有「降龍十八掌」、「雙手互搏」、「九陰真經」，楊過有「玉女心經」、「獨孤神劍」及「黯然銷魂掌」；張無忌有「九陽神功」、「乾坤大挪移」、「太極拳、劍」、「波斯聖火令武功」……我們幾乎不可能、也沒必要一一列舉。

金庸為其筆下的主人公及其他重要人物所設計的獨門武功達百餘種、數百種之多，這不僅體現了作者豐富的想像力，同時也為小說中的數千場次的打鬥提供了堅實的理論基礎和創作依據。

上述這些武功，相當獨特，同時還各有一定的道理可講，並非一味的胡編瞎說。例如《倚天屠龍記》中的「乾坤大挪移心法」，看起來神乎其神，似是神鬼之術，實則是依據武術及物理學中的「四兩撥千斤」的原理設計而成。這樣，這些武功就成了金庸小說的武打敘事的「劍意」。

至於「劍招」，即打鬥，則只要依據這些「劍意」加以發揮就可以了。例如張無忌現炒現賣太極拳、劍，與趙敏手下的三大高手比武的情形即是。這一長段精彩的比武，作者其實只抓住了「太極圓轉」四個字加以發揮，便成了連綿不斷的太極拳與太極劍的套路，進而又演繹成三場各不相同的比武打鬥。作者由「太極圓轉」這四個字，生出了長達一萬餘字的武打敘述篇幅。

《碧血劍》中的袁承志破溫氏五老的五行陣及溫氏弟子的八卦陣，危機重重而又奇招百出，居然只用了一支少女頭上一碰即碎的玉簪，且面朝地、背朝天地臥在五行、八卦二陣之中，對敵手看也不看……這樣的打鬥簡直匪夷所思，然而袁承志的最終勝利並非僥倖，也不是作者的胡編，而是依據了「後發制人」四個字。書中對此交代得清清楚楚，可謂滴水不漏，我們不必在此抄錄了。

總之，有了精心設計的「劍意」，就不難發揮出精彩紛呈的「劍招」。有了「太極圓轉」，就有了現學現賣、木劍克敵等既驚險又精彩，既匪夷所思、又合乎道理的奇招異式的打鬥。看似只有一招，卻分明變幻出十招、百招，乃至千招萬招。這是金庸小說的武打敘事的最大的與眾不同之處。

（二）求新與求變

金庸在小說的情節敘事之中採用了刻意與任意相結合的方法，取得了巨大的成就。這一方法在其武打敘事中也照樣運用。

上述「劍意」與「劍招」的關係，也可以看成是刻意與任意相結合的產物。其中「劍意」當然是作者刻意設計並堅持的，它既是任意發揮的基礎，同時也是任意發揮的原則、方法和規範。

這裡我們將要進一步分析金庸在打鬥——「劍招」——的敘述中的刻意與任意的關係。

金庸小說的武打敘事的精彩的原因，固然在於其「劍意」（武功設計）的獨特和精彩，同時也在於其「劍招」（打鬥描寫）的發揮和變招的靈活生動。老實說，小說中的「劍意」並非無處不在，並不是每一場打鬥都存在著深刻的「武術之道」，然而，小說中的「劍招」卻總是那麼精彩生動，引人入勝。這是什麼原因呢？

原因亦即方法只有兩個字：變招。

武打描寫最忌諱的是死板教條和老一套重複，最巧妙則莫過於千變萬化、靈活機動。所以，變招之法，就是武打描寫的一個至關重要的原則。而金庸的小說中，則恰恰是確立而且貫徹了這一原則。例子幾乎無處不在。

《書劍恩仇錄》中，陳家洛第一次露面，與周仲英比武打鬥；並不是一開始就使出他的獨門武功「百花錯拳」，而是幾經變招；他第一次亮出的武功竟然是少林拳，因為周仲英是少林派俗家高手，陳家洛想在少林拳上取勝，想法很好，但卻無法實現。

數十招後，陳家洛險些失敗，只得改用「八卦遊身掌」；再過數招，又改為太極拳。進而，「陳家洛忽地一個『倒輦猴』，拳法又變，頃刻之間，連使了武當長拳、三十六路大擒拿手、分筋錯骨手、岳家散手、四門拳法」。最後才不得已使出了拿手絕招「百花錯拳」。

這一場比武，陳家洛連變數種拳法，是有其道理的。

其一，他不瞭解周仲英武功如何，總要先試一試對方的身手，而不能一開始就施以高深絕學，那樣做既有失身分，又不合常規。

其二，陳家洛的「百花錯拳」正是建立在上述各種拳法之上，融通百家的絕藝，所以，他能打出少林拳、武當拳、岳家散手等不同的拳法屬理所當然，而且還為「百花錯拳」進行必要的鋪墊。

其三，像陳家洛這樣的年輕高手，一方面對敵經驗畢竟不多，而另一方面又不免有些驕傲自滿、自我賣弄的脾氣，所以一變再變既是對敵人的試探，也是自己要顯本領，結果便使我們看到了這場「拳法匯演」似的精彩比武。它的精彩之處，正在於不斷地改變拳法。

「變」字是金庸武打描寫的最基本的特徵和方法，大到整部書，小到每一場打鬥，無不在變。

一、主人公武功的演變

每部小說的主要的打鬥多半是圍繞主人公進行的。因而，主人公的武功的變化，是打鬥形式變化的一個基本形式。如前所述，在金庸的筆下，不同的主人公有不同的武功。進而，同一部書中的同一位主人公也有不同的武功。例如陳家洛，先學了少林拳，繼而學武當長拳，又學太極拳、大擒拿手、岳家散手，再組合成「百花錯拳」，最後又學了「庖丁解牛掌」。

再比如郭靖，先學了江南六怪的武功，又學全真派的內功，又學了洪七公的降龍十八掌，又學了周伯通的雙手互搏，又學了九陰真經……等等，其他主人公也是一樣。如此，在主人公學到不同的武功時，他的打法自然不同。即在小說的不同階段，主人公的武功是不一樣的，因而他的打鬥方式便不一樣。張無忌學了父親張翠山的武當功夫時是一種打法，學了九陽真經時又是一種打法，學了乾坤大挪移時又變了打法，學了太極拳、太極劍又變了打法。

郭靖學習降龍十八掌，又分為四個階段，第一階段只學了一招「亢龍有悔」，用以與人打鬥自然是捉襟見肘；第二階段學了十五掌；第三階段學了十八掌，但並不純熟；第四階段，在學習了九陰真經等高深武學之後，對降龍十八掌的理解和運用自然加深了、靈活了。

不同階段有不同的武功，不同的武功就有不同的打鬥，從而不僅保證了小說中的打鬥始終在變化之中，不至於有雷同重複之嫌（**這是其他小說作家作品中所難以避免的**）。同時，又合乎人物練武學藝的真實性，金庸筆下的武學高手，都是博採百家之長後才卓然成家的。因而，金庸敘述主人公武功的演變，就有了一箭雙鵰的藝術效果，既合乎道理，又保證不斷出新。這一方法，是金庸武打敘事的基本方法。

二、打鬥方式的變化

主人公的武功演變從而造成打鬥方式的變化，這只是一個方面。在金庸的小說中，人物打鬥的方式本身，還有不同的變化。而這種變化是千奇百怪，無窮無盡。

讓我們先看同一場景之內的打鬥方式的變化。

上述陳家洛以不同的拳法與周仲英比武就是一例，不過還不太典型。比較典型的如《碧血劍》中袁承志與溫氏五老的打鬥，有如下的變化：

（1）三招兩式打敗溫南揚（**他是溫氏五老的第二代頂尖高手**），算是鋪墊。

（2）站在屋頂與溫方義空手過招，溫方義非但沒有探出袁承志的武功門派，反而被袁承志打敗了，袁承志尚手下留情。

（3）回到練武廳中，用一柄小孩玩的木劍打敗了溫方義的鋼杖，由空手改為兵刃。

（4）空手對付溫方施的廿四柄飛刀。

（5）救出安小慧，逃脫溫方悟的軟鞭與溫方施的飛刀的夾攻。

（6）以一對眾，連破八卦陣、五行陣，制服五老中的四老。

上述內容，在小說中有萬餘字的篇幅，我們將它列出，不難看出它的變化。即場地的變化（**屋頂、練武廳中、院牆內外等**），以及兵刃的變化（**空手、鋼杖、飛刀**），人數的變化（**以一對一，以一對二，以一對三，以一對眾**）以及層次的變化（**越來越厲害**）……等等。一環套一環，緊密相連而又變化多端，絲毫也不見拘泥與重複。

再如《倚天屠龍記》中金毛獅王謝遜第一次出場於王盤山島的一連串奇異的打鬥：

（1）用狼牙棒硬碰硬地將天鷹教的大力士常金鵬的鑌鐵大西瓜撞回，砸死常金鵬。

（2）打翻大鐵鼎，壓死常金鵬手下的四名舵主，重傷一人。

（3）與海沙派頭目元廣波比食毒鹽，使元廣波死，而自己則繼續飲酒。

（4）以酒洗胃，噴出酒柱將天鷹教高手白龜壽擊昏倒地。

（5）與巨鯨幫主麥鯨比試閉氣，以泥封口，同時與神拳門主過三拳比拳。麥鯨閉氣而死，而過三拳連打謝遜之拳，被反擊之力致死。

（6）與張翠山比武，張翠山以鐵筆在懸崖上寫出張三手創造的一路書法武功「武林至尊，寶刀屠龍……」等廿四字，謝遜認輸。

（7）謝遜一聲長嘯，除張翠山、殷素素之外所有人都被嘯昏，並從此精神錯亂，記憶全失。

上述各節，幾乎全都是匪夷所思，這且不去多說：我們只要看其中方式的變化，幾乎每一場都是絕對獨特的方式，絕不雷同。

其他的例子我們也不必舉了，可以這樣說，金庸小說中的連番打鬥，幾乎每一回合都在變化，絕不雷同。有興趣的朋友，可以去驗證。

再看不同場景的打鬥方式的變化。

所謂不同場景的打鬥，是指同一人物與不同人物或不同場合的打鬥。典型的例子，是小說《飛狐外傳》中的胡斐與鳳天南的四場打鬥，分別在佛山北帝廟中、荒山野寺中、北京四合院內以及天下掌門人大會中，前三次都被袁紫衣干擾，其打鬥及干擾的方式各不相同。又如袁紫衣搶奪各派掌門人的一系列打鬥，其方式也都各不相同：

（1）奪韋陀門掌門：

A三招打敗韋陀門的大弟子孫伏虎，用的是六合刀法；

B以六合槍法打敗三弟子楊賓。

C以赤尻連拳打敗二弟子尉遲連。

D在天罡梅花樁上戰勝劉鶴真。

（2）奪廣西梧州八仙劍掌門。在馬上與藍秦門劍並取勝。

（3）奪九龍派掌門。與易大彪在船上鬥鞭，得胡斐小助取勝。

其他的場次，我們就不一一列舉了，這位袁紫衣的武功固然駁雜，而心思更加敏捷，智計百出，以巧勝拙，令人大開眼界。而其中打鬥方式則更是變化多端，已如上列。

三、敘述重點的變化

金庸小說的武打之所以能夠層出不窮，而又精彩紛呈，除了武功的變化以及打鬥方式變化的安排巧妙得當之外，還在於作者能夠節外生枝，枝外生葉，不斷地改變敘事的重點和視角，從而造成了「紛爭不止」而又變化多端的局面。

例如《碧血劍》的第十回及第十一回書中，敘及袁承志與青青等拉了十箱金銀珠寶，準備北上獻給李自成的義軍，不料途中被眾多強盜盯上，山東八大寨主約定在張莊樹林中動手，眼見眾寡懸殊，好漢難敵人多，袁承志也只能走一步看一步，定下了一個擒賊先擒王的策略。誰想到時候，情況又產生了變化，河北直隸界內的青竹幫侵入山東地界，也要奪袁承志的這批寶物。這樣，一場袁承志等人與山東強盜的打鬥，首先被河北、山東兩省強盜之間的爭鬥所取代，他們相約比武十場，勝者得一箱寶物。

待到他們打完之後，本以為可以分贓了，袁承志等人這才動手，與眾強盜打了起來。與山東盜魁沙天廣與直隸盜魁程青竹雙雙負傷之後，袁承志乘機發動，擒下沙天廣。正鬧得不可開交之際，忽聞押運漕銀的大隊官兵趕到，從而爭鬥的形勢與性質再度改變，成了官兵與老百姓之間的爭鬥，袁承志決定幫強盜、殺官兵，聯合了山東、直隸的好漢與大隊官兵對壘，最後終於制服了官兵……

過了些時日，正當袁承志等人與南七省英雄好漢在泰山結盟之際，清軍入侵、眾英雄又一齊大殺清軍……如此，小說的敘事重點就從盜與盜之爭、盜與俠之爭，官兵與民眾之爭，再演變成漢族英雄與滿清入侵軍之間的民族戰爭。如此變化，揭示了小說的深刻而複雜的主題。

（三）敘事

一般說來，武打只是一種場景，是小說的故事情節的一個切面，它與整個的小說的縱向發展不發生什麼關係。甚至有許多作者僅僅將武打作為小說故事情節發展的一種佐料。然而金庸卻不是這樣。金庸小說的武打描寫不僅影響了小說的故事情節，而且可以說直接參與了小說敘事，是小說的敘事情節的有機的組成部分，不可分割。也就是說，金庸小說的武打本身具有不可忽視的敘事功能。

增強武打的敘事功能，又是金庸小說創作的一種特殊的方法。

武打通常作為解決矛盾和危機的一種手段，報恩報仇，一打了之。當然這也是一種敘事功能。而在金庸的小說中，武打不僅是作為情節結局的環扣，同時也可以有或阻遏情節發展、或激化矛盾危機，或製造懸念、或將情節引向曲折……等多種功能。

前面提及的胡斐與鳳天南的三次打鬥，袁紫衣三次干擾，在袁紫衣未對胡斐說清楚之前，胡斐和讀者一樣摸不著頭腦，如入迷宮之中，不僅對鳳天南屢次脫難這件事，而且對袁紫衣這個人都產生了一種神秘感，有一種懸念。從而這幾場打鬥便阻遏了情節發展，使情節變得曲折跌宕。

同樣，前面提到的作者對小說主人公的多種武功集於一身的安排，也與小說的情節發展相互合拍，即使主人公的武功越來越高，又使小說情節的發展越來越曲折。相信在一開始，作者就有一種整體的考慮。例如《射鵰英雄傳》一書中，一部「九陰真經」的出現，幾乎成了小說情節發展的關鍵。

（1）武林中的頂尖高手為奪「九陰真經」而進行華山論劍，分出了高低，並爭出了東邪、西毒、南帝、北丐、中神通五大高人；

（2）黃藥師之妻為之而死；

（3）老頑童為之被困桃花島長達十餘年；

（4）梅超風為之背叛師門；

（5）曲、陸、武、馮等桃花島弟子為之被挑斷腳筋，逐出師門；

（6）「銅屍鐵屍」學了它而為禍武林；

（7）郭靖無意中獲得，提高了武功，獲得了黃藥師許婚，同時又險些為之送命；

（8）洪七公因之而得以救命、療傷、恢復功力；

（9）歐陽鋒為之而發瘋；

（10）黃蓉為之而遭難……

如此等等，若加上為郭靖脫困、為一燈大師恢復功力等等，它的作用可以說牽動了全書的主要人物，從而對小說情節發展起到了至關重要的作用。

小說《倚天屠龍記》中的倚天劍、屠龍刀以及小說《笑傲江湖》中的「辟邪劍譜」、「葵花寶典」等的作用也是如此。不提。

進而，在具體的武打場景的描寫中，也包含了情節發展的構成因素。每一場打鬥，都關係到人的生死存亡和勝敗榮辱，而且還關係到某門派或某種勢力的存亡興衰，所以直接影響和決定了情節發展的方向與途徑。而在敘事中，金庸常用的方法，是製造懸念中的懸念和危機中的危機，以增強武打敘述的表現力。

例如《倚天屠龍記》中，武當、峨嵋、崆峒、華山、少林、崑崙等六大門派圍攻明教光明頂之役，本已緊張之至，危機重重，而作者仍不甘休，讓明教中武功最強的光明左使楊逍與五散發生爭論（**這爭論由來已久**），從而使成昆乘機而入，一舉將眾人擊傷。這樣一來，明教的危機更是不可逆轉。

至二十回書中，張無忌從地道中走出，看到比武場中，明教方面已經只剩下白眉鷹王殷天正一人尚可一戰，其他高手盡皆負傷倒地。這是危機到了頂點，使下面的戰況變得更加慘烈。同時，又正是為張無忌出面解救明教危機、成為明教教主而鋪平道路。如此精心的設計，顯然是作者的一種敘事手段。在這裡，作者用了差不多四回書，將近八萬字的篇幅，詳盡地描寫了六大正派勢力圍攻明教的完整過程。這一過程不僅是一種連環打鬥的過程，而且是一種包含多種情節因素的敘事過程。

讓我們先看小說的武打過程的描寫。它包括以下環節（場次）：

（1）武當派張松溪與殷天正比拼內力，張松溪略遜一籌，主動認輸退下。

（2）武當派莫聲谷與殷天正鬥劍，莫在劍法上贏了一招，而殷天正則後發制人，引而不發。莫又敗了。

（3）武當七子之首宋遠橋先替殷天正裹傷，再與他比武，兩人隔開一段距離，只比招式，不比內力，不勝不敗。

（4）殷天正連鬥數場，內力不繼，武當派不欲乘人之危，崆峒派唐文亮想乘虛而入，不料被殷天正折斷四肢。

（5）崆峒派宗維俠繼續要與殷天正決鬥，眼見殷天正已無力決鬥，明教毀滅在即，張無忌挺身而出，先治好殷天正的內傷，再與宗維俠周旋，用崆峒絕技七傷拳威鎮當場。

（6）少林高僧空性向張無忌挑戰，張無忌現學現賣，用空性的龍爪手打敗空性；

（7）華山掌門人鮮于通繼續挑戰，張無忌記起他是胡青牛的仇人，以毒攻毒，使鮮于通中了自己的毒，交代出自己的罪行，令人髮指；

（8）華山二老鬥張無忌，被張無忌打敗；

（9）華山二老又邀崑崙派掌門人何太沖夫婦，四人分別以正兩儀劍法與反兩儀刀法合鬥張無忌，張無忌一時手忙腳亂。得周芷若提醒，終於明白關竅，大敗華山、崑崙兩派高人；

（10）、滅絕師太（**峨嵋掌門**）向張無忌挑戰，一開始使張無忌狼狽不堪，後經楊逍、韋一笑指點，使滅絕師太大窘；

（11）滅絕師太喝令周芷若用倚天劍刺殺張無忌，張無忌無心提防，被劍刺傷；

（12）武當派年輕一代高手宋青書向張無忌挑戰，張無忌用乾坤大挪移武功，以其人之道還治其人之身；

（13）武當派大師兄宋遠橋正要認輸而去，殷梨亭長劍出鞘，要殺楊逍、張無忌阻止，張無忌叫出「殷六叔，你殺了我吧！」這時殷梨亭和眾人才知這位武功奇高的少年，自稱為曾阿牛的小夥子，正是張翠山的兒子張無忌。至此，六大門派都與張無忌比過，圍攻明教之戰只好作罷。

上面的十三場打鬥，不僅打法不一樣，而且自始至終都在危機與懸念之中，先是殷天正眼看不敵，後是張無忌處處遇險，最後又居然被周芷若刺傷，無時不使人捏一把汗。這一長篇連環打鬥，非看到最後不能釋手。

且說這幾回書的敘事功能——打鬥的過程，也是一種敘事過程：

（1）明教只剩下殷天正尚可一戰，為張無忌挺身而出進行了必要的鋪墊，否則以張無忌的個性，不會出頭露面。

（2）張無忌在一旁觀看殷天正與張松溪比內力、與莫聲谷比劍法、與宋遠橋比拳招，其實是一種學習的機會。張無忌見識不多，這幾場比武使他大開眼界，並悟到了武功的真諦。沒有這幾場鋪墊，張無忌的武功不可能提高那麼快。

（3）明教危亡之際，眾人齊誦「焚我殘軀，熊熊聖火。生亦何歡，死亦何苦？為善除惡，惟光明故，喜樂悲愁，皆歸塵土。憐我世人，憂患實多！憐我世人，憂患實多！」這臨危的高誦，使人震驚，人所不齒的明教，第一次露出了俠義悲憫的真相，為以後的敘述進行了鋪墊。這是書中的一個極重要的情節線索。

（4）在打鬥中，揭露出華山掌門人鮮于通的醜惡面目，了結了胡青牛兄妹的遺願；

（5）揭示了紀曉英與楊逍的奇異愛情的真相，使殷梨亭的人生故事翻開了新的一頁。

（6）透露了周芷若對張無忌的愛，也透露了宋青書對周芷若的愛，使後面的情節展開獲得了必要的基礎。

（7）張無忌幫助明教與六大名門決鬥，為張無忌順理成章地登上明教教主之位鋪平道路，從而為以後的情節發展提供基礎。

（8）六大派的勢力在此一一展示，使武林的形勢得到全面展開。這一場連環打鬥稱得上是一種情節發展的樞紐，該收束的在此收束，該展開的在此展開，該埋下伏筆的在此埋下伏筆。由此可見，小說作者花了這麼大的篇幅來描寫一場戰役，並不是胡編亂造的廢話，即不光是使人眼花繚亂的武打，同時還夾雜著千頭萬緒的情節敘事。

金庸將武打與敘事處理得恰到好處，其基本方法有二：

一是在敘事中夾進必要的武打，即隔一段就要打一段，不光是人物恩仇和情節發展的必需，且又滿足了讀者的一種渴望期盼，使小說的節奏與懸念保持著吸引人的功能魅力，恰到好處。

二是在武打中敘事，如上所述，金庸小說中的武打幾乎從沒有單純的武打，它總是合情合理，而又推波助瀾。不但了結前嫌，而又為以後的情節發展埋下伏筆。

這種敘事的方法，在理論上人人可學，實際上卻絕非易事。在金庸的小說中，一切都那麼合情合理，而一切又都似在隨機應變，舉重若輕，像是隨意而為。最難的正是這種隨意而為，上述六大門派圍攻明教的連環大戰，並非作者刻意為之，但每一場戰鬥的打法卻又絕不相同，如此之多的變化，需要作者有一種超人的豐富想像力。

另外，作者似乎在處處走鋼絲，時時出難題給自己做。殷天正一人獨對六大門派與張無忌一人獨對六大門派，這無疑是在走鋼絲，使小說的危機千鈞一髮，然而這種難題若是解決不好，便會前功盡棄，甚至適得其反。尤其是張無忌與六大門派的高人決鬥，一方面他雖武功高強，但畢竟是初學乍練，第一次面對如此眾多的高手，弄不好就難以令人信服。

另一個更大的難點是他作為排解糾紛之人，既要顯示武功，而又不能殺傷人命，否則將會引起當場大亂以及曠日持久的仇恨糾葛，這一任務讓張無忌這樣一個初涉江湖的無名小卒來完成，實在是險到了極處。而金庸寫來——如書中所見——竟是這樣的圓滿而又那樣的輕鬆自如，非大師手筆絕難辦到。

一般人寫來，要麼沒那麼懸而又懸，使難題變易；要麼就是自相矛盾，自己出自己的洋相，以至漏洞百出。像這樣的武打敘事，既能製造危機，又有解決危機；既能出難題，又能解難題，得其一已是高手，得其二則幾乎難能。金庸的敘事技巧的高超，使你不得不信。在武打的敘事中，更顯示出這一點。

二、武打敘事的功能

武打敘事的功能，在一般的作家筆下十分簡單明瞭，即作為解決問題（**包括是非、仇怨等等**）的手段。壞人打架為了作惡，好人打架為了行俠，不好不壞的人打架為了報仇或報恩。如此而已。一般的作家描寫武打，至多只不過是努力增加份量（**篇幅拉長**）或增加強度（**殘酷性**），其實並無特色。有它不多，無它不少，甚至看多了使人討厭。

金庸小說武打敘事的卓越成就，表現在他對武打敘事的功能的特殊認識上，從而在小說的具體的武打敘事中就顯示出了非同一般的特色。

金庸當然也把武打當成解決問題的手段。但同時又把它當成一種獨特的敘事手段，這就與他人不一樣了。上一節中我們已經分析了金庸小說武打描寫的敘事功能，我們已經看到了武打這一因素在金庸的筆下如何發揮常人難以想像的作用。

武打敘事在金庸小說中的作用與地位尚不止此，在金庸的小說中，武打描寫還有下述藝術功能及其特點。

（一）獨立觀賞性

古龍說武功是用來殺人的，而不是用來給人看的，這話乍聽起來似乎有理，實際上似是而非。拳擊和武術比賽的主要目的恰恰是給人看的，而不是殺人或傷人，觀眾花錢主要是為了能欣賞一種打鬥的過程，而不是誰勝誰敗那種簡單的結果（**若僅想知道結果只要看報就行，大可不必花錢到現場去看，連電視也不必看**）。而在武俠小說中，武打的主要功能更是給人看的，殺人或傷人只是一種次要的目的。梁羽生說武俠小說「武是一種手段，俠是一種目的」，這話也要進行具體分析，在很多情況下，觀賞武打本身也包含了閱讀的目的。

金庸的特點，就在於他明確地認清了這一點，務必使小說中的打鬥具有獨立性及其觀賞性。它不僅是為了解決問題，而且更是為了讓讀者獲得觀賞樂趣。若僅僅是為了解決問題，只須寫「三招過後，誰勝誰敗」便可以了，甚至可以寫「小李飛刀，例不虛發」就成，何必長篇累牘地去描寫具體的招式及其變化呢？

武打的獨立觀賞性的形成，最根本的原因是讀者的閱讀需求。作者能否認識到這一點、進而能否滿足這一點，不僅是對作者的創作觀念的一種檢驗，更是對作者的創作能力的一種考驗。武打描寫的觀賞價值的大小，是對作家想像力與創造性的挑戰。

金庸明白這一點，並且應付自如，在金庸的小說中，我們經常能看到大篇幅的武打描寫，如前述《倚天屠龍記》的第二十回至廿二回書，武打描寫的篇幅近八萬字，而該書的三十六至三十七回書中，則增至九萬字，《天龍八部》的四十至四十三回書居然以將近十三萬字（**相當於一部小長篇**）的篇幅描寫武打場景、敘述武打情節。至於二、三萬字的篇幅，則在金庸的每一部長篇中都能找到，幾乎隨時隨地都能找到。比如《雪山飛狐》一書總共不過十幾萬字，其中第四段的武打描寫篇幅就將近二萬字，說這部書「從頭打到尾」，那也不完全是誇張。

當然，觀賞價值並不主要體現在它的數量（**篇幅**）上，而是體現在它的品質上。具體說，就在於它的豐富性、創造性、趣味性上。

先說**豐富性**。

不僅是指武打描寫的篇幅之多，而是指它的「內容」的豐富。可惜我們沒有電子電腦，不然真該統計一下，金庸小說中究竟創造了多少種武功（**專指金庸獨創的新的武功套路與招式**），同時又創造了多少種兵器？那無疑將是一種驚人的數字。

無論如何，傳統的「十八般武藝」在金庸的筆下是大大的不夠用的。在金庸的筆下，如果沒有「一萬八千般武藝」，至少也有千百種之多。且不說刀有多少種，劍有多少種，棍棒又有多少種，而日常生活的用品亦幾乎成了金庸筆下高人取之不盡、用之不竭的兵器，諸如摺扇、煙管、秤桿、秤錘、扁擔、算盤、漁竿、漁網、棋盤、雨傘、拂塵、琵琶、簫、笛、琴、箏、燒飯鍋、鍋蓋、靈牌、哭喪棒、招魂幡、長繩、衣帶、板凳、繡花針、棋子、銅錢……等等，無一不成兵器，無一不可以練成獨門的武藝。日常生活的器具有多少種，金庸筆下的兵器和武藝就有多少種。實事上，比那還多，因為還有專門的兵器、不常用的器具、活物以及赤手空拳、鬍鬚、頭髮、衣袖、眼睛……等等，皆可以「入武」。

金庸筆下的兵器與武功的豐富性使人目瞪口呆。而更使人目瞪口呆的則還是這千百種兵器與武功的排列、組合。所有的兵器和武功都是為人所用，不同的人在不同的場合使用不同的兵器或武藝，那又該有多少種？

金庸的這種豐富的想像力，使他在武功描寫時可以信手拈來，得心應手，如石塊、土塊、木條、竹葉、花朵、花枝皆可入手，不僅避免了武打的雷同與重複，而且還使人眼花繚亂、目癡神迷。

再說**創造性**。

豐富的想像力來源於作家的創造性。首先是作者敢於突破傳統武功套路及兵器種類的局限，敢於想前人所不敢想、寫前人所不敢寫。因為武俠小說不僅是打給人看的，而同時又是人們不能真正「看」得見的。作者只是那麼寫，讀者亦只能那麼想。

在這一意義上，少林拳與「百花錯拳」並無區別，分不出真假；而刀、劍等真實傳統兵器與算盤、板凳、琵琶等虛構的兵器也沒什麼不同，反正是怎麼說怎麼是、怎麼寫怎麼看。而它的好處是，不僅虛構的武功和兵器可以更多、更自由，而往往更奇特、更好看。「百花錯拳」顯然比少林拳更好看，而用毛筆做兵器顯然用刀劍作兵器更吸引人。倘若是打起來，那更是五彩繽紛，讓人目不暇給。

這一點，小說比電影、電視佔有更大的優勢，因為它是不可視的，而是靠想像的。電影電視中的武人用繡花針作兵器，顯然失去一部分神秘的魅力，而電影電視中特技再高也無法使人打出「唐詩劍法」來。只有在小說中，我們才會對「黯然銷魂掌」這一類的武功心領神會，而且讚歎不已。

創造性的含義不僅在於創新（**新的武功、新的兵器、新的打法**），而且還在於變化。這在上面一節中我們已經列舉過了。

再說**趣味性**。

趣味性有多種。內容豐富、花樣翻新，這就是一種趣味。情節曲折、危機懸念，這又是一種趣味。緊張激烈、讓人喘不過氣來，這也是一種趣味。金庸小說中的武打描寫，還有多種趣味，其中之一是許多武功打鬥的描寫看似荒誕不經，其實又非常的合情合理，正是標準的「意料之外，情理之中。」比如「百花錯拳」，這我們說過了，它的妙處是「似是而非，出其不意」，而它的道理也正在於此。

不能說這一套拳法完全是胡說八道。再比如「黯然銷魂掌」，從武術觀點看，當然是不可能的，是胡說八道；而從藝術觀點看，卻又是合情合理的，並且是意味深長的。楊過在小龍女離別之後，十幾年生死茫茫，百無聊賴之中，不依常規創造這一套掌法，一方面是他的武功已經博採百家而卓然獨創，另一方面更主要的則是他心情的「黯然銷魂」二者合一，就入情入理，並且讓人為之感動、為之神傷。

金庸小說中的武打的趣味性當然不能從武術的角度去看，而應該從藝術的角度去看、去理解。這本就是一種藝術創造、藝術表現。所以，不但可以，而且必須武戲文唱、對武打描寫進行藝術處理，將武功誇張成藝術，將武術的觀點昇華到藝術的觀點。而這一點又正是金庸小說的巨大成就所在。

趣味性還有多種，下面也還要說。

（二）遊戲與幽默感

武打描寫的觀賞性及其藝術性，不僅表現在它的豐富性、創造性、新奇感及其人物性格的刻畫中，還表現在作者的幽默的描寫與遊戲筆墨之中。

武打固然牽涉到人的生死榮辱，是性命攸關的事情，但武俠小說中的武打描寫又是供人欣賞、品味的，因而在嚴肅之中不能沒有活潑，在真實之中不能沒有趣味。

對此，金庸是想得通，因而寫得好、灑得開。金庸的創作方法，是將武打看成是一種特殊的遊戲，其次才是生死搏鬥。這就使得他的小說中的「藝術的武打」不同於真實的拼命打鬥。他的武打描寫的藝術，首先在於他將武打當成藝術，即活潑之中見其嚴肅，趣味之中見其真實。從而，金庸小說中的武打描寫，既豐富多彩，又靈活多變。有時讓人喘不過氣來，有時又讓人噴茶吐飯。

仍以《倚天屠龍記》的那些打鬥為例。

當華山掌門人鮮于通中毒倒地之後，場中的情境緊張之極。緊張的原因，一是張無忌作為調解人，他是不能傷人害命的，而這鮮于通乃十惡不赦，不能不加以處罰；二是鮮于通交代的罪行令人髮指，有陰森恐怖之感，使人格外緊張，三是鮮于通畢竟是華山派掌門人，又是六大派中的骨幹領導人之一，他的處境如何變化，都會影響此次戰役的結局。

正是在這緊張之際，作者一反常態，推出華山派高、矮二老來與張無忌算帳，場面忽然變得輕鬆，情節變得幽默了。原因是華山派的高個老頭幾乎是一個逗趣人物，此老年尊輩長，而卻言無稽、行無賴，一幅憊賴形象，使人發笑。先是叫張無忌用大塊石頭作兵器，不料搬起石頭砸了自己的腳。此老頭囉嗦多話，輸了不認，又請出崑崙派的掌門人何太沖夫婦，四人共鬥張無忌。這又使場面轉而緊張，但老頭為老不尊，又要討何夫人瑗淑嫻的口頭便宜，致使崑崙派的大弟子西華子衝上來要找他算帳，卻又被張無忌點了穴道，於是張無忌獨鬥華山，崑崙四大高手便圍繞西華子進行。

西華子被定在場中，擋手擋腳卻又不能自主，叫人哭笑不得，無疑給這場打鬥增添了一種喜劇色彩。

真正的緊張是在張無忌放走西華子之後開始的，因為華山二老嫌西華子擋手擋腳，居然改向西華子進攻（**這也暴露了人物的品性**），而何太沖夫婦亦是這樣，張無忌不得不放了西華子（**這又表明張無忌的仁慈之心**）。

張無忌用一段花枝作兵器獨鬥華山、崑崙四高手，場面再次陷入極其緊張的氛圍之中，後經周芷若的大聲提示，張無忌終於明白了正、反兩儀刀、劍陣的關竅，從而使場面再度轉向輕鬆。張無忌已經掌握了主動權，從而使下面的打鬥幾乎是一場不折不扣的幽默喜劇。

「但見場中夫婦相鬥，同門互砍，殺得好看煞人。班淑嫻不住呼叫『轉無妄，進蒙位，搶明靈……』可是乾坤大挪移功夫四面八方地籠罩住了，不論他們如何變換方位，奮力掙扎，刀劍使將出去，總是不由自主地招呼到自己人身上。

高老者叫道：『師哥，你出手輕些成不成？』矮老者道：『我是砍這小賊，又不是砍你，』高老者叫道：『師哥小心，我這一刀只怕要轉彎……』果然不出所料，話聲未畢，他手上鋼刀斜斜地砍向矮老者的腰間。」……

似這樣的打鬥，與其稱之為比武拼命，不如稱之為遊戲更合適些。說是遊戲，卻又不是胡編亂套，而是作者創造了一種名為「乾坤大挪移」的神奇武功，恰好張無忌剛剛學會，牛刀小試，便有了上面那樣的喜劇效果。

再如《天龍八部》的第十七回書中，段譽與王語嫣從杏子林中逃出，到一座碾坊躲雨，不料西夏一品堂的十幾位武功高手追蹤而至。雙方實力懸殊太多，段譽和王語嫣的處境緊張危險如千鈞繫於一髮，作者卻用靈巧無比的構思讓他們最終化險為夷，具體的過程便充滿了幽默感，原因是王語嫣滿腹武學卻身無武功，是只能動腦動口而不能動手動腳的嬌小姐，而段譽雖內功精湛，且又學了六脈神劍，卻又英明奇妙，武功時靈時不靈；加上他本性慈善，厭惡打鬥，卻又要保住自己的性命，更要保往他心上人王語嫣的性命，因而又不能不想方設法地與敵周旋，眼見求饒說情都不管用，就只有勉力為之，在王語嫣的指揮下奮戰一場了。

這一場打鬥自始至終都充滿奇巧，也充滿了意外，同時叫人笑得肚子疼：

……那人還在大呼小叫，喝令段譽和王語嫣歸服，不料段譽已悄悄從閣樓上轉了下來，伸指便往他背心點去。他使的是六脈神劍中的少陽劍劍法，原應一指得手，那知他向人偷襲，自己先已提心吊膽，氣勢不壯，這真氣內力便發不出來。

他內力發得出發不出純須碰巧，這一次便發不出勁。那人只覺得背心上有什麼東西輕輕觸了一下，回過頭來，只見段譽正在向自己指指點點。

……那人喝道：「臭小子，你鬼鬼祟祟的幹什麼？」左手箕張，向他頂門抓來。段譽身子急縮，雙手亂抓，恰巧攀住水輪，便被輪子帶了上去。那人一抓落空，噗的一聲，木屑紛飛，在水輪葉子板上抓了個大缺口。

……段譽殺了一人，想再要從水輪升到王語嫣身旁，卻已來不及了，一名西夏武士攔住了他退路，舉刀劈來。段譽叫道：「啊喲，糟糕！韃子兵斷我後路。十面埋伏，兵困垓下，大事糟矣！」向左斜跨，那一刀便砍了個空。碾坊中十一人登時將他團團圍住，刀劍齊施。

段譽大叫：「王姑娘，我跟你來生再見了。段譽四面楚歌，自身難保，只好先去黃泉路上等你。」他嘴裡大呼小叫，狼狽萬狀，腳下的「凌波微步」步法卻是巧妙無比。

王語嫣看得出了神，問道：「段公子，你腳下走的可是『凌波微步』麼？我只聞其名，不知其法。」

段譽喜道：「是啊，是啊！姑娘要瞧，我這便從頭至尾演一遍給你看，不過能否演得到底，卻要看我腦袋的造化了。」當下將從卷軸上學來的步法，從第一步起走了起來。

……王語嫣雖然博學聰明，卻也瞧不出個所以然來，叫道：「你躲避敵人要緊，不用演給我看。」

段譽道：「良機莫失，此刻不演，我一命嗚呼後，你可見不到了。」他不顧自己生死，務求從頭至尾，將這套「凌波微步」演給心上人觀看。

那知癡情人有癡情之福，他若待見敵人攻來，再以巧妙步法閃避，一來他不懂武功，對方高手出招虛虛實實，變化難測，他再閃避，定然閃避不了，二來敵人有十一個之多，躲得了一個，躲不開第二個，躲得了兩個，躲不開第三個。可是他自管自地踏步，對敵人全不理會，變成十一名敵人個個向他追擊。

這「凌波微步」每一步都踏在別人決計意想不到的所在，眼見他左足向東跨出，不料踏實之時，身子卻已在西北角上。十一人越打越快，但十分之九的招數都是遞向自己人身上，其餘十分之一則是落了空。……

好了，我們不可能將這一回書全部抄在這裡。上面的這一段已足能說明問題。在這裡，武打被安排得多麼新奇，簡直聞所未聞；多麼機巧而又幽默，叫人又是擔心又是好笑。這一段書好笑有三，一是段譽的性格好笑，言語、行為、武功都好笑；二是場面好笑，處處碰巧，處處惹人笑；三是作者敘事語言幽默，看似不動聲色，實則專揀好笑的寫。

像這樣幽默的打鬥場景在金庸的小說中是常見的。它的妙處是顯而易見的，一是增加了趣味性與觀賞性；二是造成情節鬆緊起伏，變化多端，讓人的情緒隨之變化，獲得極大的愉快；三是造成了場景氛圍的既緊張又輕鬆好笑的奇異態勢，使武打的吸引力成倍地擴大了。而金庸小說的武打描寫的藝術功能和藝術價值也就隨之而實現、而提高了。

前面已經說過，於幽默活潑處見其嚴謹真實是一種高深的藝術境界，一般人難以做到。原因是要做到嚴謹就難以幽默起來，而要做到輕鬆活潑如遊戲，則又只能瞎編亂造、胡吹大氣，不可能像金庸小說中這樣的合情合理、真實而又自然。

(三)美感與文化藝術

金庸小說的武打描寫有一種特殊的美感，其原因之一，在於作者極大地利用了藝術通感的原則，將琴、棋、書、畫、詩、詞、樂、舞等傳統的不同藝術門類及其美感「化」到小說的武功打鬥之中，產生一種奇異而又極其豐富多變的藝術效果和美感境界。

也就是說，作者將琴棋書畫和詩詞樂舞的不同的美學境界熔於一爐，變成了武打的藝術美感。例如《射鵰英雄傳》中的黃藥師吹簫、歐陽鋒彈箏，既是一種音樂，又是一種奇妙的、被作者所獨創的武功，這一吹一彈之中，既有一種音樂美感，一種純音樂的交響與演奏，同時居然又是一種內力的拼搏、殘酷的廝殺，這樣的樂武美學是金庸獨創的，也只有在金庸的小說中才能讀到。

再如《神鵰俠侶》中的朱子柳用毛筆與蒙古王子霍都打鬥，其武功套路居然是真、隸、草、篆等不同的字體以及《房玄齡碑》、《自言帖》、《褒斜道石刻》等前代書法名家巨匠的碑帖。如此，我們在進入這樣一種打鬥場景之時，同時也進入了一個道地的書法美學的藝術境界之中。同樣，這種「書法武打美學」也是金庸獨創的。

至於將詩、詞、歌、曲當成武功的名稱或招式的說辭，在金庸小說中就更多了。李白的一首長詩《俠客行》在同名小說中居然是包羅萬象的武功秘笈，在我們觀賞這樣的武功之際，是欣賞詩意還是注意武功呢？恐怕難以說清。作者將武功打鬥極大地「虛化」了，而將詩意、詞意、歌賦境界大大地突出出來。

進而，金庸不僅將琴棋書畫、詩歌樂舞等藝術「化」到了武功打鬥之中，而且還將文化經典、思想學術也「化」到了武功打鬥之中。

例如《書劍恩仇錄》中陳家洛練習「庖丁解牛掌」，並以此戰勝了張召重，這正是將莊子的思想變成了一種武功的套路。其時，陳家洛讓余魚同用金笛吹奏《十面埋伏》，而陳家洛一舉手一投足莫不合節合拍、美妙如舞。這是將學術（《莊子》）、藝術（樂、曲）與武功打鬥熔為一爐的例子。

再如《射鵰英雄傳》中洪七公教黃蓉一套「逍遙遊」，白髮老翁與黃花少女翩翩起舞，將莊子《逍遙遊》的美妙意境表達得淋漓盡致，叫人不知這是武還是舞？是莊子語言還是洪七公的創造？

當然不僅是莊子，還包括《易》、道藏、佛經、老子以及其他古代文化經典。或取其思想精髓，或取其美妙意境，或取其全篇，或取其一鱗半爪而加以誇張、演繹、描繪，即成為奇妙非常的武功套路或打鬥形式。「九陰真經」來源於《道藏》，「降龍十八掌」來源於《易經》，佛經中的「般若」、「拈花」……等各種名詞，無不被金庸變文為武，甚至曹植的《洛神賦》也演繹出了著名的「凌波微步」，而江淹的「別賦」則被楊過創成了《黯然銷魂掌》，至於醫學方面的經典，到底有多少被金庸寫入書中為其武打服務，那就更是難以統計。

如此突出的「武戲文寫」，將金庸小說的觀賞性及經典文化和學術思想價值提高到了一個嶄新的層次。

這裡也就露了金庸及一切武俠小說家的武打描寫的「底」，即一切都是虛的，都是給人看的，都是供人想像的。那又何妨更虛一點、更神一點、更藝術一點、更文化一點？金庸正是這樣做的，實際上，也只有他一個人做得這麼好，這麼天衣無縫，美妙紛呈。

武打成了真正的藝術。武打又成了某種特殊的學術。武打還成了一種特殊的文化展示。這就像是「百花錯拳」，既像武功，又像藝術，還兼具學術價值，富有豐富的文化內含。這是金庸的武打描寫的一種特殊的方法，也是一種特殊的功能。

再看金庸小說的武打描寫，我們該不再輕而視之，更不應該誣其低級了吧？說它是暴力的渲染，莫如說它是一種文化藝術的美妙展示。當然，只有金庸的小說是這樣的。其他作家作品則要作具體分析。

第十章 破綻與缺陷

武俠小說不免有過多的離奇與巧合。當這種離奇與巧合不能自圓其說時便產生情節結構的破綻、漏洞；進而，過奇而不能致真，過巧而悖於情理，則會形成種種缺陷與不足。

通俗傳奇文學從來就難免有些破綻和缺陷。既要離奇又要致真，既要湊巧又要入理，既要誇張虛構又要自圓其說，既要想像創造又要合情合理……這樣的書當然是極品，只可惜誰都難以保證白璧無瑕。連金庸也不例外。

在所有的武俠小說作家作品中，金庸的小說可以說是破綻和缺陷最少的。少，但不是沒有。

新派武俠小說的破綻與缺陷，除了由於其文類模式固有的難點之外，還有一些特殊的原因，如它們產生於匆忙之中，大多數新武俠小說都是先由報、刊連載，作家邊寫邊發表，難免因時間緊迫而出差錯，進而，從頭至尾往往拖及時間較長，一部書連載一年半載的情況是常事，有些甚至連載三年四年（如金庸的《天龍八部》與《鹿鼎記》等），這麼長的時間，也難保作者寫尾而忘了頭。

又有些作家，同時要寫好幾部書連載，上午寫A，下午寫B，甚至晚上還要寫C，幾部書的創作過程相互交雜難免相互影響，這也容易導致出岔子。更深刻的原因，那就是許多作家心理上不重視、態度上不嚴謹，以為武俠小說反正是作者瞎編，讀者瞎看，不當一回事，不免破綻百出而缺陷往往致命。新武俠作家良莠不齊，有的將寫作當成純粹牟利的手段，有的小說作者原本就事理不通，混充南郭之濫竽，不提。

從讀者方面看，也有問題。大致上，喜歡武俠的人是情不自禁的居多，卻也沒把它當成一回事，反正是消遣娛樂，一次性的，有些破綻與缺陷，或者是覺得無所謂，或者連感覺都沒有。這也是造成了偽劣產生暢銷無阻的一個重要原因，另一方面，武俠小說中過多的破綻、缺陷及不合情理之處，又正是許多嚴肅認真的讀者對它嗤之以鼻的原因。有些人對武俠小說不屑一顧，有些則是顧了一顧，發現它們破綻百出，遠不能自圓其說，便棄之而去，斥之為「荒唐無稽，胡說八道」。

這種情形當然令人痛心，更讓人遺憾！

當然，也有例外。比如金庸、梁羽生等大家的小說，相對而言，破綻與缺陷就少得多。原因有二，一是他們的創作態度比其他人嚴謹，構思比較嚴密，寫作比較認真，避免了人為的漏洞。二是他們的創作才能比其他人強，放得開也收得攏，出現漏洞也能彌補。因此，對新武俠小說作家作品，不能一概而論。

金庸的小說，缺陷與破綻最少。除上述原因之外，還有一個原因，是金庸先生從七〇年代初到八〇年代初，專門花了十年時間修訂他的全部舊作。《鹿鼎記》之後，金庸不再創作武俠小說新作了，但其後的漫長時間裡，金庸先生並沒有完全金盆洗手、閉門封刀，而是將舊作一一訂正。舊作是什麼樣的，筆者無緣得見，想必有不少的破綻與缺陷，而在修訂本中得到了彌補與修正。不然作者何以要花十年時間去訂正？這在武俠小說家中是獨一無二的，金庸先生才高八斗，創作態度又是如此的嚴謹認真，他當「武林盟主」，實非僥倖得來。

被彌補了的破綻已不再是破綻，被訂正了的缺陷已不再是缺陷，不必提起。金庸先生修訂舊作，大概也還有其他的目的，而不光是填補漏洞，原來的面目既不可見，我們也無從談起。

我們要說的是，經作者修訂之後的作品中，破綻與缺陷並未完全消失。儘管已經少而又少，熱愛金庸小說的人或許難以發現，或許愛屋及烏，不想看到、不願提及金庸小說的白璧微瑕，但小說中的破綻與缺陷還是客觀存在著，在所難免。

不過，須特別指出的是，對「破綻與缺陷」應該嚴格地界定。因為金庸的小說是武俠傳奇文學，必須有虛構、誇張、離奇、巧合，我們決不能把這些東西都當成是「破綻與缺陷」。

不少正人君子及習慣於現實主義文學規範的大人先生們看金庸小說，往往會覺得時時有破綻，處處有缺陷，實際上，我們不能這麼看金庸的武俠小說。例如，《書劍恩仇錄》中將乾隆皇帝說成是漢人陳世倌的兒子，是陳家洛的胞兄，這算不算破綻？《鹿鼎記》中，韋小寶主持「中俄尼布楚條約」的簽訂，這算不算漏洞？……這些當然不能算。這些是作品的虛構，雖然不合史實，卻能傳奇而致真。

再如，楊過獨臂練成「黯然銷魂掌」，張無忌的「乾坤大挪移」，段譽的「六脈神劍」……等等神奇的武功描寫或許使某種人目瞪口呆，覺得荒唐至極，但這些也不是破綻，而是作者合理的誇張，正是小說創作的精彩之處。又如，楊過與小龍女在古墓之中生活了多年，小龍女又在絕情谷底生活了十六年……這些事在現實世界中當然是不大可能的，但在傳奇世界中卻沒什麼不可能，所以，也不能看成是破綻與缺陷。

也就是說，很多不喜歡武俠小說、不熟悉武俠小說的讀者眼中的那些所謂「不真實、不自然」的東西，其實多半不是什麼漏洞、破綻，也不是什麼缺陷與不足，而是武俠傳奇的正常的情節或景觀。

那麼，什麼是缺陷與破綻呢？

判斷武俠傳奇的破綻和缺陷的標準有兩條，一是它不能自圓其說，前後情節明顯矛盾，明顯對不上；二是完全不能入情入理，與人性及人類生活的基本特性嚴重相悖。

例如，小龍女在絕情谷底生活了十六年，最後「死而復生」，這是能自圓其說的。而《倚天屠龍記》中的殷離的死而復生，雖然精彩，卻有一點難以自圓其說，因為她死於荒島，其時有張無忌等人在身邊。

她的「復生」有三個難點：

一是張無忌醫術已經通神，難道試不出真死與假死？

二是殷離復活之後依然在那小島之上，且張無忌還發現了她的「墳」被拱亂，又怎麼能忽視真相，以至於相互不見呢？

三是殷離所處荒島，偏離航線，無船路過，她又怎麼能安然回到大陸呢？

有此三點，我們不能不說這是一種破綻，因為它不能自圓其說。尤其是第一點疑問。

再如，《倚天屠龍記》中寫張無忌被朱長齡逼著跳崖，落在一個絕壁的平臺上，後來張無忌鑽入一個狹洞而進入一座山谷，巧得《九陽真經》，過了幾年，終於練成一身高深內功，這一點不是破綻。

然而書中居然也讓朱長齡在那個平臺上活了幾年，這就是破綻了。張無忌在谷中有桃吃、有果吃，朱長齡吃什麼？若說張無忌每天給他送吃的，幾年如一日，那也不合情理。關鍵是，作者要朱長齡助他一臂之力，將張無忌騙下山崖跌斷腿，這才留了朱長齡一條活路，不料卻恰恰成了一個破綻。

當然，還有許多情節或細節，在兩可之間，說是破綻也可以，說不是破綻也行，這給我們造成了一定的困難。關鍵是如何分辨虛構誇張與破綻缺陷之間的某種模糊界限。

下面我們作些較細緻的列舉分析。

一、破綻的形成

小說情節敘述中的破綻和漏洞的形成，其實與虛構、誇張、傳奇、述巧等創作方法及技巧並沒有必然的聯繫。小說破綻和漏洞產生的主要原因多半並非出自某種方法，而是出於作家的態度與注意力。比如前後矛盾、驢頭不對馬嘴的情節，是作者的疏忽的產物。另有一些比較隱蔽的破綻，也同樣是因作者注意力不夠而產生的。還有一些更隱蔽的破綻，則是由於作者無力彌補，才力不夠所造成的。最後一種情況，也不排斥作者的胡編亂造。

在金庸的小說中（**指在金庸小說的修訂本中，下同，不注**），明顯的驢頭不對馬嘴的情節漏洞是極其少見的，至少筆者尚未發現。但由於注意力不夠，以及隨意性過大而造成的小說情節的破綻卻有不少。

例如，小說《書劍恩仇錄》中有一個情節，陳家洛率領紅花會群雄到福建南少林寺的途中，碰到一個老財主逼婚。徐天宏一看，那老傢伙正是他的殺父仇人，叫方有德。紅花會群雄當然不能不找他算帳。不便公然動武，就要余魚同扮成新娘，準備到洞房中才動手。這些都沒什麼。問題是，居然讓這位方有德跑掉了，這位老頭不僅年紀大，而且手無縛雞之力，居然能逃出紅花會群雄的羅網，這不免顯得紅花會的人過於無能，因而不能不說是一個破綻。若紅花會的人連這點事也辦不好，那還能幹什麼大事業？

其實，作者居心讓這位老兒跑掉，是要給他留一條後路，在後面的情節中出現，即在小說的最後一回中，讓他當了乾隆的救星，也就是說，他由一個可有可無的人物，變成了書中的一位對故事的結局起了重要作用的人物。

書中說他那日在福建德化娶妾被群雄趕來大鬧，他從人叢中溜了之後會到成璜、瑞大林，知道皇帝欲得紅花會群雄而心甘，於是定下奸計，率領軍馬夜襲少林寺，燒死了天虹老方丈，還把周綺的兒子搶了來。他知道這是大功一件，因此與瑞大林等趕到北宋來朝見皇帝，恰好碰到紅花會群雄在宮中追殺乾隆，方有德便將周綺的兒子作為要脅，要群雄放了乾隆。紅花會群雄因文泰來的事曾逼使周仲英砸死了自己的獨子，如今面對他的孫子的危難，只得對方有德作出讓步，放了乾隆一馬。

這樣的情節安排，看起來沒有什麼。作者構思的中心是乾隆不能死，因為歷史上的乾隆壽及八旬，這是誰都知道的，若寫紅花會將乾隆宰了，那就有篡改歷史之嫌了。既然乾隆不能死，而紅花會的群雄的本領又不能不突出，就只好編出方有德以周綺的兒子相要脅這個情節。

這很巧。只不過，方有德這個情節卻又有破綻。

其一，如上所述，他如何從紅花會群雄手中逃脫呢？

其二，他是退休官吏，已七十多歲，又如何能搶了周綺的兒子呢？

其三，就算搶了，又怎麼會幾千里帶到北京，並將嬰兒帶進皇宮呢？

其四，皇帝連夜召見，又怎麼不在殿而在（寢）宮呢？

其五，皇宮大亂，他們怎麼能躲進床帳之後，偏偏到乾隆危難之時，才由方有德這老頭挺身而出呢？成璜、瑞大林二人幹什麼吃的？

仔細一想，這裡面有很多的疑問，很多的破綻，人為的痕跡過於明顯。如若這一人物僅作為徐天宏的仇人出現倒沒什麼，而像小說最後所寫的那樣讓他進宮救駕，則顯得有些荒唐。作者應該、而且有能力想出更巧妙的辦法保住乾隆的性命。

我們看到，金庸小說的敘事，盡可能地節省戶口指標，爭取一人多用，方有德就安排了三項任務，一是作為徐天宏的仇人，二是作為惡霸娶妾（逼婚），三是作為救駕之人。像這樣的安排，在金庸小說中是常見的，總要將一些反面人物安排到最後與正面人物對峙，了斷恩怨。例如《碧血劍》中的溫氏五老，本是浙江石梁鎮的一夥大盜，居然被安排入宮，充任宮廷政變的打手，看起來巧妙減省，實際上並不是真那麼巧妙，是有破綻的。

又如《飛狐外傳》中的鳳天南，從廣東佛山毀家出走，一路艱辛，與胡斐周旋，幾次逃脫性命，到最後在天下掌門人大會上了斷恩怨……像這樣的安排，看似減省了人物，實則拖長了情節。而拖長的情節中，總難免有這樣或那樣的漏洞。

破綻出於不用心，有時也出於作者的取巧。例如《射鵰英雄傳》中，郭靖註定有落海之難，作者便早早地安排下伏筆，讓郭靖跟黃蓉在水裡學游泳，因他從小生長在缺水的蒙古草原，是十足的旱鴨子，若不及早學游泳，落海之後便必然一命嗚呼。

作者及早安排他學游泳的一節寫得極為自然也巧妙，只是有一小小的破綻，就是他學游泳的季節不大對頭。他在北京時尚有雪花飄落，而長江以北地區在短時間內並非泳季，在天寒地凍中下水學游泳，恐怕郭、黃二人都沒這麼好的興致。他們學游泳，是出於遊戲玩樂的目的，而不是「苦練救命本領」。

在這部書中，還有一個缺陷或是破綻，即郭、黃二人同赴桃花島後，黃蓉一上岸就不見了，而讓郭靖一個人摸到老玩童被囚處，同他結識並學「雙手互博」及「九陰真經」。作者的安排不能說不巧，只不過有些不合情理之處，黃蓉帶著自己的心上人回家，明知島上有桃樹之陣，路不好走，郭靖對此又一竅不通，她怎麼會丟下情郎，一去不返呢？於情於理都不合適。

再說有關《九陰真經》的情節，絕大部分都是巧妙的，其中也有幾處弄巧成拙，留下破綻。一是陳玄風為什麼將經文刺在胸皮上？是知道梅超風眼要瞎麼？二是一張胸皮能刺多少個字，而在小說之中，這部經文幾乎包羅萬象？三是經文中既然有「療傷篇」可以指引郭靖自己療傷，那麼為何在「壓鬼島」時不給洪七公療傷？**（這只有一個可能，就是在壓鬼島上，作者尚沒考慮到經文中有療傷篇一事，而後郭靖受重傷，則不得不臨時增加經文的內容。）**

像這樣的破綻，在其他作品中也是有的。例如在《倚天屠龍記》的第四卷中，寫周芷若盜了倚天劍和屠龍刀卻嫁禍於趙敏，這也是一個非常巧妙的安排。只是也有幾處破綻，一是書中說謝遜知道了周芷若的勾當，那他為何不對張無忌說，反而要張無忌與她訂婚？就算在療傷之前不好說，療傷之後為什麼還不說？只有一種可能，即謝遜當時並不知道，只是後來才推斷出來，屬於事後諸葛亮。

二是謝遜在少林寺的地牢之中畫了幾幅畫，告訴張無忌事情真相，這是一個更大的破綻，謝遜瞎了幾十年，張無忌、周芷若、趙敏、小昭、殷離等人他一個也沒見過，不知他們的長相，如何繪畫？更主要的是，他寫字不更是直接了當嗎？比如寫上「周壞趙好」四字不是更簡明扼要嗎？這並不是作者的疏忽，而是作者要表現謝遜的過人的機智，以至於有些弄巧成拙。

在這部小說中，還有一處令人費解，即周芷若和謝遜如何被丐幫抓到？按書上的寫法，是丐幫發現了他們，而周芷若又乘機點了謝遜的穴道，從而裡應外合，同時遭擒。令人費解之處是周芷若為什麼要這麼幹？當然，她不點了謝遜的穴道，丐幫誰能抓到謝遜呢。她若是想乘機溜走，一個人去練九陰真經，那很可以理解。她又想嫁給張無忌，又要害謝遜的性命，這一點恐怕很難講得通。周芷若心細如髮，做事謹慎周密，該如何做應有自己的目的和方法，而不是信手拈來。

小說《鹿鼎記》中的破綻也有不少。第一個破綻是韋小寶入宮，殺了小桂子取而代之，老太監海大富為何不殺韋小寶？就算他想查韋小寶的底細，將韋小寶抓起來嚴刑拷打也就是了，何以假裝不知？他是真不知還是假不知？若真不知，那海大富算是白活了，韋小寶一口揚州話誰都能聽出的；若假不知，為何又讓韋小寶去賭錢，就不怕賭徒們認出他來麼？對啦，小說中的賭徒們果然沒認出韋小寶，只因他在臉上蒙了一塊布，這樣的巧，未免太拙劣了。在宮中當差之人未必都是白癡，這可是皇宮啊！這些人全都有保護皇宮安全的責任哪！

再一破綻，是齊元凱也盜《四十二章經》，他要此經何用？受何人指使？書中都沒交代，留下破綻。

還有一個大破綻是方怡，在小說的眾位女性中，她的個性與心思寫得較多，但卻寫得較亂。她對韋小寶的態度一直不明朗，從而造成了小說的含混不清之處，一是他誘騙韋小寶到蛇島去，二是她在揚州麗春院中裝孕婦，這與沐劍屏的表現天差地遠。她到底是愛韋小寶還是恨？到底是受逼迫還是出於自願？最後又怎麼會嫁給韋小寶？大概是人物太多了，作者照顧不過來，不過依金庸的功力，是完全不應該出現這樣的情況的。

還有一種情況，是兩部書的相關的內容接不上榫頭。最典型的是《雪山飛狐》與《飛狐外傳》這兩部書，都是以胡斐為主人公，但二書關於胡斐的經歷敘述卻不一樣。作者為此在《飛狐外傳》的「後記」中作了一個說明：

「《飛狐外傳》是《雪山飛狐》的前傳，敘述胡斐過去的事蹟。然而這是兩部小說，互相有聯繫，卻並不是全然的統一。在《飛狐外傳》中，胡斐曾不止一次和苗人鳳相會，胡斐有過別的意中人。這些情節，沒有在修改《雪山飛狐》時強求協調。」

作者的理由是「這是兩部小說。」他要這樣說，也只有由他。因為這畢竟是他的作品，他自然最有發言權。不過破綻總還是破綻，那是明擺著的，怎麼解釋也不能彌補。

我們理解《飛狐外傳》與《雪山飛狐》的不同，但卻並不能視漏洞而不見。《飛狐外傳》中苗若蘭還很小，而胡斐又不能不談情說愛（否則小說就會減色許多），所以只有安排袁紫衣與程靈素二位與胡斐演出悲情故事。至於與苗人鳳見面，那更是自然而然的事，苗人鳳號稱天下第一高手，胡斐怎麼著也要去訪他一訪的，更何況他父親與苗人鳳之間還有一段特殊的糾葛。這些我們都能理解，但依然不能不困惑：兩部小說，一個主人公，是應該相同相通呢，還是應該不？

此外，在《射鵰英雄傳》與《神鵰俠侶》這兩部書中，關於周伯通與瑛姑的故事基本上相同，只是周伯通知不知道他與瑛姑有一個兒子，兩部書說法不一。《射鵰英雄傳》的第三十九回中寫道：

周伯通不敢直視瑛姑，背向著她，說道：「瑛姑，你不是這老兒的對手，快快走吧。我去也！」

正欲飛奔下山，瑛姑叫道：「周伯通，你怎麼不給你兒子報仇？」周伯通一愣，道：「什麼，我的兒子？」瑛姑道：「正是。殺你兒子的，就是這裘千仞。」……

這就明確地交代了周伯通已經知道了自己與瑛姑纏綿數日，竟然有了一個兒子，而這兒子又被裘千仞害死了。但在《神鵰俠侶》的第三十四回書中，卻又換了一種說法：

……周伯通數十年來始終不知瑛姑曾和他生有一子，聽了楊過之言不由得大奇，忙問：「什麼我的兒子？」

楊過道：「我所知亦不詳盡，只是聽一燈大師這般說。」於是轉述了一燈大師在黑龍潭畔所說的言語。

周伯通猛然聽說自己生過一個兒子，宛似五雷轟頂，驚得呆了，半晌做聲不得，心中一時悲，一時喜，想起瑛姑數十年來含辛茹苦，更大起憐惜歉疚之情。

以上所引與《射鵰英雄傳》的說法明顯有出入。這個問題本來不大，兩部書有些出入也很正常，難免疏忽。不過，《神鵰俠侶》借此作了一段精彩的文章，周伯通在得知他有一個兒子之後，對瑛姑產生了巨大的歉疚，本來他是不見瑛姑的，這一回破例跟著楊過、郭襄去見瑛姑、一燈大師，從此之後周伯通與瑛姑不再分離，且邀請一燈大師比鄰而居。

這一切都是由周伯通知道自己有一個兒子而引起的。所以，知不知道有兒子，成了一個重大的線索。而在《射鵰英雄傳》中，這一線索已出現，卻被作者輕輕放過了。並且在寫作《神鵰俠侶》時，竟忘了前一部書中曾經提起過這條線索。就是這麼回事，疏忽而引起的一個小小的情節漏洞。不注意看難以發現。然而再小的漏洞總還是漏洞。

二、缺陷與不足

敘事的缺陷與不足，在性質上比破綻和漏洞的毛病要輕些。破綻和漏洞是明顯的、不應該出現的，而缺陷和不足則看起來不覺得，馬馬虎虎過得去，只不過還有比它更好的方法與形式。也就是說，若按一般的要求，缺陷與不足可算可不算，可說可不說，而不論按什麼要求和標準，破綻與漏洞都是非說不可的。

大致上，金庸小說敘事的缺陷與不足，主要表現為三個方面，即過多的巧合、部分的重複、理念的演繹。

先說過多的巧合。

巧合本身不一定是缺陷。所謂無巧不成書。武俠小說更離不開傳奇與巧合。金庸的小說中，有許許多多的離奇與巧合的情節，其中絕大部分都是沒有問題的。有些巧合情節的運用極具匠心，可以說是金庸的一手絕活。

最突出的例子，是《神鵰俠侶》中寫到北丐洪七公與西毒歐陽鋒在華山絕頂的巧遇，洪七公到那兒是尋找吃的（**蜈蚣**），歐陽鋒到那兒則是想尋找「自我」或自己的影子，各有理由。兩人一遇便展開了連環大拼搏。最後終於同時力盡氣絕，臨死之前，這兩位仇人相互擁抱，哈哈大笑而逝，使楊過感嘆不已，也使讀者受到了極大的震撼，覺得這一場景有豐富的象徵意義。

這一場巧合，是特別美妙深奧的。再如小說《俠客行》的主人公小叫花的一番奇遇，與石中玉及其扮演的長樂幫主石破天的一連串巧合，包括股上的傷疤、肩上的傷疤等等都一模一樣，以至於父母、情人、屬下都分辨不清。這種巧合是基於主人公與石中玉是同胞兄弟，長相相似，且又有長樂幫的貝海石從中操縱，所以有根有據，並不虛假。更主要的是，主人公的這一番奇而又巧的際遇，表現了深廣的人生內容，因而就更顯得相當的巧妙，幾乎是天衣無縫。

然而，並不是所有的巧合都是巧妙的，過多的巧合非但不妙，甚至會弄巧成拙。比如前面提到過的《碧血劍》中的溫氏五老參與宮廷政變，與袁承志巧遇於宮中，這樣的情節就有些弄巧成拙，遠不如同一部書中的張朝唐在小說的開頭與結尾分別受到明朝官兵與李自成的義軍的搶劫這一情節巧合那樣有意義和富於匠心。

更嚴重的是，《碧血劍》這部小說過多地使用了巧合的手段，致使小說的情節出現了許多不必要的依賴，從而產生很大的缺陷。我說的是主人公袁承志的「偷聽」。屋裡的人在議論事情，屋外人偷聽，這是傳奇文學慣用的一種戲劇性的巧合方式，偶爾用一用這種方式並無不可，但用得多了就變成了一種令人厭倦的缺陷，一種虛假的和無力的構造情節的手段。

粗略地統計一下；在《碧血劍》中，袁承志的偷聽至少有六次之多，一次是在南京，袁承志偷聽金龍幫主焦公禮交代後事；一次是在運寶途中，袁承志偷聽眾強盜的議事；一次是運寶途中偷聽（看）洋人的內訌；一次是在北京城裡偷聽五毒教的內訌；一次是在皇宮內偷聽宮廷政變；一次是在瀋陽，偷聽滿清皇太極與幾位大臣的議事……每一次偷聽都是一種巧合。

當然作者是有其目的的，有的是要瞭解情況，有的是想刺探機密，有的則是要通過這種「偷看」與「偷聽」的特殊角度與方法介紹人物，刻畫性格：在焦公禮府上，在明朝皇宮，在滿清皇宮等都是這樣的。很顯然，在這些情節線索中，有些是根本沒有必要的，比如對焦公禮的偷聽（**在此之前，還恰巧偷聽了閔子華邀集幫手的聚會，那一次聚會恰好在夏青青殺死馬公子的地方**），而有些則被用過分了，比如袁承志對皇太極的多次偷聽與偷看，其中有一次恰好看到多爾袞與皇太極的皇后偷情，並殺了皇太極的整個情形。

如從純粹的傳奇的角度看，這樣的情節似乎是巧妙不過，但在這一部小說中，這樣的場景卻多少有些無聊。總之，小說中的過多的巧合與偷聽，使小說敘事的創造性受到了極大的影響和損害，從而形成了一種缺憾和弱點。若不這麼寫，其實更好。若不過分地依賴偷聽之術，作者會創造出更豐富更生動的情節和場景來的。

這種缺憾的形成，是由於作者圖方便、圖省事而造成的。當作者寫離奇的情節時，反倒用心用力，因而金庸小說裡越是離奇的情節就越是寫得滴水不漏、恰到妙處。而當作者寫巧合的情節時，往往放鬆注意力，信筆寫去，反正是無巧不成書，所以常常出現平庸的情節和場景。而過多的運用所引起的重複，則更是一種要命的缺陷。

再說重複。

與巧合不一樣，雷同與重複總是令人厭倦的。金庸小說之所以技高一籌，原因就在於他的創作既很少重複他人，也很少重複自己。他在不斷地創造新的故事，新的情節、新的人物和新的主題、新的意境。

說金庸很少重複自己是不錯的。很少，卻不等於沒有。上述的「偷聽形式」在方法上其實正是一種重複。而在一部書中反覆使用同一種方法，製造類似的情節與場景，這是一種不可忽視的缺陷。

金庸的小說有自己的風格和模式，而風格和模式則意味著某種程度上的自我重複。當然這只是指某一方面而言。比如金庸的小說大多是描寫一位男主人公自小到大、自開始練武到成為高手，自苦難兒童到蓋世大俠……的這樣一種成長過程，這種模式被作者創造出來後，便不斷地運用，好在作者同時又不斷地改變小說的主題，改變人物的性格，改變人物經歷的具體內容，甚至改變語調……從而使小說的情節結構方面的某些重複不至於對小說的整體藝術性產生太大的影響。

相信金庸是不斷努力創新求變，突破自己的。然而也有偷懶的時候，在某些細小的元素上，我們還能看到某種重複的痕跡。

例如，小說《書劍恩仇錄》中的陳正德、關明梅、袁士霄與《天龍八部》中的譚公、譚婆、趙錢孫，這兩組人物的性格及其相互關係，幾乎完全雷同。女的刁蠻任性，丈夫吃醋又忍讓，舊情人（**女人的師兄**）性格怪異……這種人物性格及其關係的雷同，不能說不是缺陷。幸好這些人物在書中都不是什麼主要人物，所以稍有重複，尚無傷大雅。

再如《倚天屠龍記》中張無忌的一門武功「乾坤大挪移」與《天龍八部》中慕容復的一門武功「斗轉星移」，異曲同工，名字不一樣，內容實質卻是一樣的。這也是一種重複，因而也是使人遺憾的缺陷。而慕容復的「斗轉星移」由於是步「乾坤大挪移」的後塵，所以全然失去了一門獨異武功所應有的丰采。

再如《神鵰俠侶》中的朱子柳用毛筆作兵器以書法碑帖為武術套路，這與《笑傲江湖》中的禿筆翁如出一轍。禿筆翁是抄朱子柳的。還有《鴛鴦刀》中的袁冠南也是抄朱子柳的。《書劍恩仇錄》中，陳家洛用圍棋子作暗器，讓人耳目一新；《碧血劍》中木桑道長用圍棋子打出「滿天花雨」倒也別出心裁，但

《笑傲江湖》中的黑白子就沒什麼戲了。他不得不步前人的後塵。《射鵰英雄傳》中黃藥師吹簫、歐陽鋒彈箏，已將音樂武功的妙處展示，《笑傲江湖》裡的黃鐘公就不那麼新奇了。這也就是說，《笑傲江湖》中的琴、棋、書、畫四人同時出現，非但沒什麼創造性，反倒顯得有些匠氣。這其實是一種缺陷。

再如《射鵰英雄傳》中郭靖喝了蛇血（**當然是怪蛇、藥蛇**），《神鵰俠侶》中楊過吞了蛇蛋（**也是中土少見的怪蛇**），《天龍八部》中的段譽又吞了莽蛄朱蛤（**一隻怪蛙**）……這都是作者給主人公打「預防針」，防止他們中毒，且增加他們的功力。其實，這些並不是很有必要的。更何況後面的重複前面的？

上述幾個例子，是從不同的方面——人物、武功、兵器、細節、情節等——來列舉的。依照這些線索，我們不難舉出其他與之類似的例子來。

再說演繹。

觀念的演繹作為一種創作方法被廣泛地運用，從古至今的中國敘事文學作品中都不難找到觀念演繹的痕跡，「文化大革命」中的「高大全」及「三突出」等創作原則更是把這種演繹的方法推向了極端。在通俗文學中，這種方法就更為常見。梁羽生先生才思敏捷，學識淵博，但他的武俠小說創作也沒有能避免這種觀念演繹的方法及其形式，因為他堅持「俠是目的」，而又認為「俠是為大多數人利益服務的」，所以創造出了另一種形式上的「高大全」。

金庸小說的主要藝術成就，在於它不斷突破和更新舊有的藝術模式，創造新的藝術形象，寫出充滿想像力的故事情節，從而避免了觀念演繹造成的概念化、公式化的嚴重缺陷。

儘管如此，在金庸小說創作中，觀念演繹的方法與形式的痕跡還是不同程度地存在著。

例一，是他在創作小說《飛狐外傳》時，就已想到「武俠小說中真正寫俠士的其實並不很多，大多數主角的所作所為，主要是武而不是俠」。因而，到了這本書，他就「企圖在本書中寫一個急人之難、行俠仗義的俠士」，並想要給胡斐這一主人公在「富貴不能淫，貧賤不能移，威武不能屈」等幾條大丈夫的標準之外，再加上幾條標準，要他「不為美色所動，不為哀懇所動，不為面子所動」**（均見《飛狐外傳・後記》）**，這樣一來，胡斐的形象及《飛狐外傳》這部書的主題和情節都受到了限制和影響。

在觀念的限制下，勢必要花大量的功夫去演繹它，從而造成小說的遺憾與缺陷。胡斐的所作所為，有些「為俠而俠」，與他飛天狐狸的活潑本性不合，而太「著相」的結果，就使人物性格的充分展示設置了障礙，因為書中著重點在俠而不完全在人。

進一步說，在俠的觀念及其演繹，而不是人物性格與心靈的個性展示和揭發。幸而作者的才氣與功力十分不凡，創造出「形象大於思想」的藝術作品，不至於對這部作品造成不可收拾的局面，不至於使它慘不忍睹，變成乾巴巴的教條演繹，這部小說雖有演繹的痕跡，但還可以一看。不過比起其他的金庸小說來，它的藝術品質就要差一截了。

例二，在其他的小說中，雖不至於完全被某種觀念所統制，但在一些人物形象的創作中，概念化的東西也是存在的。如《書劍恩仇錄》中的張召重，這一人物的形象就受到了某種概念的影響，因為他在官場中混，而且熱衷名利，與江湖人物立場不同，所以被作者視為「反面人物」，並加以不必要的醜化，如寫他殺了自己的大師兄馬真等情節，就是為了要表現這一人物的醜惡靈魂。

但這一情節是否符合人物性格的真實邏輯呢？他殺了自己的掌門師兄並不能使他獲得什麼，難道真的是狼子野心獸性發作？這一人物的創作，就不是什麼傳奇，而是要樹立一個反面人物，是要搞壞人這一概念的演繹，所以，它是不成功的。

另一例是《碧血劍》中對金蛇郎君夏雪宜的形象塑造，為了要表現這位「金蛇怪俠」的俠的一面——他的「怪」的一面已經寫得夠多了——就讓他去仗義行俠，救了焦公禮，並將他帶到崆峒派掌門人面前為他洗刷辯護。看起來沒什麼，實際上是貼在夏雪宜臉上的金色標籤。

例三，金庸小說中頗有不少說教的場景，《倚天屠龍記》中金毛獅王謝遜被關押在少林寺的地牢裡，受佛家禪寺的暮鼓晨鐘的催眠，又聽了渡難、渡劫、渡厄三位老和尚念經，最後立地成佛，也念起了《金剛經》，並當眾表示了自己的悔悟之情，這倒也沒什麼，只是使人覺得有些說教而已。

《天龍八部》中的慕容博、蕭遠山也像他一樣出家做了和尚。而這部書中的鳩摩智在失掉武功之後，更是說了一大篇關於「貪、嗔、癡」的惡果。……這些人物的故事結局本沒有什麼不妥，只是總能看到作者說教的痕跡，使人不大舒服，也難以真正的信服。所以它實際上是一種缺陷。不如去掉這些說教；而去寫人物內心的真正深刻的反省，那樣的藝術感染力肯定要強得多。

我們把「金庸小說」作為一個完整的概念來運用，必須明白，所謂「金庸小說」包括他的十五部小說作品，而其中實際上有高下優劣之分。十個指頭都不一般長，十五部小說也難免七上八下。金庸說他的作品「後期的比前期的好些，篇幅長的比篇幅短的好些」，這是一種比較符合實際的看法。當然我們還可以分得更細，看得更具體些。有好就有不好，即使是好，也還可以分為一般的好、比較的好，很好和非常好。當然不好也可以分成三六九等或各個不同的方面。

金庸的某些小說，在結構方面就存在不少的問題。或許是因為邊寫邊連載的緣故，又或許是傳奇故事的緣故，武俠小說的情節結構問題始終是一個很突出的弱點。金庸的大部分作品，尤其是後期作品都很完整而又嚴謹縝密，特別是經他修訂之後更是如此，但他前期的一些作品如《書劍恩仇錄》、《碧血劍》等，即使在修訂之後，也還存在結構上的問題，並不是那麼嚴謹縝密，有些地方存在漏洞，而又有些地方則又有過多的不必要的枝蔓。

《書劍恩仇錄》一部書的整體性不強，幾乎沒有一條能夠統制全書的主線，主人公的地位也不是特別的突出，形而上的基礎更是缺乏，從而常常使人抓不到要領，甚至摸不著頭腦。好像聽山野中的信天遊，遊著的過程之中不免有荒了腔、走了板、跑了調的情況。

即使是後期作品，如《天龍八部》這樣的傑作，因為頭緒太多，篇幅太大，場景太廣闊，也使人難以抓住要領，小說的結構不無鬆散之嫌。作者本是想要寫大理段家的故事——在小說的「楔子」中也是這麼說的——但寫著寫著就信馬由韁地寫到了蕭峰的故事，又寫到了虛竹的故事，結果前面四卷中，各占一卷多，寫這個的時候丟了那個，看到這個便抓不住那個，幸而作者在第五卷書的創作中，又將打開得十分鬆散的情節收束成一個整體，這才使這部作品的情節重新「團結」為一個結構，否則的話可就糟糕透頂了。

但即使是這樣，也還有不少的讀者在第一次讀《天龍八部》時仍抓不到要領。這部巨著讀一遍幾乎無法把握，除了它內容豐富、篇幅巨大之外，結構的鬆散也是一個原因。只有讀過幾遍之後，才能品味出這部巨著的深刻的意味，抓住它的內在的本質及其聯繫。

金庸小說中，有兩部小說稱得上是情節結構的典範，一是《雪山飛狐》，一是《俠客行》。至少在結構方面，這兩部小說幾乎都是完美的，而它們的結構方法和形式卻又各不相同。相比之下，其他的小說就或多或少地都存在一些結構方面的缺陷，如《倚天屠龍記》的前幾章跳躍太大，而且並非都與小說的主幹有著十分緊密的聯繫，《鹿鼎記》的第一回書寫「文字獄」是作者有感而發，但與小說的正文畢竟有一段距離，因而在第一回與第二回之間，就有一塊很大的空缺。等等。

三、小結

關於金庸小說的破綻與缺陷，我們就說到這裡。可以說，金庸小說的缺陷不止以上列舉的這些；但又可以說，金庸小說的缺陷只有上面這些；甚至還可以說，即使上面提到的某些缺陷，在某種意義上都不成為真正的缺陷。

什麼意思呢？

這就要看按什麼標準、什麼眼光去看了。好比用近視眼去看，用正常的眼睛去看，戴著眼鏡去看，用放大鏡去看，用顯微鏡去看，用多倍顯微鏡去看……同一種事物對象，必然會顯現出不同層次、不同性質的優缺點。

對於金庸的小說，我們也有不同的標準和要求，即按照一般武俠小說的要求，或按照優秀武俠小說的要求，或按照純文藝小說的要求，甚至按照文藝小說的典範與傑作的要求去看，金庸小說的缺陷與不足就會有數量與品質上的差異。若按一般武俠小說的標準去看金庸的小說，那簡直就是十全十美，毫無瑕疵，因為它們是最優秀的武俠小說。而若按照小說傑作和典範的最嚴格的標準和要求去看，則會看到金庸小說敘事情節中的缺陷、不足及破綻、漏洞頗有不少。

我們是按照比較嚴格的標準和要求去看金庸的小說的。因為金庸的小說經得住嚴格的檢驗。而在武俠小說作家作品中，也只有金庸的小說能經受得了如此嚴格的檢驗。

我們是在吹毛求疵。因為我們把金庸的小說當成了武俠小說的典範，同時還看成是超越武俠小說的文藝傑作。

經過上面的檢驗，我們不難得出一個印象，金庸小說中的確存在這樣或那樣的缺陷與不足，但它們都無關宏旨，無關大局。與金庸小說的整體藝術成就相比，這些破綻與缺陷幾乎是微不足道的白璧微瑕。進而，即使是在某一部具體的小說中，它的成就與缺陷的比例也是差異很大的。

例如《飛狐外傳》這部小說，雖然我們說它受到某種觀念的影響，從而有演繹的痕跡和概念化的傾向，但這部小說的整體並沒有因為作者力圖描寫一位標準的俠而被完全、絕對地束縛住，作者還保留了自由創作的天地，充分發揮了自己的想像力和創造性，從而大大地突破了俠的觀念範疇，照樣深入到了人生人世的深刻的體驗之中，並發掘出人性及其個人心理的隱秘，使我們驚異和感歎。其他的作品也是這樣。不必一一細說。

對此，大約不同的讀者會有不同的意見，這很正常，歡迎加入我們的討論，希望賜教。只是對那些「不屑一顧」、也沒有一顧的批評與批判，我們一一謝絕。

陳墨藝術金庸(上)

作者：陳墨
發行人：陳曉林
出版所：風雲時代出版股份有限公司
地址：10576台北市民生東路五段178號7樓之3
電話：(02) 2756-0949
傳真：(02) 2765-3799
執行主編：朱墨菲
美術設計：吳宗潔
行銷企劃：林安莉
業務總監：張瑋鳳

初版日期：2021年12月
版權授權：陳墨
ISBN：978-986-352-976-7

風雲書網：http://www.eastbooks.com.tw
官方部落格：http://eastbooks.pixnet.net/blog
Facebook：http://www.facebook.com/h7560949
E-mail：h7560949@ms15.hinet.net
劃撥帳號：12043291
戶名：風雲時代出版股份有限公司

風雲發行所：33373桃園市龜山區公西村2鄰復興街304巷96號
電話：(03) 318-1378
傳真：(03) 318-1378
法律顧問：永然法律事務所 李永然律師
　　　　　北辰著作權事務所 蕭雄淋律師

行政院新聞局局版台業字第3595號 營利事業統一編號22759935

定價 ：340元

國家圖書館出版品預行編目資料

陳墨：藝術金庸 / 陳墨著. -- 初版. -- 臺北市：風雲時代出版股份有限公司, 2021.03　冊；　公分

ISBN 978-986-352-976-7 (上冊：平裝). --
1.金庸 2.武俠小說 3.文學評論

857.9　　109022280